– Você... é o Papai Noel?

Se a menina vai me passar a bola fácil desse jeito, quem sou eu para não entrar na dança?

– Claro – digo. – Estamos em agosto, mas, por que não?

Agarro o cachorrinho dela. Ela esfrega os olhos.

– O que você está fazendo com o Fungada?

– Fungada? – Olho para o cachorro, como se tivesse me esquecido de que ele estava ali. A brincadeira faz a menina rir. Até que enfim alguém ri das minhas piadas. – Bom, querida, o Fungada está quebrado, sabia? Então o Papai Noel vai levá-lo ao Polo Norte e consertá-lo pra você.

Ela faz beicinho.

– Mas a mamãe disse que o veterinário já tinha consertado o Fungada.

– É, bem, ele quebrou de novo. Olha como as pernas estão se movendo, mesmo ele estando de olhos fechados. Muito esquisito isso, não?

– Ah, não!

– Você não quer que o Fungada continue quebrado, e o Fungada odeia ficar assim, então agora é preciso consertá-lo de novo.

Consertar, nesse caso, aparece como eufemismo para matar.

– E você vai trazer ele de volta?

Faço sinal de positivo, levantando o polegar.

DEADPOOL

DOG PARK

DEAD DOG

UMA HISTÓRIA DO UNIVERSO MARVEL

STEFAN PETRUCHA

MARVEL
marvel.com

POOL PARK

novo século®

São Paulo, 2016

*Deadpool: Paws**

Published by Marvel Worldwide, Inc., a subsidiary of Marvel Entertainment, LLC.

MARVEL

Equipe Novo Século

GERENTE EDITORIAL
Lindsay Gois

EDITORIAL
João Paulo Putini
Nair Ferraz
Rebeca Lacerda
Vitor Donofrio

GERENTE DE AQUISIÇÕES
Renata de Mello do Vale

ASSISTENTE DE AQUISIÇÕES
Acácio Alves

AUXILIAR DE PRODUÇÃO
Emilly Reis

TRADUÇÃO
Caio Pereira

PREPARAÇÃO
Elisabete Franczak Branco

P. GRÁFICO E DIAGRAMAÇÃO
Vitor Donofrio

REVISÃO
Gabriel Patez Silva

CAPA
Vitor Donofrio

ILUSTRAÇÃO DE CAPA
Will Conrad

Equipe Marvel Worldwide, Inc.

EDITOR SÊNIOR, PROJETOS ESPECIAIS
Jeff Youngquist

EDITORA-ASSISTENTE, PROJETOS ESPECIAIS
Sarah Brunstad

GERENTE, PUBLICAÇÕES LICENCIADAS
Jeff Reingold

SVP PRINT, VENDAS & MARKETING
David Gabriel

VP, DESENVOLVIMENTO INTERNACIONAL
CB Cebulski

EDITOR-CHEFE
Axel Alonso

DIRETOR DE ARTE
Joe Quesada

PRODUTOR EXECUTIVO
Alan Fine

Texto de acordo com as normas do Novo Acordo Ortográfico da Língua Portuguesa (1990), em vigor desde 1º de janeiro de 2009.

Dados Internacionais de Catalogação na Publicação (CIP)
(Câmara Brasileira do Livro, SP, Brasil)

Petrucha, Stefan
Deadpool: Dog Park
Stefan Petrucha; [tradução Caio Pereira].
Barueri, SP: Novo Século Editora, 2016.

Título original: Deadpool: paws

1. Deadpool (Personagem fictício) – Ficção 2. Ficção norte-americana I. Título

15-11120 CDD-813

Índice para catálogo sistemático:
1. Ficção: Literatura norte-americana 813

Nenhuma similaridade entre nomes, personagens, pessoas e/ou instituições presentes nesta publicação são intencionais. Qualquer similaridade que possa existir é mera coincidência.

NOVO SÉCULO EDITORA LTDA.
Alameda Araguaia, 2190 – Bloco A – 11º andar – Conjunto 1111
CEP 06455-000 – Alphaville Industrial, Barueri – SP – Brasil
Tel.: (11) 3699-7107 | Fax: (11) 3699-7323
www.novoseculo.com.br | atendimento@novoseculo.com.br

novo século®

* Em tradução literal: *Deadpool: patas*

Dedicado ao Deadpool que levamos dentro de nós.
Porque se eu não lhe dedicar, ele pode achar ruim.

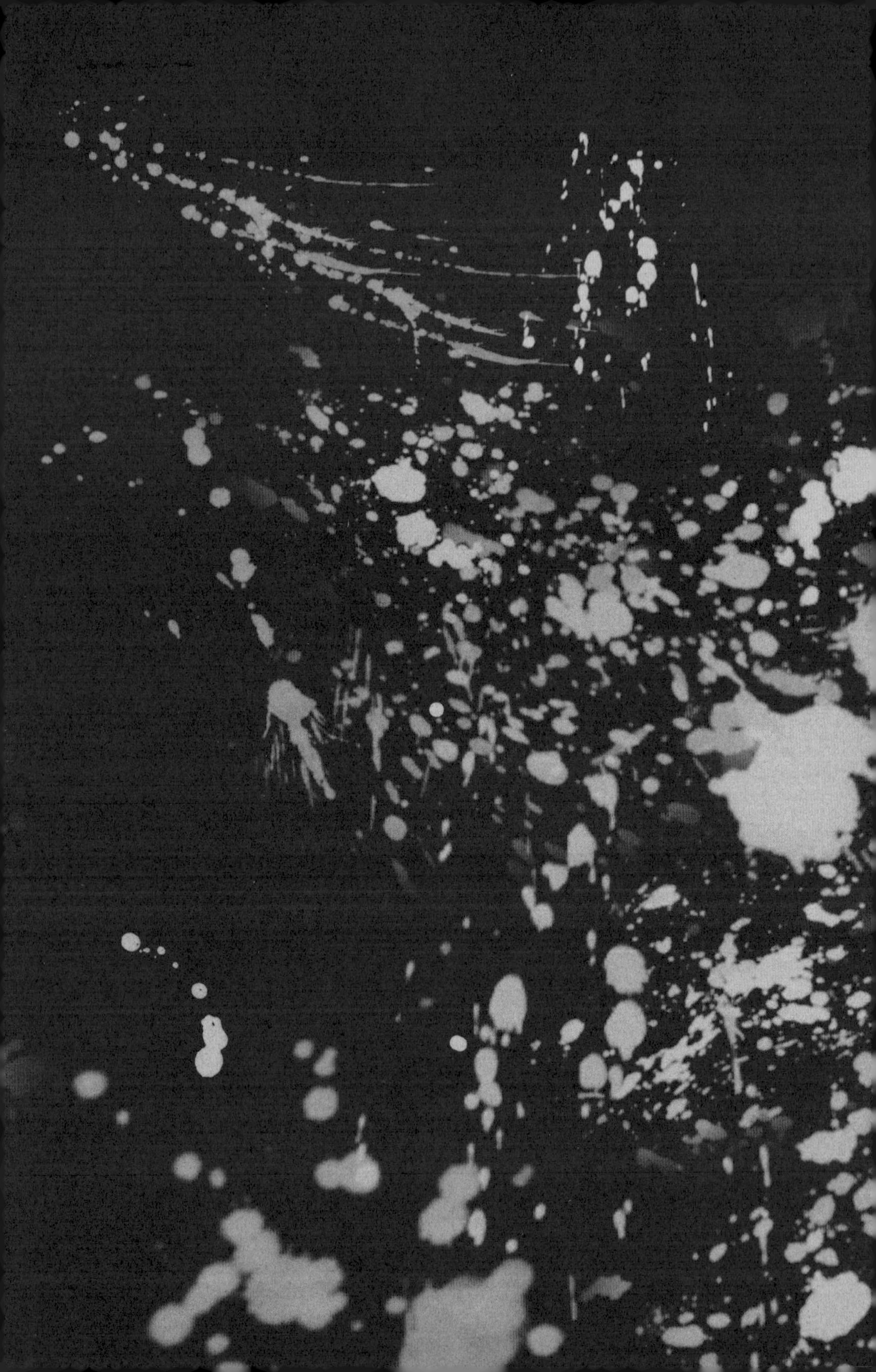

LIVRO 1 Quanto custa aquele cãozinho da vitrine?

1

BELEZA, estou eu aqui caindo desse baita prédio alto e... peraí.

CADÊ A #$%@ DAS FIGURAS?

Mais essa para eu ter que resolver. O que é isso, afinal de contas... uma legenda muito, mas muito longa? Fala sério! Os quadrinhos têm que ser super-na-cara, aqui-e-agora, tipo TV ou... tipo TV! Sigam o programa. Uma imagem vale mais do que mil panacas. Tipo, se eu apenas *digo* vermelho, não é o mesmo que *enxergar* o vermelho, não acha? Não me leve a mal. Sou totalmente a favor do ti-ti-ti – não me chamam de Mercenário Tagarela à toa –, mas tudo tem limite. Como disse William Burroughs, "A linguagem é um vírus vindo do espaço sideral".

Tá, beleza, ele era viciado em morfina, e não existe nada dessa história de almoço nu de graça, mas mesmo assim.

Sei que alguns de vocês já estão se achando, perguntando coisas cretinas como: "Se as figuras são tão legais, como fica a história de fundo?", "Explicação?", "Como você faz essas coisas?". Beleza, talvez seja preciso uma ou duas frases curtas, mas qualquer escritor que o valha coloca isso tudo dentro do diálogo, tipo assim:

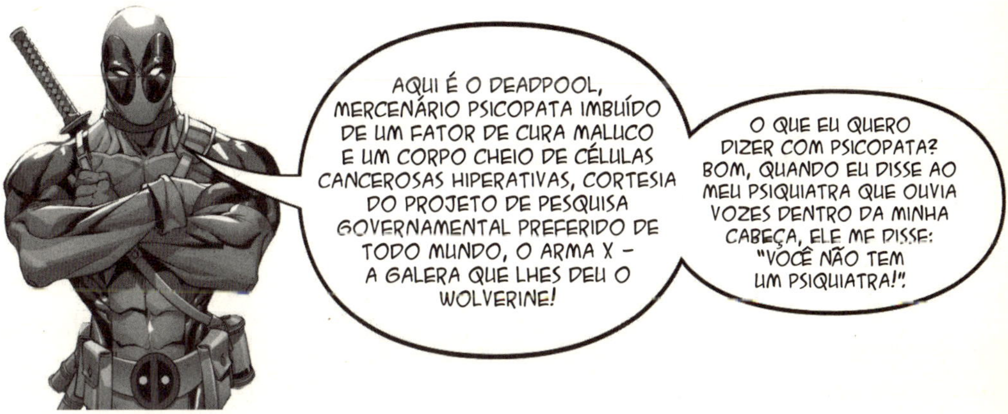

Nada dessa porcaria de *Enquanto isso, lá no rancho*. Se você vê o desenho de um cofre de banco numa página inteira, não vai supor que a ação tá rolando numa loja de conveniência, concorda?

Então, pra que toda essa verborreia?

Ah, calma lá. Entendi. Livro. Isto é um livro. Ainda tem gente que faz livros? Porra.

Beleza, saquei. Só fiquei meio perdido. Como já disse, eu curto o falatório.

Eu sei que você curte.

A propósito, esse é o meu diálogo interno. Se isto aqui fosse uma HQ, você veria essa fala como uma legenda numa caixinha amarela. Neste caso, vamos usar esse negócio aí em negrito, pelo visto.

Para mim, está ótimo.

Bora começar essa parada.

E o itálico vai para Voz Interior Número 2. Ótimo. Só fiquem quietos os dois, por ora, e me deixem continuar com a história.

A lustrosa combinação de aço e vidro de um arranha-céu de Manhattan funde-se num nevoeiro conforme eu vou despencando ao longo de sua refinada fachada. Não sendo do tipo que voa nem do que sai se balançando por aí feito o Homem-Aranha, estou, bem... em queda livre. Vou me debatendo que nem peixe fora d'água. Mais precisamente, um peixe fora d'água que foi jogado pela janela. Procuro algo em meio a esse imenso borrão em que possa me agarrar, qualquer coisa para pelo menos desacelerar a queda, mas não tem nadica de nada. Nenhum mastro de bandeira, nenhuma beirada, nenhuma gárgula – só queda livre, apenas o pavimento à minha direita e direto para o funeral.

As coisas podem parecer muito ruins, mas já caí pra cacete. Caí de prédio, caí em fosso de mineração, covil de criminosos, nave mãe de ET, fábrica de doce, cama de mulher – o que você puder imaginar. Caí no sono, caí de amores, caí nas dívidas, caí aos pedaços – mas nunca, nunca caí na própria morte. Já caí na morte de outras pessoas, mas em geral isso envolve uma mira melhor.

O problema é o seguinte: não estou sozinho. Tô levando comigo o dálmata mais fofo que já se viu neste mundo. Acabei de arrancar o pequeno da cobertura frescurenta lá, bem lá no alto. As coisas não saíram muito conforme o planejado, e o pequeno está vindo prédio abaixo comigo.

Eu vi o que você fez lá em cima.

Mas como é esperto.

O nome dele é Kip, a julgar pela placa dourada na coleira cravejada de diamantes. Mas se continuarmos assim, vai se chamar Melecão quando atingirmos o concreto. Sob outras circunstâncias, tipo se ele tivesse devorado um monte de escoteiros e planejasse voltar para repetir, eu não me importaria. Não que eu não goste de matar, mas o Kip aqui não fez nada para merecer uma morte prematura.

Então você gosta do pequeno?

Nem um pouco! Ele é uma fofura, mas fofura é para seres inferiores. Sou do tipo coração gelado, mantenho os peludos bem longe. Isso significa nada de amizade entre homem e cão. Mas... ele fica tão fofo com as correntes de ar fazendo vibrar essas pálpebras assim tão abertas!

Cof, cof! Dito isso, estou pensando – puramente por questão de princípios, repare – em mantê-lo vivo. Eu vi, de fato, um vídeo na internet, semana passada, de um filhotinho que sobreviveu a uma queda de dezenove andares.

Tem certeza de que não imaginou esse vídeo?

Pode ser, mas parecia ser bom, principalmente a parte sobre velocidade terminal, o modo como a força para cima da resistência do vento se iguala à força da gravidade para baixo, blá-blá-blá. Um mamífero pequeno como o Kip aqui alcança a velocidade terminal muito depois que um cara grande como eu.

O que significa... que ficar agarradinho nele pode frear a minha queda, não?

Não.

Visto que continuo ganhando velocidade, vou ter que concordar com você. O Kip está preso à *minha* velocidade terminal. Não quero nem pensar nisso, então olho para os olhinhos negros escancarados e aterrorizados dele.

– Hora de se virar sozinho, amiguinho! – Jogo-o para cima. – Voe, Kip! Voe!

Agora que ele está por conta própria, vai ficar bem, com certeza, que nem o cachorrinho do vídeo. Ou era um gato? Acho que me lembro de ter visto um gato. Que estava tocando piano. Gato, cachorro, periquito... que diferença faz, afinal?

Continuo obedecendo às leis da Física. Nuvens muito espessas giram lá em cima feito creme batendo na batedeira. Hmmm. *Chantilly*. Eu pegaria uma colherinha depois de pousar, mas a brisa que sobe trazendo aquele mais que especial fedor de cidade está arruinando meu apetite. Talvez seja melhor olhar para baixo, só para calcular a distância que me separa do asfalto, para quem sabe desacelerar quicando contra a parede ou algo assim.

Asfalto, ó, asfalto? Onde estás?

Ah, aí está você!

PLOFT!

Já mencionei a história do fator de cura? Sabe quando o Wolverine, aquele cara durão dos X-Men, leva um tiro ou um corte e o ferimento se cura sozinho? Eu sou assim, só que... um pouco mais. A não ser que eu seja mergulhado em ácido ou completamente desintegrado, eu cresço de novo. Beleza, eu sei, a maioria dos super-heróis volta da morte com tanta frequência, que seria mais fácil instalar uma ponte aérea, mas pelo menos eles têm o *potencial* de bater as botas de uma vez. Quando um deles volta, é preciso uma boa dose de lógica complexa – ou, no máximo, um recomeço.

Eu? Eu sou efetivamente imortal. Não importa quão sério seja o ferimento, tudo acaba crescendo de novo, câncer e tudo o mais. Já contei que tenho câncer? Foi o que me fez me alistar no experimento Arma X, inicialmente. O Arma X era tocado pelo governo canadense, a propósito. Pensei que fossem me curar. Em vez disso, o experimento fez minhas células cancerosas se regenerarem também, me deixando com um corpo cheio de lesões e uma mente povoada por sonhos.

Ou a palavra que usaram foi *ilusões*?

Enfim, perdi um membro? Em poucas horas ele cresce de novo. Crânio amassado? Talvez um ou dois dias. Claro, sendo o cérebro um dos órgãos mais importantes, às vezes eu acordo um pouco mais confuso do que de costume, falando francês, ponderando se faço ou não parte do Balé Bolshói, mas, quer saber? Apesar do que falam sobre morte e impostos, não posso morrer e não pago impostos.

Não parece tão ruim, eu acho. Pelo menos enquanto não são os *seus* ossos que estão quebrados, as *suas* entranhas derramadas feito o lixo espalhado de um restaurante italiano. O problema é que eu ainda *sinto* cada ferimento, toda vez. Eu poderia ficar aqui falando sobre a agonia latejante e esfaqueante que está transpassando cada neurônio do meu cérebro neste exato momento, mas vou guardar essas informações para o meu próximo livro, *Acha que isso dói?* Por ora, encerrarei o assunto citando Ronald Reagan – que, pouco após ser baleado, foi ouvido reclamando, "Ai! Ai! Ai!".

É melhor, sim, do que a alternativa. No caso, a morte. Pense nos dois caras sobre os quais pousei em cima. Você nem os conheceu, e eles já não estão mais entre nós. A maioria das pessoas me acha insensível (e nojento, fedido etc.), mas estou muito chateado pelo vendedor de cachorro-quente. Pelo executivo? Não muito, embora esteja impressionado com o relógio Patek Philippe dele. Continua funcionando, mesmo depois de eu ter pousado sobre ele. Ei, o cara não vai mais usá-lo, e eu tenho dedos intactos suficientes para...

BAM!

Kip pousa no centro macio do meu peito quebrado, fazendo um som igual ao de uma bolsa de peido molhada. Ele fica todo assustado, tipo, "O que aconteceu?". De todo modo, não está ferido. O pequeno late e sai andando. Bom pra ele. Ruim pra mim.

Foi para pegar esse vira-lata que eu vim parar aqui, pra começo de conversa. Agora tenho que esperar, agonizando, enquanto meu corpo se cura, depois dar um jeito de encontrar um cãozinho nas ruas de Manhattan.

Isso não é uma música? Um cãozinho nas ruas de Manhattan?

Não. Você deve estar confundindo com Os Muppets conquistam Nova York.

A propósito, essa cena toda? Exemplo perfeito das vantagens que os quadrinhos têm sobre a prosa. Teria sido bem mais fácil com figuras. Dois painéis verticais e algumas linhas de movimento, talvez uma tomada rápida da reação do vendedor de cachorro-quente e do executivo perguntando-se por que subitamente tem uma sombra em cima deles, e já era. Meia página no máximo. E o impacto quando os atinjo? Muito mais visceral.

Oh, para onde iriam todos aqueles tolos com seu "aprendizado pelos livros" neste nosso novo mundo pós-literatura? Muahaha!

Enfim, voltando à história...

Tá, tá. Não me apresse.

Antes que eu possa gritar "Aqui, Totó!", flagro-me abençoado por uma visita dos céus. Vinda da cobertura, e não do Paraíso. Saco. O recém-chegado pousa ao meu lado, não com um baque escandaloso, mas com o sopro suave e gentil de jatos de armadura mecânica. Ora, é ninguém menos que o guarda-costas desequilibrado que me jogou da cobertura, lá no começo da cena! Não chegou a lhe ocorrer que eu seria rápido o bastante para agarrar o Kip no processo. Deviam ter visto a cara dele.

Não sei se esse cara é mesmo grande e mau, ou se é só o traje de tecnologia de ponta que ele usa, mas ele arrasa na entrada. O elegante sopro final dos jatos das botas espalha-se pela calçada, fazendo rolar pela rua os pãezinhos ainda quentes do carrinho. Mas esse barulho *vrt-vrt* que ele faz quando se move estraga tudo. Supertípico das Indústrias Stark. Não dá para simplesmente comprar uma armadura dessas na Amazon, então suponho que ele esteja ostentando uma imitação chinesa do mercado negro, que o chefe comprou no eBay. Maldita internet. Ninguém mais usa apenas armas automáticas?

O Mané de Ferro solta um *vrt* ao chegar mais perto. A armadura faz aquele negócio quando um lançador de mísseis emerge do antebraço. Não me pergunte como é que funciona esse troço. A não ser que o traje seja feito de algo como vibranium, que pode absorver vibrações, o coice dessa coisa poderia arrancar um braço inteiro na direção oposta.

Mas ele não atira ainda. O capacete se abre, mostrando-me um rosto de nariz quebrado e uns bons quilômetros rodados. Dá para ver nos olhos de ferro: esse cara tem a esperteza das ruas, e talvez até tenha bastante tempo de praça. Não é um amador querendo provar alguma coisa. Deve ter certa experiência em combate, que lhe rendeu o trampo na cobertura. Quase tenho respeito por ele.

Até ele abrir a boca.

– Não sei como sobreviveu à queda, e não tô nem aí. Me entregue o cachorro, ou vou dizimar você!

Caio no riso.

– Vai destruir um décimo de mim?

Ele tomba o rosto, como quem diz "como você ousa?".

– O que você disse?

– Dizimar, homem de lata, significa destruir um décimo de alguma coisa. Não tá acreditando? Essa coisa aí deve ter internet. Procure no Google. Eu espero.

– Maldito nazista da gramática. – Ele ergue o antebraço, mostrando o que suponho tratar-se de um canhão 37 mm de alma lisa. – Quis dizer que vou detonar você, sacou?

– Saquei, mas o problema não é gramatical, é semântico, como em...

Ele me cutuca com o cano, o que, no meu estado atual, dói.

– Cadê o cachorro?

Quando ele nota que estou deitado numa pilha de meleca grande demais para pertencer somente a mim, o rosto fica todo tristonho.

– Você não... pousou nele, né?

Eu não fazia ideia de que podia de fato *sentir* o meu pâncreas até ele enfiar o cano embaixo de mim, como se fosse uma pá, e usa aquilo para me levantar e poder ver melhor.

– Argh! Que frio! Muito frio! Ele não tá aí embaixo! Ele fugiu! Fugiu!

Aliviado, o guarda ergue o rosto – *vrt* – e pressiona um botão no antebraço.

Da armadura, uma voz sintética feminina meio abafada com a qual eu adoraria ir para a cama anuncia: "Apito de cão ativado".

As partes do meu pescoço que em geral permitem que ele se mova estão estilhaçadas, então não posso mudar meu ponto de vista, mas escuto patinhas de filhote tilintando pelo cimento atrás de mim.

O cara robótico abre um sorriso convencido, como se soubesse desde o início que tudo ficaria bem.

– Kip, seu merdinha! Aí está você! Vem cá, seu montinho de bosta!

As palavras são rudes, mas existe uma candura na voz dele, indicando que realmente se importa com o peludinho. Chega a me doer. Pode ser o pâncreas de novo, mas parte de mim quer alucinar uma encenação de menino-com-seu-cão, sendo eu o menino – completo, com graveto, bolinha e ensinar a usar pinico. Mas agora não é a hora.

O guarda-costas não vai querer ouvir, mas tem algo que eu deveria lhe dizer.

– Ei, amizade?

– Cale a boca. – As patinhas de cãozinho fazem mais barulho. – Aqui, garoto!

– Qual é seu nome, brother? Olha pra mim aqui. Estou quase morto. Poderia me dizer pelo menos isso.

O cara revira os olhos, mas ter encontrado o cachorro o deixou tranquilo, então ele coopera.

– Bernardo.

Atrás de mim escuto aquele respirar agitado e adorável de filhotinho, e a linguinha enrolada de filhotinho batendo nas laterais de filhotinho de um focinho de filhotinho.

– Bernardo, *mi amigo*, *por favor*, me escute com atenção. Sei que o Kip é uma graça, sei que é seu trabalho cuidar dele, mas seria melhor você *não* pegar esse cachorro.

Antes que eu possa entrar em detalhes, vejo bilau e bumbum de filhotinho quando Kip passa por cima do meu rosto em direção aos metálicos braços abertos de Bernardo.

– Achei você, seu montinho de pelos!

– Claro, *parece* com um filhote, mas, acredite em mim, na verdade é...

O cãozinho lambe o rosto do cara. Bernardo ri, provavelmente lembrando-se de um dia feliz da infância que não chegou a acontecer de fato.

– Ei, calma aí, garoto! – Então as lambidas do dálmata ficam ainda mais intensas. – Não, sério. Calma, Kip!

– Ponha-o no chão, B. Acredite em mim.

– Vou pôr *você* no chão.

A língua se move mais rápido. A sensação seca de lixa fica ainda mais áspera. Não machuca o bastante para conter um cara durão como o Bernie, mas vejo nos olhos dele que ele começa a se perguntar o quê, afinal, está acontecendo. Em vez de lidar com a estranheza, ele direciona a raiva para mim.

– Quem é você, afinal? Que tipo de maluco invade um sistema de segurança de milhões de dólares só para roubar de um garoto...

E então aquela linguinha fofa arranca o primeiro naco de pele do Bernardo, expondo o tendão e o músculo logo abaixo. Surpreso – você não ficaria? –, ele grita. O instinto o faz querer tocar o ferimento para ver quão ruim está, mas ele não consegue, porque está segurando Kip com as duas mãos. O pequeno Kip, que agora está mastigando uma bochecha nojenta como se fosse um brinquedo de morder.

Com a dor crescente superando o choque, Bernardo fica todo sórdido. Mudando do nada, ele ergue Kip como uma bola de futebol e usa a força intensificada pela armadura para arremessar o cãozinho o mais rápido e longe que pode. Mas a bola de pelos logo encontra a calçada. Kip vai rolando, preto e branco, preto e branco, ao longo do quarteirão. No caminho, todavia, vai também crescendo – e cresce e cresce, até que seu corpo cada vez maior estanca com o impulso e para, do nada.

Então o corpo do animal... como posso descrever? Bom, ele se desenrola, tipo uma planta abrindo as folhas ou um pássaro desdobrando as asas, mas, mais precisamente, como um monstro mutante crescendo, mudando de cor e de formato, expandindo em segundos para a altura de um, ah, sei lá. Não carrego uma trena por aí, então digamos que são uns... doze metros.

É, uns doze metros, eu diria. Por aí.

E então o ex-filhotinho grita, a voz explodindo feito alguma outra coisa que também explode. Tipo, talvez, o que antigamente chamavam de *boombox*. Claro, um *boombox*, mas com muito mais *boom*. Sabe, tipo um trovão. É, tipo um trovão demorado e muito alto:

– Eu sou GOOM! Venho do Planeta X!

Os olhos do Bernardo-sem-bochecha se esbugalham. Fico decepcionado. Achava que o cara tinha esperteza de rua, mas ele perde um pouquinho de carne e subitamente vira um mala atrás de uma mesa de escritório que nunca viu um monstro gigante na vida. Presa fácil; preocupado demais para sacar que deveria estar fugindo.

Eu? Meu corpo pode estar quebrado, mas com meu coração e alma aninhados em segurança na poça de lama escarlate que agora sou, grito para ele:

– Ei, Bernardo! 'Nardo, velho?

– Que foi? QUE FOI?

– Eu avisei.

2

POR TODO ESSE TEMPO, meu fator de cura ficou cumprindo seu papel – selando uma ruptura, renovando um pedacinho perdido de órgão, devolvendo o glúteo de volta ao máximo. Não consigo andar ainda, mas com os bons e velhos músculos esternocleidomastoideos do meu pescoço remendados (é, eu sei o nome do músculo, e daí?), tombo a cabeça para trás para ver, de ponta-cabeça, essa criatura que se autodenomina Goom.

Eita, o bicho é grande mesmo!

Falando sério. Uns cinco andares, se fosse um prédio. A pele manchada é grossa e pedregosa. Ele tem o corpo de um halterofilista encimado por uma cabeça gorda, tipo abóbora de Dia das Bruxas, e os olhinhos verdes mais lindos do mundo. O filhotinho inocente que eu chamava de Kip não existe mais. No lugar dele...

– Goom vive!

Com a bocarra aberta afirmando o óbvio em cima de mim, estou no local perfeito para reparar que ele não tem dentes superiores. Seria o sonho de um dentista se não fosse pelos dois molares inferiores, que têm tamanho suficiente para esmagar um ônibus e reduzi-lo a forragem. Estou pronto para lhe dar nota oito no quesito cara de monstro quando vejo aquelas asas mequetrefes que ele agita sob as axilas rochosas. Parecem uma capa de Drácula de depósito, tamanho extra-extra-grande, tingida de alaranjado para ornar com a pele.

Devo falar alguma coisa sobre as asas cafonas? Nunca sei o que fazer nessas situações.

Meu amigo guarda-costas, Bernardo da Bochecha Sangrenta, finalmente faz todas as conexões neuronais apropriadas. *Viu o cão? O cão se foi. Virou monstro. Foge, foge, foge!* Bernie está fora do meu campo de visão, mas o escuto fazendo mais do que uns poucos *vrt-vrts* – pelo menos um dos ruídos refere-se, suspeito, a ele abrindo os equipamentos de tecnologia de ponta.

Eu? Muito de repente estou imerso em sombras, como se um prédio estivesse prestes a cair sobre mim (e, sim, eu sei exatamente como é isso). Mas não tem prédio algum – é o braço do meu amiguinho Goom lançando uma baita sombra ao estendê-lo em minha direção. Viro meu recém-consertado pescoço, a tempo de ver Goom agarrar Bernardo com a mão de quatro dedos estilo King Kong.

Bernardo faz a parte dele, gritando como Fay Wray:

– Aaaaai!

– Goom tem fome!

Difícil *não* gostar de um monstro que o informa onde está. Não que eu não pudesse adivinhar suas intenções mastigatórias avaliando o jeito como ele mexe os lábios e leva B na direção da boca aberta. Goom quer um pouquinho mais daquela bochecha docinha.

B é um cara bacana em perigo. Talvez ele até seja delicioso, então, quero ajudá-lo. Não usando minha força, visto que não posso me mover, mas oferecendo algo ainda mais poderoso: informação.

– Bernardo? Ei, Bernardo?

Enquanto se debate, tentando se libertar, ele responde.

– O quê?

Aceno com os dedos que funcionam.

– Oi.

Ainda se contorcendo, ele olha para mim.

– Tá maluco?

– Bernardo? Bernardo?

– O QUÊ?

– Sim.

Os quatro dedos o apertam ainda mais. O braço traz o homem mais para perto.

– Goom vai devorar você!

Tento fazer um assovio de palco, mas não mando muito bem.

– Acho que isso significa que ele quer te comer.

– Pelo amor de... pelo menos me deixe partir em paz!

Eu ia fazer piada sobre o fato de que, sim, ele iria partir... *em partes*, mas Goom precisaria de incisivos e caninos para isso. Era mais provável que o rapaz fosse esmagado e rasgado.

– Claro, como quiser, mas... Bernardo?

– O quê? O quê?

Com os lábios zero bala, sorrio.

– Isso aí é um canhão no seu antebraço, ou você só está animadinho em me ver?

Ele parece fulo da vida, inicialmente, mas então uma clareza profunda inunda seus olhos.

– Ah. Sim.

Rápido feito uma lambida de filhotinho, ele dispara o canhão 37 mm de cano liso. Adivinha só! O fato é que Bernardo *está mesmo* usando uma réplica de armadura do Homem de Ferro sem vibranium, e a física do mundo concreto não falha. O pequeno projeto de míssil dispara num sentido, e o braço blindado sacode para o outro, com o coice sendo amortecido em parte pela armadura. O membro não é arrancado totalmente, mas B vai demorar um pouco para poder dar autógrafos por aí.

– Argh!

Adoro um sonoro *argh*. Você não?

O míssil deixa uma trilha tão branca e fofinha que podiam ser nuvens ilustrando a capa de um livro infantil.

Ou fumaça de avião a jato.

Quando o míssil atinge a parte carnuda do peito do monstro, Goom explode! Seus pedaços espalham-se pela ampla avenida. A mão e o braço que seguram Bernardo oscilam, como um movimento de carruagem* – sua conexão com o tronco de Goom já não é mais a mesma. Antes que os quatro grandes nós dos dedos raspem no asfalto, B já tinha se livrado deles.

Goom está quase derrotado, e por acaso eu recebo um "obrigado" que seja? Necas. Bernie apenas dá uma pirueta violenta em pleno ar e agarra o braço perdido, gritando algo sobre estar quebrado. Alguém por acaso pergunta se eu estou bem?

Não, ele apenas reclama, "Ai! Ai! Ai!".

Por falar nisso, o *meu* braço está começando a ficar bem melhor.

Quando o movimento giratório do braço cessa e Bernardo consegue falar, não é nada que tenha a ver comigo.

---

* No original: "swing fast and low like a sweet chariot", fazendo referência à famosa canção de 1909, "Swing Low, Sweet Chariot". (N.E.)

– Droga. Como vou explicar isso? O filho do chefe adorava aquele cachorro.

Tendo recobrado certa capacidade de mexer a parte superior do corpo, ergo-me, apoiando meu peso em um dos cotovelos, e olho para o cara com total descrença, embora ele não possa ver minha expressão, porque estou de máscara.

Você sabia disso, não é? Tenho mesmo que mencionar que estou de máscara? E de traje preto e vermelho? *Isto* aqui não tem nem capa?

– O garoto, claro. O garoto. Como se fosse *esse* o problema aqui. Por que não admite, fortão? *Você* também adorava aquele cãozinho peludo, pelo menos até o momento em que ele tentou devorá-lo. Mas o bichinho ter crescido e se transformado num monstro gigante não significa que você tem muito mais para amar? Admita: no fundo, você está chateado porque teve que dar um fim no birrento.

B, vacilando, levita uns três metros. Calado, provavelmente na dúvida se deve ou não dizer algo, ou considerando que o nosso relacionamento elevou-se ao patamar em que não há mais necessidade de palavras. Mas antes mesmo de formular a pergunta sobre se eu era mesmo maluco, ele percebe que tenho razão, em mais de um sentido.

Há *mesmo* muito mais de Goom para amar. Mais, muito mais.

Os restos de Goom deveriam ter permanecido como uma pilha fervilhante de putrefação melequenta *à la* Lovecraft. Contudo, em vez disso, tem muito mais agitação por ali. Com um ruído áspero de sucção, novo tecido se forma, e partes do corpo dele vão se preenchendo, como se tentassem consertar alguma falha no enredo. Em pouco tempo, o corpo está reconstituído.

– Goom vive!

Filho da puta! Ele tem fator de cura igual ao meu – só que muito, muito mais rápido. Fiquei chocado e fulo da vida. E envergonhado, acima de tudo. Olho para baixo, para o meu corpo patético, ainda lutando para pôr em funcionamento alguns órgãos internos, e não me conformo. *Tsc, tsc, tsc.*

– Por que você não se cura rápido como o Goom? Por quê?

Mas Bernardo está em apuros de novo, porque, enfim...

– Goom tem fome!

Com os jatos falhando, fazendo um ruído de escapamento de carro velho, B se volta para mim, em pânico, o cara cujo pensar rápido tirou o dele da reta ainda há pouco.

– E agora, o que eu faço? – pergunta ele.

Dou de ombros pensando: *Ei, eu consigo dar de ombros!*

Mas depois digo:

– Como é que eu vou saber, @&^#? Procure aí nos seus *apps*. Encontre alguma coisa que atire e aponte para a cabeça do maldito gobbleshaft.

– Maldito o quê?

Deixando de lado o que é um gobbleshaft, a tarefa não é tão simples quanto parece. O braço direito de B está fora de serviço, e, obviamente, ele não é ambidestro. A mão esquerda dele tateia atrapalhada como a senhorinha que eu vira no caixa automático naquela manhã, que não sabia onde colocar as moedas.

Na abertura para as moedas, sua idiota! NA ABERTURA PARA AS MOEDAS!

Você devia ter explodido a mulher.

Em vez da máquina.

Enfim, sabiamente, sugiro uma mudança de tática.

– Aquelas asinhas fajutas dele não devem estar funcionando. Voe para longe daqui!

Assentindo, o rapaz liga a geringonça. Os jatos funcionam vacilantes. Vai ver tem um pedaço do Goom preso em alguma entrada de ar. O rapaz não sai voando, mas começa a subir conforme o monstro estende a pata na direção dele mais uma vez. Parece chegar perto, mas os quatro dedos de Goom conseguem apenas agarrar o ar.

– Voe, guardinha! Voe daqui!

B fica aliviado. Dá para ver pelo sorriso maroto dele. Eu também fico, mas apenas por um segundo, porque aparentemente aquelas asas não estão ali só para atrair pretendentes. Goom *pode* voar. E bem rápido, por sinal. Ele alcança Bernardo em um segundo e o agarra pelas pernas. Em vez de repetir o erro anterior, perdendo tempo ao nos dizer que está vivo e com fome, Goom simplesmente enfia Bernardo na boca.

Ali mesmo, em pleno ar.

É meio como assistir a um daqueles documentários sobre a natureza, que mostram uma foca nadando velozmente, certa de que está conseguindo escapar do tubarão, mas o tubarão pula de repente e...

Estou prestes a dar outro conselho a B, mas escuto um... barulho de mastigação. Uma armadura de qualidade soltaria um crepitar mais viril ao ser esmagada. Aquela porcaria não faz nem um chiado.

Queria poder dizer o mesmo em relação a Bernardo.

– Ahhhhh!

Com um *vrt-vrt* aqui e um *vrt-vrt* acolá... lá se vai o rapaz.

A propósito, se isto aqui fosse um gibi, a exclamação final dele teria aparecido num balão espetado.

Pelo menos o grandão não disse algo como "Goom mastiga!".

Ciclo da vida. É ou não é? Mais um motivo para eu manter a política de não me afeiçoar a bichinhos de estimação, ou a personagens secundários, ou a quase nada. Nunca se sabe quando vão morrer. Digo, eu mal conheci o Bernardo, e aqui estou, todo chateado por ele...

Oooh! Olha! Um relógio Patek Philippe, e não tem dono!

Quando finalmente coloco meus dedos no maldito objeto, um estrondo dolorido e agudo invade minha ladroagem oportunista. É como se eu ouvisse um enorme grupo de crianças aterrorizadas gritando – porque, sim, do outro lado da avenida tem uma escolinha com paredes de tijolinho à vista cheia de crianças. Os pirralhos do jardim de infância estão todos se acotovelando nas janelas, berrando de dar dó conforme Goom anda com passadas firmes na direção deles.

Nada de "Goom engole!" ou "Goom limpa os beiços!". Apenas "Goom tem fome!".

O material de leitura no Planeta X deve ser mesmo uma porcaria.

As crianças berram. Seus corajosos professores as arrancam das janelas. Um deles baixa a cortina, como se isso fosse ajudar.

Chega. Dane-se que antes ele era um cãozinho fofo, agora está sendo um babaca. Procuro me erguer, sacudo uns cachorros-quentes ainda fumegantes e saco as katanas irmãs que carrego presas às costas.

Infelizmente, não tinha reparado que uma das espadas ficara presa logo abaixo da minha escápula direita durante o processo de cura. Eca. Atrapalha totalmente meu iaido quando eu a tiro dali. Além de doer pra cacete. Foi mal, agonia, agora não tenho tempo pra você. Pisando firme, braços de volta e prontos para o ataque, vou direto no tornozelo alaranjado e gorducho mais próximo.

Goom ergue a mão e arqueia as costas, dando a impressão de que vai derrubar a parede com um único golpe. Se eu fosse bem mais alto, poderia cortar o tendão dele da posição em que estou. Em vez disso, golpeio o tornozelo, cortando carne suficiente para fazê-lo cair de costas.

Velho, ele cai bonito! O chão chega a tremer. O asfalto racha. Vai bloquear as duas vias da rua. Dois táxis, uma minivan e um Acura se chocam. Um hidrante racha, jorrando água a uns dez metros do chão. Em outras palavras...

Viu? Isso é um balão espetado.

Goom fica deitado de costas, desorientado, com cara de um paizão que estava brincando com o neném no chão da sala de estar e agora não sabe bem onde o filhinho foi parar. Mas então sua grande cabeça de abóbora (em vez de apenas Grande Abóbora, que seria uma referência a Charlie Brown) vira-se para mim.

Quando ele estreita os verdinhos gêmeos para euzinho aqui, o tornozelo já se curou. Maldição.

– Goom vai destruir você!

Aceno pra ele no estilo do Bronx.

– Deadpool vai se esquivar!

A mão dele vem em minha direção. Apesar de meus reflexos incríveis, ele é rápido para o Plano A – que, como eu disse, envolvia esquivar-me. Passo para o Plano B e arranco fora uma monstruosa ponta de dedo.

– Goom machucado!

– Eles não têm exclamações de dor no Planeta X? Só usam essa narrativa autorreflexiva entrecortada? "Goom machucado"? "Goom arrependido"? "Goom entrando na espiral da vergonha"?

Antes que ele possa puxar a mão, livro-o de outro dedo.

– Ai!

– *Obrigado!*

Pelo visto não é preciso ter todos os dedos para golpear alguma coisa. Em vez de dar um tempinho para lamber os ferimentos, ele contra-ataca. Saio voando. Nada além de para o alto, e mais alto e além, até cruzar a rua e cair na base de pedra da escolinha. Granito, cimento e algo que mais parece uma cápsula do tempo de 1954 caem ao meu redor. Machucado, mas ainda inteiro, levanto-me de um salto e, irritado, solto uma enxurrada de típicas falas de batalha:

– Yippee-ki-yay, c******! Anda logo, maninho, alegre o meu dia! Quer comprar briga? Dá um oi pro meu amiguinho aqui! Tá falando comigo? Não sou eu que estou preso aqui com você; é você que está preso aqui comigo! Quem bate? Sou eu! Pelo amor do ódio, cuspo em você meu último sopro!

Goom senta-se, o topo da cabeça no mesmo nível que o terceiro andar do prédio atrás dele. Com os dedos já restaurados ao estado original, em fabulosa condição, ele tenta me agarrar de novo, mas desta vez estou pronto. Pulo para cima do dedo indicador dele e vou correndo pelo braço.

Quer dizer então que Goom pode regenerar o corpo? Beleza. Vamos ver se ele pode regenerar a cabeça inteira.

Por trás das dobras pedregosas das bochechas o pescoço fica quase invisível, quase como o narrador do *The Rocky Horror Picture Show*. Mas eu tô vendo. Quando alcanço a extremidade do ombro, dou um salto, katana em punho.

Goom vai cair!

Conforme voo para meu objetivo, o mundo todo vira um borrão. Não costumo receber muito apreço, e tento não esperar por isso, mas desta vez eu escuto, ficando cada vez mais alto: o rugido selvagem da multidão. Subitamente, toda a plateia da escolinha está de pé, ovacionando. E estão torcendo por *mim*, o pequeno Wade, o garoto do qual todo mundo zoava, porque agora ele vai ganhar a partida! Estou com a bola, faltam poucos segundos, e estou quase chegando à rede. Vai entrar, tô falando, vai entrar! Vejo Sophie McPherson, a menina que amo, tremendo de empolgação, gritando meu nome sem parar, "Wade! Wade!".

– Olha pra mim, Sophie! Olha pra mim!

Já contei que às vezes alucino nos momentos menos apropriados? Nunca sei quando é hora de mencionar. É como tentar saber depois de quantos encontros você deve mencionar que tem filhos, ou lepra. Que bom que acabo de desabafar. Você vai acabar se acostumando. A causa? Pode ser porque, conforme meu processo acelerado de cura repara todo trauma craniano, ele interfere na minha continuidade de consciência. Ou talvez o experimento que me deu poderes, e também o câncer, tenham exacerbado alguns problemas psicológicos subjacentes.

Pode ser alguma coisa no momento agindo como gatilho emocional.

É, lembra-se de como seu pai costumava bater em você?

O quê? Você acha que lutar contra um monstro gigante que está prestes a devorar criancinhas me faz lembrar de um jogo de basquete no colegial? Vai nessa. Enfim...

Gostaria de dizer que posso sempre reconhecer a ilusão porque logo ela acaba, mas – pensando bem – tudo acaba, certo? Bom, num minuto é tudo torcida, no outro, meu panorama pessoal adolescente some. Nada de ganhar no basquete, nada de Sophie.

Em vez disso, querendo ser o último a bater palmas, Goom me prensa entre as mãos. E esfrega as mãos calosas. Eu luto, resmungo e trepido, mas isso é quase irrelevante para a minha libertação. Em seguida, ele me joga no chão com muita, muita, muita, muita, muita, muita força.

Atravesso o teto reforçado de um Humvee estacionado por ali. Passo pelo banco estofado. Você poderia imaginar que o chassi logo abaixo me conteria, mas, não, atravesso-o também – e vou seguindo até o asfalto, onde fico deitado numa cova novinha em formato de Deadpool.

Tipo o Pernalonga, só que com sangue.

Tudo em mim que tinha levado todo aquele tempo para se curar? Quebrado de novo. E desta vez com alguns danos a mais. Acho que tenho um dos braços funcionando, mas antes que eu possa usá-lo, Goom retira o Humvee de cima de mim.

Obviamente, o cortar de dedos continua fresco na memória de monstro dele. Em vez de me agarrar de novo, ele joga o carro para longe e pula, planejando pisar com aqueles pés de canhoneira em qualquer coisa que tenha restado de mim. Canhoneira aqui *não* é apenas uma figura de linguagem.

Ei, já sobrevivi a todo tipo de coisa: tiro de revólver, flechada na cabeça, unha encravada. Mas nem mesmo eu estou certo de que ser *totalmente* amassado é algo que tenha conserto. E, como eu disse, sempre dói.

Deitado ali sob a sombra cada vez mais fedorenta dos pezinhos titânicos de Goom, contemplo não apenas a minha mortalidade, mas também o que deve estar passando na TV.

Já começou a nova temporada de *Agents of S.H.I.E.L.D.*?

Agents of S.H.I.E.L.D.?

Ah, velho. Sinto-me como a Dorothy quando ela descobre que tinha o poder de voltar para casa desde o início (e, francamente, eu teria socado a Glinda por não ter contado isso antes). Não preciso ficar aqui perdendo nada da programação porque tenho exatamente o que preciso, desde o começo. Com o braço bom, retiro a arma secreta enfiada dentro do meu estiloso cinto. Gostaria de dizer que o visual é superlegal, mas, na verdade, é só uma lata de aerossol bonitinha.

Aponto-a para o alto, conforme Goom vem descendo, e lanço uma espirrada. Meus atuais empregadores, o pessoal que me deu essa lata, a chamam de nanocatalisador. Você sabia que a maioria dos seres vivos – tirando, tipo, as amebas – é feita de células conectadas? O nanocatalisador que acabo de espirrar rompe essas conexões.

Quer saber se age rapidamente? Fique olhando. Ou... lendo.

Conforme a gigantesca massa pedregosa cai sobre mim, a Criatura do Planeta X se derrete num monte de melequentas lascas de Goom. Parece que ele vai sendo sugado por um imenso e crescente buraco negro num lago composto por ele mesmo.

Em vez de ser esmagado, sou encharcado por uma gosmenta chuva cor-de-rosa.

Nem cheguei a matá-lo, exatamente, porque ele não morreu. Não, não quero dizer que vai continuar vivo enquanto nos lembrarmos dele. Visto que ele pode se regenerar. Todas as suas células continuam vivas – ainda que coletivamente ele tenha sido reduzido a uma grande poça rosada que se espalha e borbulha, cada vez menos como Goom, a Criatura do Planeta X, e mais como Ponto, a Criatura no Fim desta Frase.

3

NÃO FOI A PRIMEIRA VEZ que um pedaço da Big Apple levou uma mordida. As sirenes dos primeiros transmissores já estão se sobrepondo à balbúrdia dos berros dos alunos da escolinha, aos gritos dos pedestres, carros buzinando e pesados destroços de concreto que continuam caindo. Aposto que eu teria uma enxaqueca daquelas se as minhas orelhas não estivessem todas entupidas com a meleca antes conhecida como Goom.

Faço de tudo para arrancar a meleca, mas está bem lá no fundo. Ainda estou tentando quando uma lufada de vento zumbe mais alto do que a cacofonia. Vencendo os carros dos policiais, as ambulâncias e os caminhões dos bombeiros pelo direito de dizer "cheguei primeiro!", quatro *hoverfliers* pousam ao meu redor.

O que é um *hoverflier*? Bom, é como se uma nave transportadora botasse um ovo contendo uma equipe de resposta rápida composta por quatro ou cinco agentes de campo. Em comparação, uma nave transportadora – também conhecida como helitransporte – tem tripulação de cerca de cinco mil agentes, portanto é *lógico* que nem todo mundo consegue sentar na janelinha.

Ambas pertencem à S.H.I.E.L.D.

Se você não sabe o que é a S.H.I.E.L.D., parte de mim vai querer causá-lo danos corporais. Mas, ei, às vezes eu não consigo sequer lembrar dos nomes de todas as vozes que escuto em minha cabeça, então vou deixar passar.

Nós temos nomes?

Shhhhh!

Era uma vez a S.H.I.E.L.D., antigamente conhecida como o Supremo Quartel-general de Espionagem Internacional e Divisão de Execução da Lei. Nos anos 1990, eles mudaram para Superintendência Humana de Intervenção, Espionagem, Logística e Dissuasão. Mas, como disse Gertrude Stein, "uma rosa é uma rosa é uma rosa é uma rosa".

Para mim, ela sempre foi Supermalucos Humanos Imbecis Empregados por Loucas Donas de casa. Contanto que eles mantenham aquele *slogan* bacana (Não desista, apoie a S.H.I.E.L.D.!) e me paguem em dinheiro, não ligo para como se denominam.

As pás vão parando, as escotilhas se abrem e a competente líder de equipe salta para analisar a situação. É uma bela afro-americana; esposa, mãe e detonadora. É também um robô. Alguns dizem que seu corpo sintético tem algo a melhorar, mas ela gosta daquele jeito, porque é assim que ela funciona. Ela é perfeita – modelo de eficiência e liderança tranquila –, até fazer aquela cara de quem está olhando para o quarto bagunçado do filho.

Depois de virar os olhos mais de uma vez, ela fala pelo comunicador com uma voz toda oficial:

– Quero um perímetro em torno daquela... daquela... gosma, câmbio. Além das equipes para cuidar dos feridos, ninguém entra, ninguém sai, até que cada gota daquela coisa seja analisada.

Uma equipe, equilibrada em gênero e etnia, composta por agentes em forma vestindo trajes escuros reforçados com Kevlar, salta das aeronaves, espalha-se rapidamente e domina a situação.

Depois de mais algumas chacoalhadas de cabeça e um sutil *plop*, finalmente consigo liberar uma das orelhas. Levanto o polegar para a agente líder.

– Ei, Preston! Eu não me rendi porque estava voltando para a S.H.I.E.L.D.!

Ela vira os olhos novamente.

– Olá, Wade.

Ela pode me chamar assim porque é o meu nome, Wade Wilson, e a agente Emily Preston e eu somos amigos. Não tenho muitos. Amigos, e não nomes.

Por falar nisso, para ser honesto, existe certa dúvida quanto a Wade Wilson ser meu verdadeiro nome. Minhas circunstâncias mentais tornam difícil eu me lembrar da minha vida antes do Arma X – ou durante. Ou depois. Encontrei certa vez um cara que disse que o verdadeiro Wade Wilson era *ele*. Se bem que eu posso ter imaginado isso, ou ter ficado encarando um espelho enquanto me preparava para um encontro romântico com a Sophie ou algo assim.

Mas, cara, pelo que *você* sabe, posso muito bem estar inventando tudo isso aqui. Como você saberia, principalmente sem figuras? Imagens nunca mentem. É com os balões de diálogos que você tem que ficar esperto.

Eu já tive um balão. Acho. Um amarelo bem grandão. Fiquei tão empolgado, segurando ele pela corda, com a mãozinha tremendo, até que meu pai disse: "Wade" – ele me chamou de Wade, já que era meu pai, acho que isso implica que sou mesmo o Wade –, "por que você não solta o fiozinho pra ver o que acontece?".

E eu...

Oh, Deus. Oh, Deus. Oh, Deus.

Era um balão preso pelo fio?

Ou um cãozinho na coleira?

Não. Nunca tive cachorro. Nunca. Até onde eu sei. O único motivo para eu querer ter tido um na infância seria para impressionar a Sophie. Meninas curtem essas coisas fofas.

Enfim, Preston é uma de talvez... três amigos, acho. Difícil manter a contagem. Eles estão sempre morrendo ou me traindo, ou acaba que eles não existem e eu só estava brincando sozinho o tempo todo. Pense nisso, a *Preston* passou um tempo morta, o que explica por que ela tem aquele corpo de robô. Tecnicamente, é um Modelo de Vida Artificial: uma recriação projetada pela S.H.I.E.L.D. de uma pessoa viva. MVA, a sigla. Parece totalmente humana, mais do que muita gente diz que eu sou.

Tirando a Em, tem a Cega Al, mas ela é meio que minha prisioneira. E Bob, agente da Hidra. Ele era um grande fã, mas eu tentei matá-lo, ele tentou me matar, e ficou tudo bagunçado. Passado isso... olha, se você realmente quiser saber dessa porcaria toda, pode ler tudo na minha HQ, a não ser que venha com um "Ah, eu só leio livros, sou tão inteligente, lá-lá-lá, como eu sou inteligente!".

Nesse caso, na próxima vez que eu romper a Quarta Parede, vai ser na sua cabeça. Não pense que eu não posso sair destas páginas para ter uma conversinha sobre exercitar a capacidade do seu cérebro de conceituar relações espaciais.

Isso mesmo, meu chapa, tô falando com você.

– Wade, com quem você está falando?

Ninguém! Hã, por quê?

Droga. Esqueci do travessão.

– Ninguém, Em! Hã, por quê?

Ela vem até mim, o cenho franzido.

– Deixa pra lá. Não preciso saber, não quero saber.

– Cuidado para não pisar naquele Goom.

Ela olha para baixo, torce o nariz e acena para dois agentes. Eles vêm até ela, carregando o que parece ser uma mangueira de aspirador de pó de última geração com um focinho branco de metal montado na extremidade da geringonça. Toda estou-no-comando, ela estala o dedo para a meleca, e os agentes apontam o chupador (*cof, cof,* não sei se você me entende) para onde ela está apontando.

Com um toque numa tela *touchscreen*, díodos piscam, ar sopra, e o que Jimmy Durante teria chamado de a *schnozzola* da coisa começa a sugar meleca-de-Goom como se fosse calda de cereja com glicose extra. O lamaçal borbulha ao longo da mangueira e decanta para um grande tanque montado num dos *hoverfliers*. É do tamanho daquela coisa que Homer Simpson usava para estocar cocô do Porco-Aranha no filme. Por falar em palavras que começam com "c", a coisa é cuidadosa pra cacete para um superaspirador. Entra a gosma, todo o resto fica fora.

Assim que o chão entre nós está asseado o bastante para as botas dela se manterem limpas, a agente Preston se aproxima.

– Está machucado?

– Defina machucado.

– Mais do que de costume?

– Estou de pé e na pegada já, já, não me rendo, pois estou voltando para a S.H.I.E.L.D.

– Pode, *por favor*, parar de falar isso? Ninguém usa esse *slogan* desde os anos 1960.

Estou com um pouco de dificuldade de escutá-la, então bato na cabeça para tentar desobstruir o outro ouvido. Não dá certo. Agora o ouvido bom está zumbindo porque acabo de bater muito forte na cabeça. Se eu mal posso escutar o que estou falando, imagine os outros. Então grito:

– NADA PODE SER MAIS EMBARAÇOSO DO QUE ME CONTRATAR PARA SEQUESTRAR FILHOTINHOS, PORQUE ELES PODEM SE TRANSFORMAR EM MONSTROS GIGANTES!

Em faz careta, como se eu tivesse peidado na igreja.

– Fale baixo! O que foi divulgado para o público é que a S.H.I.E.L.D. veio aqui só pra limpar a bagunça que *você* fez. Foi só por isso que você foi contratado para esse trabalho.

Bato na cabeça mais uma vez.

– O QUE FOI, HEIN? TIMMY ESTÁ PRESO NUMA CAVERNA, E TENHO QUE IR SALVÁ-LO?

Ela estreita os olhos e faz um movimento de cabeça para os agentes.

– Limpem-no.

Eles apontam a mangueira para mim – roça aqui, cutuca ali, com um empurra daqui, e sacode de lá.

– AI! EI, CUIDADO COM AS JOIAS DA FAMÍLIA!

– Até a última gota.

– Sim, senhora.

– HAHAHA! FAZ CÓCEGAS! ESTÁ BEM, PRESTON! EU PARO! EU PARO!

Agarro a mangueira e a enfio na orelha. O ruído forte da sucção indica que um pouquinho da massa preciosa dispara pelo meu tubo eustaquiano favorito, passa sacudindo a mangueira retorcida e pousa no tanque. *Ploch.*

– Ele chuta, e é gol! – Vibro como se estivesse em uma arquibancada, mas é um pouco triste sem a presença de Sophie e por não estar no ginásio da escola. – Agente Preston, tenho que relatar que, infelizmente, é possível que um pedaço do meu cérebro tenha sido sugado para fora. Aviso: se por acaso foi a junção temporoparietal direita, meu direcionamento moral pode ter sido comprometido. Não me use se estiver grávida ou desejar engravidar.

Ela cruza os braços.

– Você *não tem* direcionamento moral. Além disso, o Gale Max 9000 só suga biomaterial que tenha sido comprometido pelo nanocatalisador.

Ergo minha latinha de aerossol superlegal.

– Meus cumprimentos ao chef pela arma mais ultrarradioativa que já usei. – Eu a aponto e faço uns barulhos de tiros de laser. – *Pow! Pow! Pow!*

Preston se abaixa. Os outros agentes, que nem me darei ao trabalho de descrever em detalhes, espalham-se.

– Deadpool! Essa coisa pode liquefazer *qualquer* ser vivo, inclusive você.

Sacudo a lata ainda algumas vezes e devolvo-a ao seu lugar em meu cinto.

– Tô zoando. Eu sei. Não sou retardado. Eu leio os rótulos. Quase sempre. Isso aqui seria uma última opção.

Ela olha ao redor, para os buracos na rua, os prédios e os veículos que antes se moviam.

– Nesse caso, parece que você podia ter usado essa opção um pouco mais cedo.

– Tinha que ter certeza de que Kip era mesmo uma ameaça, não? – O fator de cura continua trabalhando, apesar de lentamente, então consigo me erguer e alongar o corpo. – Vou te contar, Pres. Esse é o tipo de história que vejo com muita frequência nessas ruas perversas. Goom viveu, Goom teve fome, Goom comeu Bernardo, Goom viveu de novo, Goom ficou com fome de novo e foi atrás das crianças na escolinha. Era de se esperar que as pessoas já tivessem resolvido guardar nosso recurso mais precioso, ou seja, as crianças, no subsolo.

As sobrancelhas dela novamente ficam enrugadas.

– Você disse Goom? Do Planeta X?

– É, cinco vezes numa única frase. Por quê? Você o conhece? – Arqueio as costas. Alguma coisa ossuda na minha espinha faz um *crack*, o que indica que voltou ao lugar ou que não deveria estar ali, pra começo de conversa. – Vocês saíram? O maridinho Shane sabe disso? Conte tudo, amiga.

– Esse nome só me parece... familiar.

Os olhos de LMD dela, ultralegais, que em geral parecem normais, começam a projetar dados em pleno ar. É bizarro, mas não faço nenhum comentário, porque sou educado.

Ela analisa a informação e faz uma careta. O arquivo que ela queria está bloqueado.

– Bom, sabemos que a pessoa que estava trabalhando naquele laboratório abandonado do Arma X, seja lá quem for, estava desenvolvendo um superpredador com estágio larval canino. Mas não sabíamos ao certo *no que* os filhotes se transformariam. O verdadeiro mistério é por que eles foram enviados para serem adotados como animais de estimação.

Ergo uma sobrancelha, mas como mencionei anteriormente, não posso ser visto sob a máscara.

– É *esse* o verdadeiro mistério? Ficamos tão mal-acostumados que não paramos mais para nos perguntar por que alguém iria querer criar um monstro canibal com estágio larval em forma de filhotinho, pra começo de conversa?

– Tá bom, talvez esse seja o mistério mais *imediato*. Mas, com mais deles à solta, temos muita coisa com o que nos manter ocupados. – A projeção de dados desaparece. – Depois eu conto, caso descubra mais alguma coisa.

– Você faz esse bipe quando está dormindo? O Shane deve ter muita paciência.

– É, mas o Jeff adora quando leio historinhas holográficas para ele na cama.

A equipe de sucção termina o trabalho, então ela acena, indicando que retornem aos *hoverfliers*.

– Um filhote já era, mas a lista é longa, Wade. Se mais algum deles se transformar, muitas vidas estarão em perigo. É melhor você entrar logo em ação.

– No problemo, kemosabe.

Saco meu bloquinho e analiso a lista.

É bem mais longa do que eu me lembrava.

Mesmo com o primeiro nome riscado.

E vamos apanhar feio dos outros também?

– Hã... Preston? Seguindo nessa ideia de agir o quanto antes, não seria mais fácil eu *não* esperar que eles façam tanto estrago? Sabe, talvez até dar uma borrifada neles *antes* de se transformarem? Economizar tempo e dinheiro?

Velho, que olhada feia que eu recebo.

– Não, não seria. Como eu já disse, conseguimos essa lista de um centro de distribuição legítimo. Essas larvas-monstros foram misturadas a outros filhotes em carregamentos regulares. Não fazemos ideia de quais deles são bichos biomodificados e de quais são apenas cãezinhos.

– O que quer dizer quê...?

Desta vez, ela escancara os olhos.

– Wade! Pensei que você gostasse de cachorros.

– Não gosto. Só disse isso pra colocar na orelha do livro. Dá aos leitores um motivo para se identificarem comigo. Sou um profissional imparcial. Nunca tive cachorro nem ia querer ter um. Além disso, em alguns países, os cachorros são considerados uma iguaria culinária.

Ela escancara os olhos ainda mais. Não imaginava que podiam se abrir tanto. Será que é típico de LMD?

Antes que ela destrua algum nervo responsável pela mobilidade das pálpebras, coloco o pé numa lasca de concreto, apoio o cotovelo no joelho e deito os olhos no horizonte para um rápido monólogo.

– Claro, eu curtia o Snoopy quando era criança, mas se eu criasse uma ligação com um filhote hoje em dia, nós dois acabaríamos machucados. Começaria tudo do jeito mais inocente: brincar de pega, focinho geladinho roçando meu pescoço, lambida de linguinha áspera. Antes que eu percebesse, ele já estaria dormindo nos meus pés, aquecendo meus dedinhos e me dando amor incondicional 24 horas por dia. Aonde é que isso iria me levar?

Ela ri.

– Quem sabe o fizesse... feliz? Pare de bobagem. Eu o conheço. Você não machucaria um filhote de verdade de jeito nenhum. Estou errada?

Junto as mãos nas costas, baixo os olhos, chuto de leve o asfalto e respondo numa voz meiga e minguadinha:

– Não, acho que não.

Ela sorri.

– Foi o que pensei.

– Mas assim seria mais eficiente...

Ela escancara os olhos outra vez.

– O que foi que você disse?

– Nada...

– Quer o dinheiro desse trabalho, não quer?

– Quero.

Preston coloca as mãos na cintura.

– Olhe pra mim. Olhe pra mim agora. Você *quer* que eu o demita?

– Não. Mas eu sempre achei que você ficasse contente quando eu matava algum vilão.

– Não gosto que você mate, de maneira alguma. E, por favor, fale como adulto, ou seja lá o que você é.

Limpo a garganta.

– E aquela vez que atirei no assassino da Hidra? Aquele que tentava machucar a sua família?

– Aquilo foi diferente, pois você salvou as nossas vidas. Desta vez, a não ser que esses filhotes se transformem numa ameaça imediata, você não está salvando vidas. E poderia, por gentileza, parar de falar comigo como se eu fosse sua mãe? Já é bastante difícil ser sua amiga.

– Está bem. Então, se me dá licença...

Ela faz um gesto, dispensando-me, como se eu fosse uma imensa mosca varejeira.

– Pode ir. Suma daqui antes que eu recobre o que resta da minha sanidade e lhe arranque essa lata de aerossol. Lembre-se: você só conseguiu esse trabalho porque eu disse que você não é tão maluco quanto parece. Não me decepcione.

Saio andando pesarosamente, tentando ordenar os pensamentos, que faziam pingue-pongue em minha mente.

Você não machucaria um cachorrinho.

Machucaria?

Teve gente preocupada sobre como essa coisa de diálogo interior funcionaria num livro. A discussão persiste, mas estou começando a me perguntar se preciso mesmo disso.

Espere um pouco.

O quê?

Ora, o que vocês fazem, afinal? Era divertido nos quadrinhos, mas até mesmo lá vocês fazem, tipo, três coisas:

1. Fornecem justaposição entre fantasia e realidade objetiva (ou pelo menos consensual). Mas eu acabei de fazer isso com a alucinação do jogo de basquete, e não precisei de voz alguma.

É, mas...

2. Distinguem o que eu digo a mim mesmo do que digo em voz alta. Mas já que estou narrando esta confusão toda, sabemos que só o que aparece depois do travessão é dito em voz alta, como no meu diálogo com a Preston.

Mesmo assim...

3. Expressam múltiplas personalidades, tipo Wade Bom/Wade Mau, Wade Maluco/Wade não tão maluco assim.

É isso! Essa aí.

Isso você não tem como fazer sem a gente.

Errado. Na verdade, eu não tenho personalidades distintas. Eu *sei* que vocês são eu. Além do mais, o distúrbio de múltipla personalidade foi descartado como diagnóstico legítimo faz muitos anos. Então, vão se ferrar, seus fãs de *Sybil*. Hoje em dia, os psicólogos acreditam que é mais uma coisa de dramatização, só que vocês se empolgam demais.

A gente não mantém a realidade para você, interiormente?

Fala sério. Se uma árvore caísse na floresta e não houvesse ninguém lá para escutar, ela faria barulho?

Sim.

Oh! Como é que você sabe, espertalhão?

Do mesmo modo que você sabe que uma árvore caiu na floresta sem ninguém estar vendo, sua anta.

Hmmm. Ah, não consigo ficar bravo com vocês! Está bem, podem ficar!

4

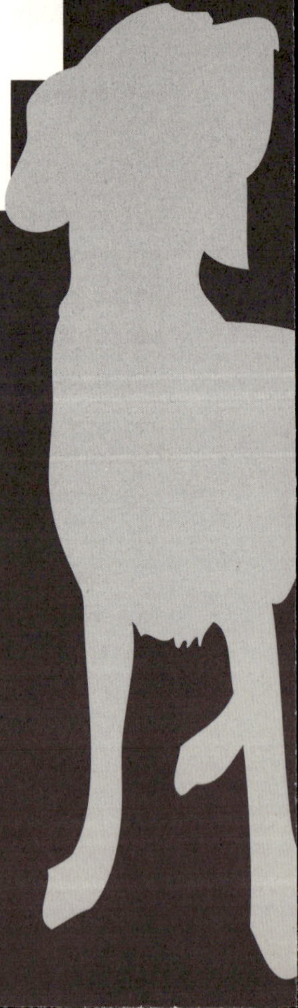

PRESTON NÃO TEM COM O QUE SE PREOCUPAR, fãs de cães. Nem tanto por motivos sentimentais, mas porque eu tenho limites. Eu *gosto*, sim, de uma boa matança, e sou bom nisso, mas detono *somente* escória assassina comprovada, que realmente mereça esse fim. Claro que penso muito nisso, e falo mesmo, para manter a imagem. Mas, na hora do vamos ver, eu não machucaria nem um dragão-de-komodo que estivesse com um tênis pendurado na mandíbula venenosa sem a prova de que anteriormente havia um pé dentro daquele tênis. Caso contrário, não conseguiria nem me olhar no espelho.

Não que eu olhe, com essas lesões cancerígenas soltando pus. Algumas pessoas usam máscaras para esconder suas verdadeiras identidades; outras, para proteger os que amam. Eu uso para impedir que meu rosto se esfarele.

O segundo da lista é o Playful Pete's Pet Potpourri, na cidade de Yonkers. O pet shop, sem saber, recebeu um lobo-da-alsácia que talvez seja um kaiju (palavra japonesa que significa "criatura estranha", fãs do gênero) disfarçado. Saber a raça não me ajuda muito. Não faço ideia de como é um lobo-da-alsácia, e sou preguiçoso demais para procurar no celular. É aquele que parece um pastor-alemão mais peludo ou aquele de rosto enrugado?

Ah, resolvo isso quando chegar lá.

E também não vou dirigir nem usar transporte público. A S.H.I.E.L.D. tem *hoverfliers*, Michael Knight tem o KITT, Roy Rogers tem o Trigger (que ele mandou empalhar depois que o bicho morreu; a propósito, bizarro demais). E eu... Bem, eu tenho um teleportador acoplado neste meu fino e estiloso cinto de armas. Então, com uma canção no coração, uma brisa fresca no rosto e a roupa pegando na bunda, estalo os calcanhares, bato no cinto e digo:

– Bamf!

Só digo *bamf* porque odeio o zumbido do teleportador. É igual alarme de relógio, chato pra caramba. Ele não emite som algum quando chego, o que é ótimo para pegar as pessoas de surpresa. Desta vez, porém, tem um brilho berrante inesperado – que não some de jeito nenhum.

Talvez o teleportador tenha sido danificado na queda, lá no Capítulo 1. Não, está funcionando bem. A realidade, como sempre, é o problema. Toda essa luz horrenda está vindo da placa iluminada do Playful Pete's, bem acima de mim.

O pet shop não é uma lojinha qualquer; é uma daquelas grandes lojas de departamentos. Em vez da coleção de produtos inanimados de sempre, dispostos para atrair o consumismo ostentatório, Pete's oferece ampla variedade de formas de vida, que são alimentadas, empacotadas e vendidas para o apoio emocional e divertimento da atual espécie dominante em nosso planeta.

É grande demais até para uma loja de departamentos, tomando boa parte de um shopping bem em frente à pista de corrida de Yonkers, pertinho do reservatório de Hillview.

Não que eu queira gorar ou algo assim, mas, velho, não seria dramático se o suprimento de água corresse perigo em algum momento? Quero dizer, o Hillview fornece água potável a milhões de pessoas que moram em Manhattan... Imagine só!

Disse, certa vez, o dramaturgo russo Anton Tchekhov: "Remova tudo que não tem relevância na história. Se você diz, no primeiro capítulo, que há um rifle pendurado na parede, no segundo ou no terceiro ele precisa ser usado. Se ninguém vai atirar com ele, não deveria aparecer pendurado ali".

Mas Tchekhov está morto, e eu estou aqui, e tô dizendo que vocês não precisam se preocupar com *nada*, apesar do fato de eu ter comigo um nanocatalisador que pode reduzir qualquer ser vivo a meleca e por acaso estar perto de um reservatório.

A pista de corrida? Não tem nada a ver também.

Relembrando: nada de cavalos e nada rolando nesse reservatório, *capisci*? Este capítulo resume-se ao perigo potencial que espreita lá de dentro do Pete's – e eu, Deadpool, o cara certo para o trabalho certo, no lugar certo, mas sem a mentalidade certa.

Com um salto enérgico, eu me arremeto contra o sensor das portas automáticas, porque até hoje acho o máximo quando as portas abrem sozinhas. É mágico! Quando elas se abrem, vejo que o Pete's faz jus ao nome: um *pot-pourri* de odores fecais de animais assalta as minhas narinas, e latidos, trinados e guinchos incomodam meus tímpanos – e isso tudo por causa das crianças prometendo aos pais que vão cuidar de seus novos sei-lá-o-quê, não importa como vai ficar o quarto, *ai, por favor, por favor, por favor!*

– Posso ter um cachorro, pai?

De um lado, a superparede de aquários borbulhantes. Do outro, pássaros que se esgoelam sem dar a mínima para o fato de você *achar* que sabe por que os pássaros cantam nas gaiolas. Mais adiante, todos os ratos e demais roedores estão ocupados fornicando na frente dos filhos deles e dos seus. Perto deles, os répteis predadores, de olho nos mamíferos que requerem maior cuidado, como furões e petauros-do-açúcar, pensando qual deles levaria mais tempo para ser digerido. À direita, meu alvo: um monte de cãezinhos choramingando.

Há lições aqui para todos nós. É aqui que nossos jovens criados com comida processada aprendem sobre o ciclo da vida, que os adultos aprendem sobre o ciclo do comércio e os universitários aprendem sobre o ciclo do subemprego.

Mas eu sei de algo que eles não sabem: que sob essa aparente utopia de jaulas, lascas de madeira e nutrição prontamente disponível existe uma bomba-relógio em potencial. A qualquer momento, o Pete's, com tudo que há lá dentro, pode ser destruído por um gigante revoltado disfarçado de almofada de amor fofinha.

Ou não. Pode ser apenas um lobo-da-alsácia de verdade.

Então, o que devo fazer? Kip transformou-se bem na minha frente, mas pode ter sido pura sorte. Pelo que sei, a transformação pode ocorrer em dias ou semanas. Mas minha lista é longa, e alguma coisa me diz que o melhor é agir rápido e mandar por água abaixo o horror à espreita, antes que ele se canse de espreitar e fique completamente horrendo. Não sei bem que coisa é essa que me diz isso. Deve ser uma das vozes em minha mente.

Não ouse pôr a culpa em mim.

Nem em mim.

Hum. Kip transformou-se logo depois de cair do alto de um prédio. Talvez uma descarga súbita de adrenalina desencadeie a transformação.

Acho que tem uma falácia lógica informal nessa ideia.

Post hoc, ergo propter hoc. "Só porque uma coisa acontece depois de outra, você não pode concluir que aconteceu por causa dela."

Então tudo o que tenho de fazer é causar uma descarga de adrenalina e ver o que acontece...

As katanas são ótimas quando você não quer chamar a atenção. Mas como é justamente isso o que eu quero, pulo numa placa de propaganda, saco minhas pistolas Glock .45 e começo a atirar.

Ptaff! Ptaff! Tzing!

Fragmentos de gesso e de um forro ordinário começam a despencar do teto. Em pânico, os clientes se esgoelam. Os funcionários correm para se abrigar. Os peixinhos-dourados mergulham para dentro dos castelinhos decorativos, para nunca mais serem vistos. E, o melhor de tudo, os malditos pássaros finalmente calam o bico. Para que ninguém me interprete mal, falo alto e calmamente:

– Não se preocupem, cidadãos! Tenho boa pontaria! Ninguém será ferido! Só estou tentando assustar um monstro para que ele se revele!

Pow, pow! Pwii!

E eles lá me escutam? Por acaso repararam que só estou fazendo desenhos na parede? Não. É um pânico só, pânico e corre-corre. Sherlock Holmes abriu planetas inteiros à bala na parede da Baker Street, e a Sra. Hudson nem piscou. Ninguém me ama.

Tkak-pow!

Pelo menos o gerente não perde a cabeça. Ele vem agachado até mim, gingando uma daquelas coisas de alumínio que eles usam para pegar coisas nas prateleiras mais altas.

– Pare! Pare!

Ele sacode a ferramenta contra mim como se fosse um bastão. Eu poderia mencionar que, mesmo que fosse um bastão, não seria exatamente útil contra dois revólveres. Em vez disso, lanço a ele um olhar admirado.

– É preciso ter colhões para se aproximar de um mascarado atirando feito louco numa loja, senhor, e eu respeito isso.

Continuo atirando, mas com todo o respeito.

Bam-Bam-Bam!

– Seu maníaco!

– Senhor, os detalhes são ultrassecretos, mas receio que você e seus clientes estejam em perigo.

Ele se esquiva bruscamente.

– Por sua causa, seu louco maldito!

O apanhador de alumínio do cara fica preso numa prateleira, e ele fica aborrecido. Poderia ter dito que essas coisas são uma péssima escolha para usar como arma, mas ele não me perguntou nada. Para que ele não pensasse nos problemas, continuo falando com ele.

– Senhor? Estou procurando um filhote de lobo-da-alsácia que foi enviado para cá dois dias atrás, mas... isso é um pouco embaraçoso, não sei como é um lobo-da-alsácia. Será que pode descrevê-lo para mim? Não precisa se estender em termos ou palavras, mas tente ser preciso.

Ptaff! Ptaff!

O gerente fica todo vermelho.

– Um lobo-da-alsácia?

Ele tenta me agarrar pelos pés, mas o pobre é um centímetro mais baixo do que o necessário, o que explica por que, afinal, ele andava por aí com aquela ferramenta.

– Não precisa erguer a voz, senhor. Estou fazendo o melhor que posso.

Gotas de suor escorrem pela vermelhidão do rosto.

– Você está atirando numa loja lotada sem motivo algum!

– Pode parecer que não tenho motivo, mas, como disse Orwell, "As pessoas que renunciam à violência podem fazê-lo somente porque há outros dispostos a praticá-la em seu nome".

Pwing! Takat!

– Seu idiota! Acabamos de vender esse filhote!

Bam...

– Oh.

As Glocks tinham se esvaziado, de qualquer forma. Aponto-as para o teto e ejeto os pentes. Dada a minha gafe, o movimento não sai tão legal quanto eu esperava. Além disso, um dos pentes quica na cabeça do gerente e pousa na gaiola de um furão.

– Hã... faz quanto tempo?

– Mais ou menos um minuto antes de você entrar! Olhe como ficou este lugar! Meu Deus! Meu Deus!

Um pouco envergonhado, olho ao redor. Há buracos nas paredes e em algumas prateleiras de suprimentos para pets, mas o pior foi a rachadura em um dos aquários. Penso em falar alguma coisa sobre ter que quebrar alguns ovos para fazer um omelete, mas meus ouvidos captam um som familiar: sirenes.

– Ora, senhor! Você chamou a polícia?

O leal gerente nem me escuta. Está ocupado demais levando os últimos clientes e funcionários para os fundos.

Aceno para ele.

– Vá com Deus, senhor! Vá com Deus!

Então fico ali, sozinho com meus pensamentos; sozinho com minhas lembranças falhas, minhas percepções imperfeitas – e algumas centenas de animais. Ei, isso significa que não estou sozinho, certo? Mas quem são os verdadeiros animais aqui? As criaturas indefesas que chamamos de pets? Os humanos que, como se fossem deuses, compram e vendem essas vidas? Ou o cara maluco com as Glocks soltando fumaça?

O cara com as Glocks.

Sem dúvida.

Há tanto para ser considerado. Mas agora – com pó de gesso e cocô de gato espalhados por todo canto, como neve artificial para decoração natalina – escuto algo sobressaindo-se ao barulho das sirenes, um grito lamentoso a perfurar a noite:

– Socorro! Socorro! Socorro!

Em algum lugar há uma alma em apuros: um inocente em perigo, um monstro nascendo.

E eu sei, do fundo do coração, que devo atender ao chamado.

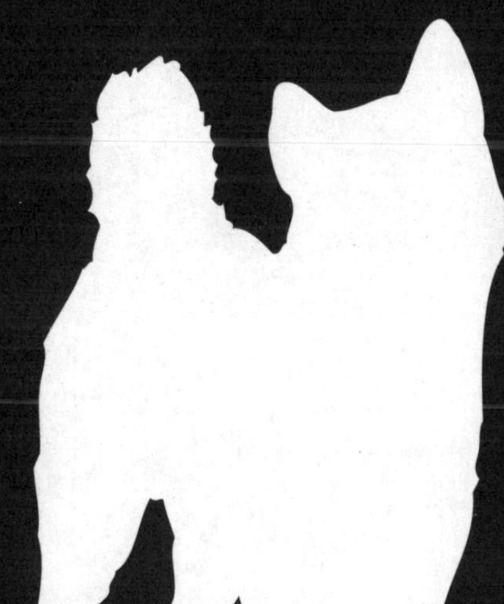

5

CAPITÃO AMÉRICA – O Supersoldado; herói da Segunda Guerra Mundial; um homem que, apesar das décadas passadas desde seu fatídico encontro com o soro que lhe conferiu as incríveis habilidades, ainda se lembra de como é ser fraco, e por isso entende de verdade o que significa ser forte.

Capitão América – O primeiro Vingador, um homem tão envolvido com as listras e as estrelas que adornam seu imponente uniforme, que nem mesmo as pessoas mais próximas conseguem discernir o ponto em que terminam seus ideais sublimes do ponto em que começa o homem de carne e osso.

Capitão América – Campeão da Democracia, Sentinela da Liberdade, Guarda-Costas da Constituição, um homem atemporal, preso a um mundo moderno que se move tão rapidamente, que às vezes parece ter ultrapassado os meros princípios que o levaram tão longe, e tão rápido.

Capitão América... que não aparece neste livro.

ENGANEI VOCÊS! Ser psicótico significa nunca ter de pedir desculpas. É uma loucura só, criançada. Até mesmo essa última frase.

Mas chega disso.

Com o sangue bombando, as pernas latejando e reflexos _______ (qualquer coisa mais rápida do que um relâmpago) atingindo o ponto máximo, sigo para a saída do dizimado pet shop.

Isso mesmo. Destruí um décimo dele, mais ou menos.

Estou preparado para a ação, pronto para mergulhar no perigoso cenário de cãezinhos graciosos que me aguarda, seja lá qual for. Mas, quer saber? Nesta nossa agitada vida moderna, é importante poder parar e sentir o aroma das rosas. Então paro e fico pulando em frente ao sensor das portas, fazendo-as abrir e fechar. *Adoro* como esse mecanismo funciona.

Hã, e o monstro?

Já vou. Lá fora, escuto novamente aquele grito de pânico. "Socorro! Socorro!".

Olho para a esquerda, olho para a direita, olho para trás. Olho o solado das botas. Nada. Nada que eu queira tocar, pelo menos. Não me culpe. Os humanos são péssimos para marcar a localização de áudio. É por isso que só precisam de um alto-falante para graves, porque a maioria não sabe dizer de qual direção estão vindo os sons de baixa frequência.

– Socorro! Socorro!

Hum. Será que o grito está vindo da minha mente?

Não.

Daqui, não.

Tendo descartado todas as opções, olho na última direção que resta: cima. Quem diria! Lá está ele! Hum. Nada muito digno de nota. Poderia ser um pai que comprou um lobo-da-alsácia com a intenção de fazer uma surpresa para os filhos, ou um executivo solitário que queria ter *alguma coisa* para recebê-lo quando chegasse em casa à noite. Eu poderia descrever a cor dos cabelos, idade, altura ou o peso, quem sabe usar alguma metáfora evocativa inteligente (o rosto azedo feito limão espremido), mas, sério, resumindo, ele é puro tédio. Eu preferiria muito mais voltar lá atrás e descrever aqueles agentes da S.H.I.E.L.D. Mas o cara está ali, repetindo a mesma ladainha de "Socorro! Socorro!".

Nenhuma pista do caráter, nenhuma informação que pudesse manter o andamento do enredo. Que tal "Oh! Estou sendo sequestrado!" ou "Meu filhotinho se transformou numa coisa imensa, e tenho motivos para crer que quer me matar!". Ou até mesmo um "Ai! O mundo virou de cabeça para baixo! O que antes eu segurava ternamente nos braços agora me prende nos seus!".

Todavia, a criatura que o está segurando lá no alto... isso *sim* é interessante. Minha nossa! Alguém me traga um leque, aquele de lantejoulas pretas, porque acho que vou desmaiar!

Ostentando asas muito melhores do que as de Goom, o bicho voa uns vinte metros acima da Central Avenue, trazendo o Sr. Mala nas... podemos chamar aquilo de mãos? Basicamente, ele parece um imenso prédio antigo de pedra cinzenta, mas dá para ver que não é bem um prédio, porque prédios não voam, certo? Um balão de desfile do Dia de Ação de Graças? Não. Não é hoje que se comemora, e por que alguém iria querer fazer um balão gigante na cor cinza?

Com o coração aos pulos, escalo uma van estacionada para poder ver melhor. Dos profundos sulcos cinzentos em sua pele surgem feições rochosas, erguendo-se feito os três rostos escondidos dos presidentes norte-americanos na toalhinha de mesa.* E aquelas asas? Mãe do céu. Imensas, parecem mais as de um morcego. Estilosas, também. As pontas ósseas afiadas combinam perfeitamente com as grandes orelhas pontudas que se erguem dos dois lados da sinistra cara de duende. É de se esperar que algo que parece ter sido arrancado do granito precise de roupas, mas o bicho está usando shorts, tão cinzas e enrugados quanto a pele, cobrindo partes íntimas que provavelmente nem existem.

Ao contrário de Goom, esse carinha aí lembra um daqueles... como é mesmo o nome daquelas estátuas monstruosas que ficam na beirada das construções, adornando a parte saliente das calhas do telhado? Aquelas que São Romano enfrentou no século VII? Tem até um desenho na TV... está na ponta da língua.

– Agora o mundo sentirá o poder de Gorgolla, a Gárgula Viva!

Estalo os dedos.

– Gárgula, isso mesmo! Obrigado! Mas, Gorgolla? Velho, parece nome de queijo.

O monstro me ignora, ou talvez esteja longe demais para me escutar. Sem problemas. Sou poesia em movimento. Um salto maroto para o primeiro degrau de uma escada de incêndio, uma subida rápida, mais um pulo e um giro em pleno ar, então pouso com uma cambalhota e estou na cobertura do Pete's, correndo ao lado da fera alada.

– Socorro! Socorro! – continua gritando a vítima indefesa.

Está bem, está bem, já entendi. Vou informar a imprensa.

No limiar da cobertura, salto até o telhado do cinema ao lado. O lugar ainda está em processo de construção – e está uma bagunça, se querem saber. A quantidade de lixo que há por ali me faz perder tempo, pois tenho que fazer zigue-zague por entre as caixas abertas, fragmentos de duto de ventilação e vários tipos de detritos. No primeiro rascunho da história, cheguei até a pisar num ancinho, que me atingiu na cara, mas

---

* Nos Estados Unidos, é comum haver jogos americanos de mesa com estampas dos rostos dos presidentes. (N.E.)

todo mundo há de concordar que isso seria ridículo. Há ali um conduto que leva a uma caçamba de lixo, tudo funcionando, mas alguém se dá ao trabalho de usar? Não.

Com um pouco de dificuldade, consigo alcançar o Gorbachovolla. E movimento efusivamente os braços para sua enormidade voadora.

– Ei, você, Gargulinha! Consegue me ouvir agora?

Ele olha à frente, como se eu nem estivesse ali. Arremesso um tijolo no nariz dele, e ele volta os olhos na minha direção, apenas por tempo suficiente para me corrigir:

– Eu sou *Gorgolla*! E tenho fome!

Ora, vejam só! Ele estava mesmo me ignorando. Acho que o magoei. Enquanto ele estiver segurando aquele chato choramingão, não posso usar o spray, então tento, sabiamente, atingir os pontos fracos dele.

– Ei, Gogo-uh-lá-lá! Não gosta quando humanos insignificantes erram o seu nome, hein? Você precisa projetar força. Entendi. Mas se você quer *mesmo* que o mundo sinta, como você diz, *a sua força*, sou obrigado a perguntar: por que uma Gárgula Viva como você seria flagrada carregando o Sr. Monotonia em seus fortes braços? O que isso me diz sobre você? Afinal, somos todos, querendo ou não, julgados pelas vítimas que atormentamos, não?

O monstro ergue mais ainda o rapaz, que continua se esgoelando, para poder olhar melhor para ele.

– Socorro! Socorro!

Fica evidente na expressão de gárgula desapontada que o monstro concorda comigo.

– Se eu fosse você, faria uma troca; pegaria alguém que chamasse mais atenção, alguém que fizesse o mundo ter vontade de se ajeitar na cadeira e ficar de olho. Alguém...

Estufo o peito, pronto para dizer "alguém como eu", mas antes que eu possa concluir o argumento, meu plano já deu certo. Ele larga o reclamão.

Porque você é assim, bom demais.

E muito esperto também!

Já disse que vocês dois podem ficar. Não precisam começar a me bajular.

Enfim, enquanto o grande Gargonzola sai voando em busca dessa pessoa especial, sou forçado a tirar os olhos do prêmio e cuidar da vítima.

E, sim, ele continua pedindo socorro e socorro, enquanto despenca lá do alto.

Que droga. Não sou do tipo heroico, que muda a programação inteira para salvar todo e qualquer babaca prestes a se espatifar de cara no cimento, mas ele ainda estaria se esgoelando calmamente nas mãos do Gorgolollapalooza se eu tivesse ficado de bico calado. A culpa foi minha, então tenho que fazer alguma coisa.

Visto que o que eu faço de melhor é mirar e atirar, mando umas balas contra os suportes do duto que leva à caçamba de lixo. Alguns se rompem e a rampa gira, interceptando o mala sem alça bem no meio de um "socorro". Assim, o chato está a salvo, e agora pode viver o que lhe resta de sua chatíssima vida, aproveitando a própria chatice em paz e relativa segurança.

Porque... como é mesmo?

Porque você é bom demais.

Ninguém pode negar.

Salvamento perfeito. Nem um fio de cabelo fora do lug...

Talvez nem tanto... O cara atinge a rampa com um impacto maior do que eu esperava, e agora está descendo feito uma boneca de pano – ou, mais precisamente, um corpo inanimado. Eu *acho* que ele está bem, mas é difícil dizer, já que não ouço mais o repetitivo pedido de socorro.

Maldição. Agora vou ter que dar uma olhada nele.

Erro meu. Assim que me aproximo da caçamba de lixo, o cara pula para fora, me envolve entre os braços e deita a cabeça no meu ombro. E o que ele tem a declarar após essa experiência renovadora?

– Obrigado! Obrigado! Obrigado!

Situação embaraçosa.

Afasto aquelas mãos medíocres do meu traje.

– O quê? Vai dizer apenas isso? Até sua gratidão é um tédio! Cara... vá embora daqui! E nunca ouse ter uma ideia original, porque isso só o faria perceber o quão vazio você é!

De mãos erguidas, como se estivesse em um assalto a banco, o cara recua.

– Está bem, está bem, está bem!

– Fala sério! Mano, nem mesmo um *monstro faminto* teve interesse por você!

E, por falar nele, o brobdingnagiano Gorgolla está seguindo fielmente o meu conselho, procurando pela próxima vítima. Estão lembrados da pista de corrida? Aquela que, no capítulo anterior, eu disse que não tinha nada a ver com a história? No fim das contas, vai ter muito a ver com este capítulo aqui.

– Gorgolla tem fome!

E, quando a fome bate, quem sou eu para ficar esperando que alguém atenda, torcendo para que deixe um recado antes de ir embora? Claro, talvez seja só o vizinho reclamando do barulho, mas como vou ter certeza? Não, eu digo a vocês, senhoras e senhores, quando a fome bate, eu não fico sentado no sofá; eu vou correndo, todo contente, em direção à porta.

Cof, cof. Pista de corrida de Yonkers. Com mais de um século, é parte do fabuloso World Casino – nome que soa como se fosse coisa de gibi, o que é muito apropriado, porque é como se um pedaço de Las Vegas tivesse caído do céu bem ali. Inteiramente adornado por pisca-piscas em todas as cores do arco-íris, o complexo oferece jogatina de todo tipo, restaurantes sofisticados e shows de comédia ao estilo de Manhattan. Mas é a gigantesca cobertura de acrílico segmentado, multicolorida e de gosto duvidoso, disposta na entrada, o que atrai nossa gárgula em busca de atenção.

As luzes coloridas que se intercalam fazem um contraste legal com a silhueta de Sua Cinzestade (queria que vocês pudessem ver isso!), mas ouço-o lambendo os beiços quando avista o que tem atrás. Ele vai atravessando a estrutura, seguindo para a pista oval de meio quilômetro do outro lado, mais rápido do que o namorado da babá quando o carro dos pais entra na garagem.

Qual é o problema? Já tinha sido dada a largada da primeira corrida com arreios da noite.

Corrida com arreios?

É alguma parada sadomasoquista tipo Cinquenta tons*?*

Vocês podem, por favor, tirar a minha cabeça da sarjeta por um segundo? A corrida com arreios é tipo *Ben-Hur*, só que o condutor vai sentado; os jóqueis competem em charretes leves de duas rodas chamadas *sulkies*. Para o Gorgolla, é uma refeição sobre rodas.

Ignorando meros detalhes, como tíquetes de entrada e seguranças, vou até a pista onde se dá a competição. Quando estou perto o bastante para atirar, oito maravilhosos trotadores americanos desembestam pela última curva, indo para a linha de chegada.

E que corrida! Dois dos cavalos revezam a disputa da liderança. Em determinado momento, Bom Provedor avança! Depois vem Filhinho de Papai! Calma lá. O favorito, Floco de Cereal, chega entrando pelo meio. Ele fica pescoço a pescoço com Filhinho de Papai! Estamos a segundos do fim, pessoal. Ou será que não?

Dá para acreditar? Gorgolla, a Gárgula Viva, também conhecida como Cinquenta Tons de Cinza, desce raspando logo atrás da manada, as asas esticadas erguendo uma imensa nuvem de poeira. Numa parceria contínua entre homem e animal, os jóqueis e seus cavalos olham para trás e veem Cinquenta Tons quase alcançando suas ferraduras!

Os cavalos que lideravam cruzam a linha de chegada e seguem em frente. A corrida não termina!

E a arquibancada vai à loucura! Mas não como você imaginou. Eu espero que eles saiam correndo por causa do, enfim, do monstro. Que nada. Ou são muito corajosos ou estão tão acostumados com as extravagâncias dos efeitos especiais que acham que aquilo tudo faz parte do show.

Eles simplesmente ficam ali, batendo palmas e torcendo por seus cavalos.

E quem pode culpá-los? Olhe como se movem esses cavalos! Parece que estão correndo para salvar suas vidas. Porque estão mesmo! Até mesmo a azarada Geleia, na lanterna, está dando tudo de si. O Cinquenta Tons pode ter começado com força, mas, passada a primeira curva, ele bate as asas feito louco para se manter acima dela!

Não. Parece que Garg estava se segurando! Ele começa a avançar. Geleia diminui a distância, e agora está alguns poucos centímetros à frente. Terminada a curva, parece até que ela vai escapar, mas...

Oh!

Não foi rápida o suficiente.

Cinquenta Tons agarra a égua como se fosse uma bala de goma, coloca-a na boca e faz dela o seu almoço.

Geleia já era.

Como se você já não esperasse por isso...

Para a sorte do jóquei, Geleia era um bom bocado. A charrete, agora sem tração, tomba, mas o carinha se levanta rápido, como se tivesse formigas nas calças, e pula fora do caminho antes que Cinquenta Tons tenha terminado de engolir.

Eu achava que Gorgolla pretendesse mostrar mais força, mas mastigar uma boa carne fresca é provavelmente algo considerável para esses monstros. Talvez o metabolismo mutante deles seja instável. Não que o desejo de dominar o mundo fosse sinal de estabilidade.

Deixando isso de lado, a não ser que eu esteja interpretando mal o ímpeto moral implicado pelo cenário atual, nós alcançamos aquele momento especial em que a ética não apenas me permite borrifar o Garoto-Pedregulho – ela praticamente demanda.

Isso aí, ética!

Vou abrindo caminho por entre os espectadores estarrecidos e imóveis, avançando na direção do monstro, enquanto mantenho o nanocatalisador a postos em uma das mãos. Mas com toda aquela muvuca fica difícil mirar direito. Depois de muito esquivar e desviar, eu consigo. Uma rápida borrifada e Googly, a Ferramenta de Busca que se Achava, será uma grande e molhada poça de amor.

Que inferno. Nunca é assim tão fácil, sabia? Tem sempre um *mas*, um *até* ou um *subitamente*. Neste caso, estou prestes a bancar o herói quando chega até mim um hipófilo de braços grossos e me agarra pelo braço. Quando digo braços grossos, não me refiro a músculos – é pura gordura. Estou falando do pernil do Porcozilla. Não faço ideia de como ele enfiou tudo aquilo para dentro da camisa, muito menos do colete. E somando-se a essa aura suína, o cara tem barba e cabelos espetados, tipo um porco vietnamita, aqueles de estimação.

Não se trata de ter vergonha da gordura. O cara lida bem com ela. Até combina com ele. Mas então esse eliminado da *Ilha do Dr. Moreau* agarra a minha *mão*. Ele me impregna todo com seu cheiro de sabonete líquido e pergunta:

– O que você está fazendo?

O que eu estou fazendo? Já fiz uma *porrada* de coisas que provavelmente requeiram explicação, mas tentar salvar um bando de gente de um gigante destruidor não é uma delas. Fico tão aturdido que, em vez de pensar numa resposta inteligente, aponto para a grande gárgula, como se sua presença não fosse óbvia, e esclareço.

– Vou acabar com aquele monstro e salvar os cavalos.

O Porcozilla sacode a cabeçorra.

– Aposto minha hipoteca que o Filhinho de Papai vai dar três voltas antes que aquela coisa o pegue. Deixe a corrida terminar!

Ouvindo isso, uma senhora alta e magra, de penteado estiloso, faz cara feia para mim, me olhando por cima dos óculos e me ameaçando com o punho ossudo.

– É! Deixe terminar!

Antes que eu me dê conta, estou cercado por uma multidão que me faz parecer o mais são ali. Não sei se são apostadores profissionais ricaços, viciados surtados ou turistas que simplesmente gostam de gritar. De repente estou sendo segurado e atacado por eles, numa cena digna de *A noite dos mortos-vivos* ou *O dia do gafanhoto* ou *Madrugada dos mortos*. Estão muito enfurecidos, e todos gritam:

– Deixe terminar! Deixe terminar!

Será que estou tendo alucinações? Como no jogo de basquete com a Sophie?

Não.

Não creio.

Se eu sou a voz da razão, temos um problema.

– Ei, sei que todo mundo fez suas apostas, e sou tão contra prejuízos quanto qualquer um aqui, mas... mesmo se desconsiderarmos os pobres cavalos, nenhum de vocês se importa com os jóqueis?

Eles param e ficam com o olhar fixo. Talvez eu os tenha tocado, acordado seus anjos da guarda, quem sabe inserido um pouco de bom senso nessas cabeças, colocado-os em processo de catarse com minhas palavras.

Só que eles não estão olhando para mim, e sim para a pista. Só pararam de gritar para assistir a outro cavalo ser transformado em antepasto. Só espero que Floco de Cereal lhe dê uma indigestão.

Os que tinham apostado em Floco de Cereal lamentam a perda. Os demais, Porcozilla e Cara Feia entre eles, torcem por seus cavalos, ainda em disparada.

Tem *certeza* de que não estou alucinando?

Você sabe disso melhor que eu.

Hora de botar a mão na massa. Em outras palavras, começo a atirar. (É, ok, não *em* todo mundo, mas os sonoros bangue-bangues espalham essa ideia.)

– Todo mundo pra *longe* do reservatório de genes!

Boa parte deles se espalha feito primatas filhotes com instinto de sobrevivência em bom funcionamento. Porcozilla, não. Continua de olho na corrida. Meu, esse cara está com um encosto do tamanho de um gorila.

Mas isso me faz refletir: por que raios eu fui associar essa metáfora do encosto a nossos primos macaquinhos? Os carinhas são tão adoráveis quanto os cãezinhos. Não seria legal se ainda houvesse pelas ruas aqueles tocadores de realejo que ficavam girando a manivela do instrumento enquanto seus símios de estimação coletavam moedas?

Eu acho que seria um barato.

Porcozilla – de olhos inchados grudados na pista e bilhetes de aposta prensados nas patas carnudas – nem se mexe. Eu poderia dar a volta, mas, como uma montanha, lá está ele, então resolvo escalar. Quando alcanço o topo, meto-lhe um chute.

Isso sim faz ele se mexer.

– Continue correndo! – digo a ele. – Funciona!

Pulo o parapeito e me posiciono na faixa do centro. Assim que Filhinho de Papai passar por mim, não haverá nada além de uma nuvem de poeira entre eu e Gurgles, o Garbanzo. E lá vem ele, asas esticadas, braços para baixo.

– Quando eles virem o quão poderoso eu sou, será fácil escravizar os terráqueos!

Evidentemente, uma Gárgula Viva em todo o seu esplendor, exceto pela clareza de pensamento.

– Olha, Geegle, desconsiderando o fato de que você está com um pedaço de cavalo grudado no dente, tem certeza de que curte esse esquema de escravidão? Economicamente, um mercado livre com uma classe média desenvolvida geraria consumidores muito mais ávidos e educados.

Ah, ele nem me escuta. Está ocupado observando a até então boquiaberta plateia correndo para o estacionamento.

Ele se vira na direção deles.

– Humanos! Contemplem o meu poder!

Ele me parece um pouco triste.

Percebendo a ironia, torço e vibro.

– Corram, seus loucos malditos, corram!

E a corrida recomeça! Após uma parada rápida para fazer algumas apostas, corro até lá para acompanhar. Veja como se movem! É como se corressem para salvar as próprias vidas! Até mesmo Porcozilla está dando tudo de si. E lá se vai Cara Feia, derrubando todo mundo que encontra pela frente, deixando os outros no caminho da possível destruição só para ter mais alguns preciosos segundos de sua doce vida.

Porcozilla tenta avançar, mas Cara Feia o derruba e passa correndo por cima dele! Percebendo que talvez ela seja aquela pessoa especial, Cinquenta Tons se aproxima. Minha nossa, como ela corre. Lá vai Cara Feia, centímetros à frente, quase alcançando a porta de seu carro esportivo SUV. E agora apertando a botão da chave para destravar as portas! Parece que ela vai conseguir, mas...

Oh!

Cinquenta Tons quase a pega, mas ela mergulha e desliza para baixo da SUV! Que movimento preciso! Mas ainda não acabou. O monstro agarra o carro e o ergue. Indefesa, Cara Feia tenta escapar, mas não há para onde ir!

Ahhh. Eu não posso deixar isso acontecer... Ou posso? Não, sério. Posso? Por favor?

Não.

Não pode.

Ah, está bem. Sabia que vocês dois estão começando a falar como a Preston?

Alcanço o poste de iluminação perto da balbúrdia e vou subindo até o topo, mão ante mão. Dali, num salto eu alcanço Gumby Lady Gaga. Pouso nas costas largas dele, agarro-me na nuca rochosa e mergulho minha katana na carne grossa e inchada.

– Sente a *minha* força, Gargles?

Ferido, pelo menos por um instante, ele ruge. Quando gira, fico ali em cima feito um caubói no touro mecânico – um imenso touro mecânico cinza. Mano, sou bom demais nisso! Não estou nem aí. Ergo a mão para o alto e grito:

– Ihhhh-há!

Mas nunca se deve subestimar a besta em que se está montado. Quando grito, ele se lança para a frente, e eu rolo feito água para fora da gárgula. Dou de cara com um Toyota que ainda está com o adesivo de "vende-se" no vidro. Para a minha sorte, a lataria desses híbridos é muito maleável. O carro é esmagado, absorvendo boa parte do impacto.

O Goebbels Vivo fica irado. Tão irado que muda de prioridade. Agora ele fica menos a fim de mostrar a força e mais propenso a me matar. Ele avança para mim, mas estou com o nanospray a postos, e tenho certeza de estar perto o bastante para atingir o alvo. Dedo na biqueira – estou prestes a acabar de vez com essa corrida. Mas (tem sempre um *mas*...) Gurgles não gosta do que vê. Ao perceber o perigo, escancara as asas ao máximo e faz um grande e amplo movimento. *Vuuush!*

Como não tenho muita adequação aerodinâmica, sou arremetido para trás, de cima do carro, e vou parar no chão. O nanocatalisador, tão aerodinamicamente inadequado quanto eu, apesar de muito mais leve, sai voando feito um pedaço de papel capturado por um tornado. E onde, oh, onde o mortal aerossol da aniquilação vai parar, algum palpite?

Lembra-se do reservatório que mencionei antes? O que fornece água limpa e fresca para milhões? Aquele que eu *jurei* que não teria absolutamente nada a ver com o capítulo, bem como os cavalos e a pista de corrida?

É, vai parar lá.

No fim das contas, Tchekhov estava certo, mesmo estando morto.

6

GORT, O MONTE FUJI, quer me esmagar mais do que qualquer outra coisa, mas os grandes monstros alados não fazem curvas assim tão facilmente, então tenho uns poucos segundos antes de ter que lidar com ele de novo. Fico de pé de um salto, porque às vezes não basta simplesmente se levantar, e abro um pouco de distância entre nós quicando de carro em carro, com movimentos precisos de *parkour*.

Correndo pelo estacionamento na direção das águas brilhantes do reservatório, avisto o nanocatalisador brilhando ao cair. Acompanho-o descendo, descendo, descendo, até que uma área de pinheiros bloqueia minha visão.

Deve ter pousado no meio das árvores, e então não haveria problema, eu acho, ou está na estrada de acesso ao reservatório, do outro lado, o que não seria muito ruim, ou está *dentro* do reservatório, o que seria ruim pra cacete. Para quem se importa com pessoas.

Sou otimista, então sigo primeiramente para a trilha de pinheiros. Está tão escuro, que não enxergo lata nenhuma no meio das árvores. De joelhos, como quem procura as lentes de contato, ouço Googolplex se aproximando. Ele resolve o problema de iluminação voando *por entre* as árvores, levando consigo um monte de troncos. Em meio às raízes aparentes e à terra marrom, um tesouro de coisinhas brilhantes se alastra.

– Gorgolla vai "decimar" você!

Não tenho tempo para correções semânticas agora. Começo a procurar. Lata de cerveja. Lata de cerveja. Lata de refri. Papel de chiclete. Aerossol nanocatalisador. Lata de cerveja. Lata de cerveja. Garrafa de cerveja. Que chique. Sudário de Turim? O que isso está fazendo aqui? Lata de cerveja. *Rótulo* de garrafa de cerveja. Peraê! Calma! Qual foi a quinta coisa que eu disse?

A sombra de Gorgolla se projeta sobre mim. Agarro o cilindro brilhante de metal, caio de costas e miro para o alto, para Sua Rochosidade, pressiono e...

... quase corto o dedo no lacre de alumínio.

Maldição. Lata de cerveja.

– Sinta o meu poder!

Onde pode ter ido parar...? Viro para olhar. Ah, lá está! Peguei. Mas sabe o que dizem sobre dar a outra face? Nem sempre é uma boa ideia. Quando me volto para atirar, minha outra face encontra um enorme punho cinza.

Golpes vigorosos são ossos do ofício, mas esse foi dos bons! Bem antes de processar a dor, já saltei dali e estou no ar. Vejo luzes pulsando, daquelas que a gente vê quando fecha os olhos e fica prestando atenção nas pálpebras. As minhas tendem a ser vermelho-cereja. Gorgolla diz alguma coisa sobre conquistar nossa raça ínfima assim que der mais uma mastigada, mas a voz dele chega abafada e distante, dispersada pelo vento.

Minha visão clareia a tempo de ver o adorável bairro com casas de tijolinho à vista, onde vou cair muito em breve. Casas legais. Algumas têm piscina interna, mas não a casa em que eu pouso. Essa tem um jardim de inverno.

Clank!

Tinha um jardim de inverno, no caso. O vidro e os vasos de cerâmica quebrados não causaram muito estrago em mim, mas sinto a dor atroz do soco.

Mano, que dor!

E não é só a dor o meu problema. O Garotão-Gorgy pega um atalho pela casa. E quando digo *pela* casa... é literalmente. Tudo o que resta é uma pilha fumegante de tijolos, argamassa, madeira lascada e eletrônicos soltando fagulhas. Que bom que não tinha ninguém em casa.

Estou pronto pra ele. Enquanto ele se ocupa livrando os olhos da poeira do que restou da casa, vou vencendo a distância que nos separa com as espadas empunhadas. Enfio minhas adoráveis meninas malvadas tão fundo em sua barriga rochosa, que minhas mãos e braços quase entram junto.

Em compensação, escuto um admirado "Aaargh!".

Minha intenção é aplicar-lhe novo golpe, desta vez mais forte, mas primeiro tenho que retirar as espadas dali. Enquanto estou grudado no monstro, forçando os pés contra seu abdômen e puxando as espadas pelos punhos, ele tenta me atingir. Percebo sua intenção, então me posiciono estrategicamente, de modo que o golpe titânico do bicho (*Tow!*) me arremessa voando de volta ao lugar de onde eu viera: a clareira de árvores arrancadas onde o nanocatalisador tinha caído (*Vuuush!*).

Sério. Eu queria que acontecesse isso.

Certeza que sim.

Se você está dizendo...

Espertalhões. Claro, o pouso não foi dos mais fáceis, mas, se eu não tivesse planejado isso, como acabaria de pé aqui, a meio caminho do nanocatalisador, com o Gagá Vivo lá atrás, perguntando-se onde eu fui parar? Digam aí, quero ouvir!

Às vezes, eu queria poder tirar os dois da minha cabeça só para lhes dar uns tapas.

Acredite, tem bastante autoviolência rolando aqui dentro.

E corrida com arreios!

Vou até onde está a lata. Gorgolla, já recuperado, resolve não voar e faz como o Hulk, dá um salto imenso. Muito boa pontaria também. Um dos pés pousa à minha esquerda; o outro, à direita. Não quero contar o que vejo quando olho para cima.

Está bem, eu conto. Pedras. Apenas pedras.

O bater de asas da criatura causa outro rebuliço, e, *de novo*, a maldita lata sai voando na direção do reservatório! Agora, sem árvores para contê-la, ela vai para o alto, na direção da água.

Tem dias que simplesmente não dá para manter a água potável limpa, não importa o quanto se tente.

Por sorte, tem uma cerca que se estende na diagonal, ao longo da margem. Eu sei, eu sei, mas é verdade! Tem uma cerca sim, eu juro! Dá uma olhada no Google Earth. A lata bate na cerca, quica e rola.

Nunca dê as costas a uma Gárgula Viva. Assumindo ares de "Sinta o meu poder!", Gorgolla me põe debaixo do braço e parte para o céu. Em segundos, ficamos finalmente a sós, as estrelas no alto, as luzes brilhantes de Yonkers lá embaixo. Olho para baixo, tentando ver por onde anda a lata, mas o colega continua subindo, subindo. O ar fica mais frio. Acho que ele está pensando em voar para a Lua.

Ele não pode fazer isso, pode?

Por que não? Os amigos do Cartman construíram uma escada para o Céu certa vez.

Preciso pegar logo aquela lata. Solto uma saraivada de socos – uma saraivada, tô falando! E não paro, vou socando a pele de granito dele num ritmo tão constante, que receio que seria gostoso de dançar.

Fazendo uma careta, Gargolla me ergue, e ficamos face a face.

– Vou aniquilar você!

Levanto o polegar para ele, em sinal de positivo.

– Isso aí! Aniquilar é uma boa! Não é tão difícil escolher a palavra certa quando você se esforça, hein? Mas, hã... como exatamente você vai me aniquilar? Esmagando? Não vai dar certo. Dando socos? Isso você já tentou.

Ele franze a testa. Chega a fazer barulho por causa da expressão pétrea. Está em dúvida.

Sugiro, presunçoso:

– Me engolindo, talvez?

O-oh. O Mercenário Tagarela não sabe quando calar o bico. Gorgolla escancara os olhos e suga meu braço para dentro da boca como se fosse um pedaço de ziti.

– Ei! Eu estava brincando!

Tento salvar meu braço daquela bocarra, mas não fui rápido o bastante. Dentes rochosos prendem o meu pulso. Consigo liberar o braço com esforço, ouvindo a carne sendo rasgada até o osso. Quando avalio o estrago, percebo estarrecido que restou somente um cotoco ensanguentado.

– Você arrancou a minha mão! Qual é o seu *problema*? Cuspa fora! Cuspa fora, agora!

Eu olho feio para ele, mostrando que estou falando sério.

Inabalável, ele apenas engole minha mão e lambe os beiços.

– Você engoliu? Você *engoliu* a minha mão? Vai se arrepender *muito* por ter feito isso!

Não posso usar duas katanas, mas ainda posso usar uma. Mais rápido do que o Grilo Falante fazendo um pedido, enfio a espada na pedra rígida, exatamente no ponto em que a asa direita une-se às costas.

– Coma isso!

O "Aaargh!" que ouço é uma satisfação. Gosto mais ainda de quando ele arqueia as costas em agonia e me solta. Segurando-me no cabo, me penduro na espada para puxar a lâmina, até a asa se soltar. Com as pernas cruzadas em volta dos ombros dele, vejo a asa caindo, caindo, caindo, girando feito uma sâmara helicoidal despencando da árvore de bordo, só que cinza e bem maior.

Cambaleando, Gorgolla leva a mão ao corte.

– Homem tolo! Nós dois vamos cair!

Ele tem razão, mas eu preferiria um termo menos sexista, tipo *terráqueo* ou *humano*. Reparo que de fato estamos rumando mais rapidamente para o velho planeta natal.

– Admito que não pensei muito nas consequências, mas, velho, você *comeu a droga da minha mão!*

As estrelas giram com celestial indiferença. Menos indiferente, embora também girando, a gárgula gigante tenta me arrancar das costas. Faço de tudo para ser como aquela coceirinha que não dá para alcançar. Preciso da mão para me prender, então não posso socá-lo, mas posso chutar. Guardo a katana, depois envolvo os dedos com força em volta da orelha pontuda dele e libero minhas pernas muito bem treinadas em combate.

Pou! Pou! Pou!

Não machuca muito, mas incomoda. Incomoda tanto, que ele reclama:

– Pare! Pare!

Ele tenta retribuir o favor, mas Gringold, o Grinch, não consegue elevar as pernas o bastante. Tento ficar em cima para pousar nele; ele tenta ficar por cima para pousar em mim. E lá vamos nós, acelerando para aquele negócio de velocidade terminal que discutimos anteriormente (vai ter prova!), travados numa empolgante dança frenética. Mas como disse Tommy Smothers (ou John Lennon, ou Allen Saunders): "a vida é o que acontece enquanto você está ocupado fazendo outros planos".

A asa que ele perdera cresce de volta. Parece uma pétala de flor se abrindo numa filmagem superacelerada, ou um milho de pipoca estourando no micro-ondas em câmera lenta. Quando o processo se completa, ele abre bem as duas asas, diminuindo nosso *momentum* com umas curvas de causar enjoo.

Seguro firme com meus três membros intactos, mas não é mais a mesma coisa. Fico totalmente encucado. A *minha* mão só vai voltar daqui a algumas horas. Por que ele consegue se regenerar mais rápido do que eu? Por quê? Por quê?

Ah, querido.

Sempre vai ter gente melhor e pior do que você.

Não! Eu sou especial também! Sou, sim! Sophie! Olhe para mim! Olhe para mim! Vou comprar um cachorro, prometo!

Para que certa alucinação envolvendo um jogo de basquete no colegial não retorne, me concentro no pulso mutilado. Faço força, resmungando com irritação.

– Ungh! Vai, mãozinha! Você consegue! Unnnngh! Cresce, sua porcaria, cresce!

Tudo o que consigo é um jorro de sangue de uma artéria decepada. Além da injúria, ainda sou insultado com o sangue que espirra bem no meu nariz. O monstro – esse abusado – ri da minha cara.

– Se isso é o seu melhor, a Terra será fácil de conquistar!

Escondo o cotoco sangrento atrás das costas.

– Pare de olhar! Vou lhe mostrar!

Na passarela do reservatório, lá embaixo, a morte acondicionada na lata continua rolando. Lenta, porém inexoravelmente – tipo aquele último porco do *Angry Birds*. Vai se aproximando cada vez mais da água, e mais perto, ainda mais perto, e mais um pouco, até que...

7

Você não odeia livros com capítulos extremamente curtos, tipo este aqui?

8

MONSTRO CINZA = IMENSO.

Lata de aerossol nanocatalisador = pequena.

Mas o que conta, o tamanho da varinha ou a mágica que ela faz?

Sua Rochosidade bloqueia totalmente meu campo de visão. No momento, uma das minhas mãos, a *favorita* (foi mal, esquerdinha, mas é verdade), está sendo digerida por sei lá quais sucos gástricos produzidos pelos órgãos internos de Gorgolla. Estou no meio de uma batalha ferrenha – *pow*, *bam* e *plaft*, apenas...

– O seu poder não é páreo para o meu!

– Você não é de nada!

Mas é aquela lata, aquela latinhazinha de nada, bem lá embaixo – batida, amassada, mas ainda cilíndrica o bastante para rolar –, que me parece muito mais poderosa do que Gorgolla. A batalha entre o impulso da lata e a inércia crescente parece fazer o mundo inteiro gemer.

O suspense está me matando. Não consigo tirar os olhos dela. Dou até mais uma chance para o Gorgolla me bater só para poder observar a lata por mais tempo. Quantas voltas mais até o destino final? Uma? Duas? A mesma quantidade de lambidas necessárias para alcançar o chocolate no meio de um Tablito?

Tento não me culpar, mas também não posso culpar o Gorgolla. Ele só está fazendo o que os monstros fazem. Mais complicado ainda é pôr a culpa na lata. Por não ser conectada a alguma rede neural ou mecânica que lhe permitisse atualizar seus desejos, ela obviamente não tem direcionamento.

Pensando bem, talvez ela tenha, sim, vontade própria. Há quem diga que as informações *desejam* libertar-se (basicamente para justificar *downloads* ilegais). A galera que curte abraçar árvore acredita que a Terra tem consciência (e o que eles fumam está quase legalizado hoje em dia). Falamos de mente de colmeia, mente de grupo, mente de *Minecraft*. Por que não mente de lata? O que ela deve estar pensando?

Rolar, rolar, rolar. Rolar, rolar, rolar.

Ou: *Oh, não, vou matar milhões de pessoas! Com certeza posso parar agora!*

Será que poderia se fazer perguntas grandiosas? *O tempo perguntou para o tempo quanto tempo o tempo tem. O tempo respondeu para o tempo que o tempo tem tanto tempo quanto tempo o tempo tem.*

Mais importante, será que posso fazê-la se sentir culpada?

Em todo caso, a possibilidade de eu chegar lá a tempo é nula.

Mas tenho que tentar. Escalo o Gorgolla até o ombro como se ele fosse um Trepa-Trepa Vivo da Floresta, e ele fica enfurecido.

– Terráqueo covarde! Em vez de ousar me enfrentar, me ataca pelas costas?

– Dã! Mas meu método é meio insano, G. Daqui, posso envolver minha única mãozinha em volta da base da sua asa esquerda... *assim*. E, com uma esticadinha, juntar meus tornozelos na sua asa direita... *desse jeito*. Agora, giro meu lindo corpinho de lado... *assim*... e uhhh-hul! Você cai! Está certo, tecnicamente, *a gente* cai!

Rocky não dá a mínima.

– Fale o quanto quiser, Terráqueo...

– Obrigado, vou falar. Blá-blá-blá-blá!

– ... mas mesmo que você me force a pousar, o que vai fazer depois?

Boa pergunta! Se o nanocatalisador rolar para a água, eu poderia tentar nos direcionar para o lago e pular no último segundo. Mas, ei, quem diria? Lá está a lata.

E não está sozinha.

Preston e a cavalaria da S.H.I.E.L.D.? Como assim? O nanocatalisador mortal de algum jeito foi parar nas enluvadas mãos esguias de um belíssimo exemplar da espécie feminina. Ela tem exatamente o estilo de corpo no qual eu penso nas noites de solidão.

Essa é definitivamente uma FFMM (Figura Feminina Misteriosa e Mascarada) na qual vou cair matando.

Literalmente.

Ela usa um justíssimo *collant* preto e capa amarrada nos ombros, com detalhes em vermelho, que cobre, além do estonteante corpo, o rosto. Com um corpo desses, como ela poderia não ter um rosto lindo? Se bem que, com um corpo desses, quem se importa? Não que eu seja superficial.

Juro que vou amá-la, não importa como ela seja. Quero dizer, se ela não for bonita.

Para melhorar, assim que chegamos perto o bastante, ela ergue a lata e detona o Gorgolla.

– Sinta a min...

Num segundo, estou agarrado à pedra; no outro, no meio de uma enorme e grudenta camada de matéria rosa que escorrega direto para – *cof, cof* – a água potável. Dou um salto acrobático e pouso na calçada.

É, toda aquela porcaria foi parar no reservatório. Acho que Preston disse alguma coisa sobre o nanocatalisador ficar inerte assim que se liga ao alvo, mas pode ter sido algo que ouvi na TV. Ah, enfim, depois eu penso nisso.

No momento, tenho uma gata deslumbrante para impressionar.

Vou andando até a minha salvadora, passando casualmente as mãos no traje como quem não quer nada, tentando me livrar da gosma. Na verdade, estou cheio de más intenções sobre como expressar a minha gratidão caso haja consentimento.

– Ora, vejam só! Eu devo estar sonhando, ou então morri e fui para o céu. Porque você é um anjo. Como você se chama, senhorita?

Ela aponta o cano para mim. Tento prestar atenção a sinais sutis de linguagem corporal, então aceito isso como sinal de que é melhor eu ir com calma e dar espaço para ela.

– E... hã... por que tá apontando isso aí pra mim?

Mesmo que ela não tenha pedido, ergo imediatamente os braços, em sinal de rendimento, porque esse é o tipo de coisa que uma dama não deveria ter que pedir a um cavalheiro quando está ameaçando a vida dele.

– Pode me chamar de... Jane.

A voz dela é como música, só que sem melodia reconhecível. Então, na verdade, não tem nada a ver com música.

– Jane. Que nome adorável. Significa dom divino. Sabe, Jane, sei que a gente acabou de se conhecer, mas quero deixar absolutamente claro que você tem em mãos a única coisa no planeta que pode me matar.

Não devia ter dito isso a ela de jeito nenhum.

Maldição. Não seria melhor ter blefado, dito algo como: "Sabe, isso aí não causa efeito nenhum sobre mim"?

– Podemos começar de novo? – Baixo as mãos, dou um passo incerto para trás e então caminho novamente até ela. – Ora, eu devo estar sonhando, ou então morri e fui para o céu! Quem é você?

Ela baixa um pouco a lata. Tenho a impressão de ver um leve sorriso em seus lábios.

– Não vim aqui para machucar você, Wade Wilson. Eu admito: acho que caras que caem do céu e flertam logo em seguida são algo bem sexy, mas, acredite: sou a última pessoa do mundo com quem você iria querer se envolver.

– Quem seria a primeira? Quero dizer, por que você diria isso sobre seu...?

Dou mais um passo adiante. A arma é apontada para mim de novo, desta vez, a centímetros do meu nariz.

– Perdoe a minha cautela, mas não posso deixar que a nuvem estonteante de feromônios se dissipando entre nós me distraia. Não temos muito tempo. Tenho muito a lhe falar antes que o pessoal da S.H.I.E.L.D. chegue.

– Você tem algo a me falar? Fechado! – Sento-me na calçada, pernas cruzadas, e apoio o queixo no cotoco. – Conte tudo, querida, estou aqui pra você.

Ela suspira.

– É o grosso do Dick.

– Entendo, pode ser desconfortável às vezes, né? – Faço um movimento afirmativo com a cabeça, em sinal de compreensão. – A testosterona pode ser tão... irritante.

– Você não entendeu. Dick e eu estamos envolvidos. Ele era... – Ela se vira um pouco, subitamente tímida – ... meu parceiro.

– Todo mundo tem um passado. Faz parte da vida.

– *Ele* é o responsável pelas mutações caninas. Eu achava que o conhecia... achava que tínhamos os mesmos objetivos... mas agora ele só está preocupado em usar esse exército de monstros para dominar o mundo. Eu... eu... estou com medo dele.

Eu me levanto. Ela se vira para mim, nossos olhos se encontram. Rola uma eletricidade entre nós. Não eletricidade elétrica, mas a do tipo romântico. Pego a mão dela, a que não está segurando a lata. Ela resiste um pouco, mas depois cede, trêmula.

Minha voz sai com um tom alegre de alívio.

– Ah, Jane. O passado não é importante. A única coisa que importa é o que a gente sente um pelo out... pera, pera, pera. Se o Dick quer que esses monstros formem uma espécie de exército, por que os enviou para pet shops?

– Ele tem alergia. Pretende coletá-los depois que se transformarem, mas...

– Ele chegou a pensar em fazer tratamento?

– Isso leva anos. Disse que não tinha tempo suficiente, mas...

– Aposto que no fundo ele tem medo de agulha e não quer admitir. Tem um creme que acalma a pele...

– Pode parar de me interromper? Eu queria...

– Desculpe. Vou me conter.

– Acabou de fazer de novo. O fato é que preciso lhe pedir...

– Sim, mas foi a última vez. Eu juro.

– QUERO CONTRATAR VOCÊ para ENCONTRAR DICK E MATÁ-LO!

Dou um passo para trás, limpando o ouvido com o dedo mindinho.

– Não precisa gritar. Não faço mais trabalhos de assassino de aluguel. Não mato nada nem ninguém, a não ser que realmente mereça. Nem mesmo por você.

Por trás da máscara, ela franze o cenho.

– Se Dick continuar vivo, o exército dele vai matar milhões de pessoas. Isso é suficiente para você?

Faço que não com a cabeça.

– Não, não se eu acabar com os monstros dele, como planejado.

– Pago o dobro do que a S.H.I.E.L.D. está pagando.

– Não ligo pra dinheiro.

Ela chega mais perto. Os tecidos que cobrem nossos lábios se tocam. Ela sussurra:

– Faço o que você quiser.

– Vou querer adiantamento, e a minha lata de volta.

Ela me entrega o nanocatalisador e um grosso envelope. Não faço ideia de como ela conseguiu mantê-lo escondido sob o traje colante – mas, ei, eu carrego duas katanas, um par de Glocks, um teleportador e o nanocatalisador, então, quem sou eu para criticar?

Abro o envelope para conferir as notas lá dentro. Finjo que estou contando – mas, cara, estou tão a fim da Jane, que nem sei se o dinheiro é real ou falso. Tipo, em que ano mesmo que Salmon P. Chase foi presidente?*

Olho para ela.

– Onde encontro o Dick?

Espero que não esteja perguntando para nós.

A mina sumiu, cara.

Sumiu mesmo. Essa foi rápida.

Confundo a súbita ventania com uma dor no peito. São os *hoverfliers* da S.H.I.E.L.D. chegando à cena. Dois deles sobrevoam a superfície do reservatório, com aquelas mangueiras a vácuo, sugando a maldade gosmenta deixada pelo pouso aquático de Gargy. O terceiro paira bem na minha frente.

Mal tenho tempo de esconder a grana no meu traje antes que as portas se abram e a agente Preston apareça. Sempre profissional, ela expressa seu desgosto pela minha atuação gritando bem alto:

– No *reservatório*, Deadpool? No reservatório? Graças a Deus o nanocatalisador se liga à primeira bioforma com a qual entra em contato! Onde eu estava com a cabeça quando deixei você andar com ele por aí, pra começar? Passe a lata para mim.

Para acalmar os ânimos, lanço mão da minha melhor imitação de Jimmy Stewart.

– Ora, ora, calma lá, espere um minutinho, Emily! Se ele se *liga* a qualquer coisa, pode mesmo ser chamado de catalisador? Quer dizer,

---

* A cédula americana de 10 mil dólares, com a estampa de Salmon P. Chase, secretário do Tesouro durante o governo de Abraham Lincoln (1861-1864), foi a maior cédula de dólar a circular nos EUA.

sempre pensei que um catalisador causasse uma reação química sem sofrer mudança alguma. Entende o que estou dizendo, não, Emily?

Não adianta.

– Cale a boca! Não fui eu que dei o nome pra essa porcaria. É parte nanorrobô com uma modesta inteligência artificial, muito mais do que posso dizer de você! Pelas câmeras de segurança, vimos imagens suas. Você estava tentando adivinhar qual civil em fuga iria sobreviver!

Magoei.

– Quem é você? Com esse arzinho de Capitão Renault em *Casablanca*, toda chocada ao ver que havia apostas rolando numa pista de corrida! Eu salvei todas aquelas pessoas, não foi? E, tenho que dizer, não gosto muito desse seu tom de voz.

– Como se não bastasse, deixou três cavalos morrerem!

Penso em imitar o John Wayne, mas, lembrando do que aconteceu com Stewart, resolvo ficar na minha.

– Não fui *eu* que os comi. Nem cheguei a mandar uma piada do tipo *Estou com tanta fome que poderia comer um cavalo.* Até quis colocar uma no meio, mas não deu tempo.

– Me dê isso.

Ela estende a mão, e eu escondo a lata atrás de mim.

– Dar o quê?

O sistema de armas do *hoverflier* faz um clique quando concentra as miras em mim. Não tem como me matar, mas seria muito inconveniente. Eu mostro a lata.

– Ah. Isto aqui?

– É. Isso. Agora.

Jogo a lata pra ela.

– Fala sério, Preston. Nós dois sabemos que você não atiraria em mim.

– Tem razão. Eu não poderia correr o risco de destruir a arma.

– Essa foi pesada.

Quando ela vê os amassados na lata, a expressão muda de preocupação para raiva.

– Acha que peguei pesado? Você está demitido, Wade. Não estou nem aí com o quanto você já fez pela S.H.I.E.L.D., ou quão bom você é, a sua loucura é demais. Mesmo quando tem boas intenções, você é perigoso. Não vou mais pôr em risco a segurança da população – e muito menos meu emprego – por você. O Jeff não tem nem oito anos ainda, mas um dia ele vai terminar os estudos, e a S.H.I.E.L.D. tem um programa de bolsas de estudo que não posso me dar ao luxo de perder.

– Demitido? – Mostro a ela o punho decepado. – Perdi uma mão por causa disso! Você está querendo me dizer que vou ser suspenso, certo? Tipo, tenho que participar de reuniões de grupo para controlar minha raiva, mesmo nós dois sabendo que eu era quem deveria conduzir os encontros, não é?

– Não, Wade. Demitido mesmo. E ponto final.

Com um *fsh* aerado (ao contrário de um *vrt* mecânico), a porta se fecha. Os outros *hoverfliers* retraem as mangueiras, e todos os três saem voando.

Fico sozinho, cercado pela água, que foi devolvida a seu estado potável.

Mais sozinho, impossível.

Você devia estar pensando em como poderia ter feito um serviço melhor aqui.

Mas não está, não é?

Não. Estou pensando em Jane.

9

NÃO SOU O ÚNICO CARRANCUDO DA HISTÓRIA – porque perdi minha mão, meu trabalho e a primeira mulher pela qual me apaixonei à primeira vista desde Sophie –, descubro agora que o cara que escreve este livro também não tá legal. Vai ver minha tristeza é contagiosa, porque ele está todo lamentoso: "Olha eu aqui, cinquentão, sem trabalho estável... Por que meus livros não vendem tão bem quanto os do Stephen King?". Coitadinho dele!

Ei!

Você está acabando com a suspensão da descrença!

Sério? *Isso* acaba com ela? Falo de meta-isso, meta-aquilo, quebro a quarta parede daqui até Ragnarok, e o simples fato de mencionar que o livro tem um autor *acaba* com ela? Os leitores sabem como funciona. Até parece que a primeira página é um segredo guardado a sete chaves. Que diferença faz na cabeça *de quem* eu sou uma voz?

Só acho que você está abusando da sorte.

Já basta.

Não me venham dizer o que eu devo faz...

EI, PESSOAL, PODEMOS DEIXAR ISSO DE LADO? PERDOEM-ME POR CHORAMINGAR, MAS É QUE TENHO UM PRAZO...

E você fique fora disso! Quantos tipos de fonte vai querer usar, afinal? Isso aqui já está uma bagunça.

SÓ ACHEI QUE...

É, só achou mesmo. Esse é o seu problema: você só acha. Vá tomar um café e me deixe em paz. Deixe para os profissionais lidarem com a coisa de ser ficcional, ok, Sr. Eu-Tenho-Uma-Vida-Real?

ESTÁ BEM. EU... EU... EU VOU.

Quem era esse?

Deixe pra lá.

Resumindo, não me culpem se este capítulo for meio deprê. Uma depressão longa requer certa consistência emocional que não consta da minha lista. Quanto à minha mão? Já sinto um leve formigamento no pulso. Ela vai crescer direitinho até amanhã cedo. E para ficar de boa com a S.H.I.E.L.D. e encontrar minha amada FFMM, já tenho uma ideia de como fazer isso acontecer.

Certo! Ainda temos a lista de cãezinhos, então, tudo o que temos que fazer é detonar o próximo monstro da lista.

E a S.H.I.E.L.D. com certeza vai nos querer de volta!

Ah. Eu ia tentar encontrar a Jane na internet, mas, beleza... Claro, vamos seguir o plano de vocês e procurar os outros filhotes. Vejamos. Dálmata, lobo-da-alsácia... O seguinte é um filhote de collie de pelo longo. Essa eu conheço. É a raça da Lassie, não? Essa foi para... Hospital Charleston, em Astoria, Queens.

Engraçado – eles também chamavam a câmara de tortura na qual largaram a gente, os rejeitados do projeto Arma X, de hospital. Mas isso é o mesmo que chamar de creche o porão do John Wayne Gacy.

O cachorro deve estar sendo usado como animal de companhia para os internos com doenças terminais. Que ótima companhia vai ser caso ele fique extra-imenso-agigantado. É melhor eu andar logo.

Uma apertadinha no teleportador e me encontro no agradável e isolado pátio de um modesto prédio de tijolos à vista. Pela aparência, poderia ser facilmente tanto um lugar no qual as pessoas nascem como no qual vão para morrer. Cercado pela noite, eu me mantenho escondido nos arbustos bem aparados, agarrado à parede. Sem muita segurança. Por que haveria?

Espio por uma janela e vejo uma espécie de sala de convivência. E aqui estou eu, o mercenário mais perigoso do multiverso, capaz de me curar de qualquer ferimento, com medo de entrar.

Não que me lembre do hospital do projeto Arma X. Depois que matei o cara errado, meus captores me enfiaram naquela câmara de tortura junto a outros candidatos fracassados na tentativa de armar seres humanos. Pelo menos ainda podíamos ser usados para experimentos, não é? Caímos feito patinhos. Até fazíamos apostas para adivinhar quem seria o próximo a morrer em decorrência dos testes, tipo um "deadpool", uma lista negra. No meu caso, o nome pegou. Bons tempos.

Então, este lugar não é assim – não tem nada a ver. Está cheio de pacientes e cãezinhos. Apesar dos cateteres nos braços, a força sumindo e os dias minguando, alguns sorriem. Um adolescente – meio fora de si, provavelmente por causa dos remédios – acaricia um corgi. O filhote passa o focinho e lambe a mão de dedos compridos do menino como se tentasse acordá-lo. Um velho olha para o nada, dando tapinhas nos joelhos e rindo – no mínimo pensando que, se tiver que ir, esta é a melhor hora.

Uma garota de uns oito anos, cuja pele é fina e pálida, joga uma bolinha para um ávido pastor alemão. O cachorro fica totalmente empolgado com tudo o que ela faz. Uma mulher sem cabelos, resultado das muitas quimioterapias, cujos olhos vívidos brilham como se não houvesse doença que os pudesse tocar, está sentada numa cadeira de rodas como se fosse a irmã gêmea do Professor X, aninhando um labrador no colo. Parece estar entregando ali todo o seu coração. O cachorro devolve o olhar com incrível simpatia.

Talvez às vezes seja mais fácil lidar com coisas difíceis tendo um cachorro por perto. Isso me faz pensar no que estou perdendo. No que perdi. Perdi alguma coisa?

Alguma coisa naquela cena me parece familiar. Será que eu já tive um cachorro e me esqueci disso? Não pode ser.

Então por que não consigo simplesmente entrar e resolver tudo? Não sei ao certo. Vai ver é essa normalidade pura – todos os amigos, familiares e funcionários tentando tornar confortáveis os últimos dias dos internos. Talvez porque a sensação de fim aqui é menos horrenda do que nas instalações do Arma X, e de algum modo torna tudo mais *triste*. Não conheço nenhuma das pessoas ali dentro, mas, por um segundo, desejo que fossem eles que pudessem viver para sempre, e não eu.

Eu avisei que este capítulo seria um porre, lembra?

É também o último lugar no qual você iria querer ver um monstro bizarro, então não posso ficar aqui parado nessa lamentação.

Avistar o único collie é fácil. Ela tem aquela cabeça estreita e pelos longos em tons castanhos e faixas brancas. Tirá-la dali sem alarde é que vai ser tenso. A doce cachorrinha é a favorita entre os pacientes, a bela do baile, passada de colo em colo.

Primeiro passo: convidá-la para sair e tratá-la como uma dama.

Peraí.

Isso aí seria com a Jane.

Certo. Primeiro passo: entrar. Já mencionei a ausência de segurança. A porta mais próxima está entreaberta, apoiada num tijolo – provavelmente um funcionário planejando sair para fumar, ou um interno que acha que uns últimos cigarrinhos não vão fazer diferença. Quando entro, encontro um corredor escuro e vazio, que conduz à sala onde eles estão.

Segundo passo? Sei lá. Estou fora da minha zona de conforto. Quero impressionar a S.H.I.E.L.D., então não posso entrar mostrando as armas ou fazendo comentários espirituosos sobre quão curta a vida é. Mas tem uma coisa que talvez funcione.

Tiro minha máscara.

Já mencionei que eu torcia para que o Arma X curasse meu câncer, mas não curou. O grande C não pode mais fazer meus órgãos falharem – mas *ele* também se regenera, fazendo da minha pele um prato combinado e colorido de cicatrizes e lesões polpudas. Tem gente que consegue mexer as orelhas. Eu sei fazer meu rosto derreter. Sem a máscara, acho que posso me passar por um interno dos bem feios. Assim que entrar e conversar um pouco, espero a minha vez de segurar a filhotinha da Lassie e me ofereço para levá-la para passear no pátio, depois desapareço na quietude sombria da noite.

Enfio a máscara no bolso, cubro o traje com um avental do hospital, calço pantufas e entro na sala.

Pensei que fosse ter cheiro ruim – tipo de pet shop, ou pelo menos de urina de cachorro. Nada. Além de um cheiro fraco de antisséptico, a sensação maior é de calor. No começo, ninguém tira os olhos dos filhotinhos. Dou uma pigarreada, mas todos eles também fazem isso.

Finalmente, o velho que estava dando tapinhas nos joelhos me avista. Ele vem meio vacilante; ou é míope ou está fazendo o que pode para não demonstrar que está horrorizado.

– Você deve ser o Jeff, o novo interno. Sou Bill Sloan, prazer em conhecê-lo. Sente-se! Sente-se! – Ele murmura o restante quase inaudivelmente. – Pobre rapaz.

Com as mãos em meus ombros, ele me conduz gentilmente até uma cadeira.

– Este é o Jeff, pessoal!

Lentamente, os pacientes viram-se para mim. Todos tentam ser educados, tentam esconder a reação – exceto a garotinha. Ela dá um gritinho e se agarra ao pastor-alemão, como se tivesse receio de que meu rosto derretesse ainda mais e pingasse nele.

Fica tudo muito quieto. Acho que ninguém está a fim de perguntar como eu estou.

Quanto antes eu dar o fora daqui, melhor, então quebro o incômodo silêncio.

– Hã... posso ver um cãozinho?

Bill vai rapidamente na direção de um idoso, agarra o cachorro mais próximo e o deposita no meu colo.

– Aqui.

– Na verdade, eu estava querendo ficar um pouquinho com...

A mulher com o labrador acelera as rodas da cadeira e vem até mim me entregar seu cachorro.

– Pegue dois. Você precisa mais do que eu.

– É uma gracinha, com certeza, mas eu queria mesmo...

– Olhe, fique também com o meu.

Um após o outro, os internos empilham seus filhotes no meu colo, até eu ficar soterrado por narizes gelados e curiosos, testas quentinhas e focinhos me fazendo cócegas.

Acho que estão tentando cobrir o seu rosto.

Acho que só estão querendo ser legais.

É ótima a sensação de ficar cercado por esses bichinhos inquietos e fofos que me fazem cosquinhas. Os cãezinhos não se importam com minha aparência, não ligam para quem eu sou nem para o que eu fiz. E toda a atenção vinda daqueles olhos imensos, desproporcionais – mas harmônicos com os corpinhos –, não é uma ilusão, nem mesmo uma série de pinturas de Margaret Keane.

Sinto...

Felicidade?

Pai, posso ter um cachorrinho?

De onde viria isso?

Meu pai era um filho da puta, um militar de mão pesada. Não me entendia nem gostava muito de mim. Algum dia eu ousei pedir um cachorro para ele? Por acaso me lembro vagamente de ele me dizer que isso me ajudaria a ter um pouco de disciplina? Ou é apenas minha imaginação?

Entre os ganidos e focinhadas, quase vejo o rosto dele, quase escuto "sim" saindo dos lábios dele.

Um cachorro? Sério? Pra mim?

Não! Tenho que ser forte! Preciso... escapar... sensação... de alegria!

Ei, onde diabos foi parar a collie? Droga! Estava aqui há um segundo. Viu só o que eu disse sobre as distrações? Viu?

Levanto-me rapidamente e todos os cachorros caem do meu colo. Não posso dizer que me sinto bem por repelir o amor dos filhotinhos, mas esse batismo de insensibilidade é definitivamente mais familiar. Verifico atentamente a sala. A porta está se fechando, mas antes vejo um lampejo da collie trotando pelo corredor, como se soubesse que estou atrás dela.

Dou um pulo, me esquivando dos filhotes, e tirando muitos deles do meu caminho. A menina dá outro gritinho. Um enfermeiro se aproxima de mim, falando comigo como se eu fosse um cavalo a ser domado.

– Ei! Calma aí, rapaz! Acho que você não devia sair andando por aí.

Mas quando ele olha melhor para o meu rosto, recua.

Abro a porta com tamanho impacto, que a arranco das dobradiças. Escuto um coro de reclamação e indignação atrás de mim, mas não posso me preocupar com isso agora. Na verdade, duvido até que vá me preocupar depois. Quando a porta cai no chão, a collie olha para trás. Ao me ver, salta para fora por uma janela aberta.

Ela com certeza *sabe* que estou no seu encalço. Ou talvez tenha ficado com medo do meu rosto.

De todo modo, vou atrás dela. Quando me jogo janela afora e alcanço o pátio, pouso em cima de um atendente e de um médico. Os dois são nocauteados pelo impacto.

Lassie? Oh, Lassie? Onde é que ela foi?

O senso comum diria que cachorros não sabem subir em árvores, pois suas pernas são compridas demais. Eles não têm garras para se fixar no tronco. Não são como gatos. O YouTube, no entanto, não concorda, nem a collie. Movendo-se muito rapidamente, ela escala o galho mais baixo de um bordo japonês e, latindo estranhamente enquanto está no ar, pula por sobre o muro.

Desvio da árvore, chego ao muro e tento avistar para onde ela foi. Tenho agora apenas duas opções básicas. À frente, há quatro pistas da Avenida Hoyt, seguida por seis pistas da rodovia 278 e mais quatro da Astoria Boulevard. Um total de catorze faixas, todas tomadas pelo tráfego intenso de uma noite de sexta-feira. Rota de fuga número dois? Ruas arborizadas à esquerda e à direita, todas com muitas residências, e um ninho de rato de alamedas e jardins interconectados. Um cachorro esperto poderia ficar escondido ali por semanas sem ser encontrado.

E para onde vai a sem-noção? Direto para a ampla e maldosa avenida. Talvez seja aquele crânio estreito apertando o cérebro dela, mas eu já fiz escolhas melhores com uma flecha enfiada na cabeça. Ela se esquiva dos primeiros carros, que tentam frear, e continua seguindo, cruzando o tráfego, até que dois SUVs distraídos a fazem voltar uma faixa e esperar uma brecha.

Igualzinho ao *Frogger*.

E agora? Se eu *soubesse* que ela vai se transformar numa coisa gigantesca, poderia até pensar: *Seria tão ruim assim se eu deixasse um carro atingi-la enquanto ela ainda é um animalzinho vulnerável?*

O que seria isso, moralmente?

Pecado consentido?

Mas eu *não* sei. Então corro na direção dela e me embrenho no trânsito.

O som ensurdecedor das buzinas e o brilho dos faróis quase me causam novas alucinações. Vejo lampejos de rostos: meu pai em casa, Sophie no jogo de basquete, um telefone quebrado, mas não entendo a conexão.

Para complicar ainda mais as coisas, a cadelinha quer fugir de mim a qualquer custo. Quando vê que estou me aproximando, manda a prudência às favas e se lança na faixa seguinte. Um apressado táxi de Nova York, forte candidato a não se incomodar com um obstáculo súbito, faz uma manobra tão brusca para desviar, que quase fica em duas rodas.

Os freios guincham feito o Wilbur, de *A Menina e o porquinho*, caso ele tivesse perdido aquela competição e virado o jantar de alguém. O táxi desliza por duas faixas. A primeira está ocupada por um elegante Acura; a segunda, por uma lata-velha que nem imagino conseguindo passar pela vistoria, mesmo com suborno. Tudo contribui para um engavetamento. Ou, como dizemos nos quadrinhos:

Mas a diversão não para por aí. Destroços de carros voam e airbags são acionados. Avisto um imenso caminhão indo direto para cima da minha cachorrinha. Gostaria de dizer que ela fica estática como um veado surpreendido por faróis de carro, mas ela é uma cadela – então, na verdade, ela fica estática como uma cadela surpreendida por faróis de carro.

Vou saltando na direção dela feito um sapo, esmagando vários capôs na passagem, até que chego à cabine do caminhão e giro o volante vigorosamente, surpreendendo o sonolento motorista. Quando o boné imundo cai da cara imunda dele, ele olha para mim, eu olho para ele, e nós dois gritamos.

O caminhão não para – porque, sabe, tem a questão do impulso –, mas derrapa e se dobra, fazendo um belo formato em V em torno da collie. O guincho do metal se retorcendo e o atrito da borracha tiram a cachorrinha do torpor hipnótico das luzes. Depois de quase virar comida de cachorro ao ser moída – isso mesmo – pelas rodas, ela salta para a grade da frente do caminhão.

Quando o caminhão finalmente para, ela fica tão parecida com um gracioso ornamento de capô, que o motorista e eu trocamos um sorriso. E antes que ele possa me comparar a um pesadelo, dou-lhe uma na cachola.

Melhor assim. Agora ele não vai ter que assistir a todos aqueles carros chocando-se contra a sua carreta. São tantos veículos, que nem me preocupo com os efeitos sonoros. Enquanto espero pelo desastroso e barulhento desfecho, visto minha máscara esportiva vermelha e preta e tiro o avental.

Como sou um dos poucos sujeitos de uniforme que fica *menos* bizarro usando o traje, espero que isso acalme a cachorrinha, o suficiente para conseguir pôr minhas patas nela. Dou um chute tão preciso no para-brisa, que ele gira para a frente e vai deslizando pela rua. Conforme escalo o capô, a cachorrinha dá um salto acrobático para o lado, até o topo de um caminhão da FedEx – porque, sabe, aquele veículo realmente, absolutamente, tinha que estar lá.

O caminhão acelera ainda mais, e a collie olha para mim. Mais feliz, impossível – orelhas erguidas, pelos eriçados, língua de fora. Ela se acha a esperta, mas estou um passo à frente. Sei que os cachorros são animais de grupo, manipulados pela evolução para serem parte de um bando e obedecerem ao cachorro alfa. Eu assumo uma voz de comando e grito:

– Venha já pra cá!

Não funcionou com Gorgolla, não funciona agora.

– *Yip!* – diz ela, dando-me as costas e continuando a apreciar a brisa.

O motorista do caminhão, refeito do golpe, sobe em cima da cabine e para ao meu lado.

– Pois não, senhor.

– Você, não!

Agora estou correndo atrás da merda de um caminhão, como se o cachorro fosse *eu*, mas preciso parar um pouco – em parte para manter minha dignidade, em parte porque não consigo correr na velocidade do caminhão. Um táxi freia, cantando pneus atrás de mim. O taxista, de rosto azedo feito limão, mete a cabeça para fora.

– Ei, amigo, qual é o seu problema?

Pouso a mão no capô do carro dele.

– Eu não tenho problema algum, meu chapa. Você é que tem.

Escalo o carro e me agarro à placa luminosa com a inscrição "táxi" como se fosse a ponta de uma prancha. Então grito para o motorista e para o mundo:

– Siga aquela collie!

É de se imaginar que os taxistas esperem a vida toda pelo momento em que vão escutar algo do gênero, mas esse cara vai tão devagar que – bem, escolha uma:

a) Os zumbis vão nos alcançar;
b) Vamos levar duas horas assistindo ao programa *60 minutos*;
c) Vamos tomar uma multa.

Sacudo a suspensão do carro.

– Mais rápido, seu imbecil! O vilão tá escapando!

– Já passei do limite!

– De velocidade? Não precisamos do maldito limite de velocidade!

Enfio uma katana pelo teto do carro, desviando do motorista (exceto por um pedacinho do tecido das calças), e espeto o pedal. O motor acelera, os eixos rodam.

Agora estamos andando! Puxo parte da máscara para poder suspender a *minha* língua pela lateral da boca. Sempre quis fazer isso. Tem sabor de... vitória!

Abaixo de mim, alguma coisa acorda dentro do taxista sonolento. Convocado por uma lei muito mais profunda do que as de trânsito, ele obedece. Agora, destemido e com um brilho demente no olhar, ele vai costurando por entre as faixas, cortando a frente de Audis e Hondas.

Problema à frente? Não para esse cara. Apesar dos obstáculos que parecem não ter fim – e um par de jipes turbinados –, ele quica na faixa do meio e chega a poucos metros do caminhão da FedEx.

Encostamos bem ao lado, tão perto, que consigo ver o motorista. É apenas um garoto recém-saído da escola tentando levar a vida de maneira correta, metido nessa guerra torpe e fétida. Ele mantém os olhos fixos na estrada, a mente no trabalho.

Faço o taxista dar uma sacudida no caminhão, para chamar a atenção do rapaz.

Agora ele me vê.

– Desacelere e encoste! É muito importante!

Mas um cara com uma mão só num traje preto e vermelho surfando em cima de um táxi voando baixo não tem mais o mesmo tratamento diferencial que costumava ter. Em vez de parar, o motorista acelera e vai virando para uma alça de saída, a Ditmars Boulevard.

O tempo todo a miniLassie fica olhando para mim, confiante, satisfeita, sem dúvida pensando:

Au! Au-au!

Tocando à frente, o rapaz pega a saída quase sem pisar no freio. Conseguimos acompanhá-lo durante o trajeto, até que ele tenta entrar à esquerda, na Rua 23. Os fãs das Autoridades Metropolitanas de Trânsito de Nova York reconhecerão a Estação de Ditmars Boulevard como a última parada dos trens elevados N e Q, que trafegam ao longo da Rua 23. Os fãs da Física saberão que, ao fazer uma curva fechada em alta velocidade com um veículo muito pesado, corre-se grande risco de capotar. E, velho, como ficamos surpresos quando isso de fato acontece!

O caminhão da FedEx vira de lado. Com um estrondo e soltando faíscas, o veículo vai diretamente de encontro a uma das vigas de sustentação. Atrás dele, voando na direção do caminhão, o taxista ri feito louco.

– Mas que dia bom para morrer!

Que maluco.

Arranco minha katana do acelerador e finco-a no freio. Resolvendo fazer uma manobra, o taxista consegue por pouco evitar a colisão. Só que eu saio voando sobre o caminhão – e dou de cara na viga.

Ai, ei, ai! Parece até música!

Porque nada dói tanto quanto a dor em si.

Então, vamos cantar!

Gostaria de dizer que deixo um buraco no formato de Deadpool no ferro, mas parece mais que o ferro deixa a marca dele no meu crânio. A maldita cachorrinha, enquanto isso, está totalmente indiferente. Ela corre para a escadaria que conduz à plataforma do trem.

Jogo ao taxista algumas notas tiradas do envelope que Jane me deu – provavelmente uns dez mil –, e me despeço dando uma beliscadinha na bochecha dele. Corro até a estação. Trem é muito mais barato do que táxi, principalmente quando se pula a catraca. Claro que, assim que eu chego, há um trem esperando. E, sim, a cachorrinha entra nele. E, sim, as portas se fecham pouco antes de eu alcançá-las. Bato nas janelas, mas isso nunca dá certo. Ela olha para mim, ofegante, depois finge estar lendo um jornal, como se eu nem estivesse ali.

Com aquele assovio esquisito igual peido de elefante, o trem começa a se mover.

Corro pela plataforma e o ultrapasso, pulo nos trilhos e me volto, correndo agora na direção do trem, acenando freneticamente. O operador também finge estar lendo jornal. O imenso comboio metálico ganha velocidade. Só me resta voltar e sair correndo, para evitar ser esmagado pelo piuí-piuí.

Não. Espere, espere, espere. Cansei. Cachorro nenhum vai me fazer de bobo. Forço minha espada num dos trilhos, arrancando-lhe o rebite – o bastante para atrapalhar mesmo.

Vendo o que eu fiz, o condutor fica possesso.

– Agora vai me dar atenção, hein?

Os freios são acionados, mas o trem não se descarrilha ruidosamente como em *O fugitivo*. Quando se aproxima do trilho desafixado, já está quase parando, então apenas estala e range, como se estivesse cansado e precisasse se deitar por um minuto.

A máquina ainda range sobre os trilhos quando escalo uma das laterais e forço uma das portas.

A collie olha para mim sob as luzes piscantes.

– Nada pessoal, mas preciso levá-la para um lugar seguro caso você resolva virar um monstro.

Ela vira a cabeça, como quem diz *Por que você não disse antes?*, e salta em meus braços.

Caramba.

Com a cachorrinha no colo, subo no vagão e admiro a cena toda. O atrito dos metais ainda é sonoro, e algumas faíscas espirram até que o trem pare, mas ninguém fica ferido. Lá na rua, o taxista se foi, à procura da próxima corrida, levando na memória o tempo que passamos juntos. O jovem motorista do caminhão da FedEx está aos pulos, assistindo ao veículo arder em chamas.

À leste, vejo fumaça e fogo, resultado do engavetamento de carros na avenida.

E então surge um som estridente, o qual, aliás, deveria estar na minha *playlist*, tamanha a frequência com que o ouço: o alarme das sirenes.

Mas pelo menos a cachorrinha está bem.

– Não é mesmo, menininha? *Quem* foi que aprontou essa bagunça toda, hein? Foi você! *Você*! Mas você é tão lindinha, que vou enfiá-la numa caixa e dar de presente a Preston. Se eu me esquecer dos buraquinhos para a passagem de ar, você me avisa, está bem, querida? Assim que puserem os olhos em você, a S.H.I.E.L.D. vai ter que me aceitar de volta, não acha?

Claro.

Pode apostar!

AGRADANDO A CACHORRINHA – acariciando o pelo, coçando a cabecinha, passando as pontas dos dedos no focinho –, pergunto-me quanto tempo a S.H.I.E.L.D. vai levar para perceber a carnificina que nós dois causamos. Com câmeras de rua por toda parte, e todo mundo na onda *selfie*, exibindo febrilmente nas redes sociais as situações mais inadequadas ou constrangedoras, com as *hashtags* mais sem-noção, não deve demorar muito até sacarem que não foi qualquer engarrafamento de dez carros, seguido de um descarrilamento de trem. Não curte essa vigilância toda? Então saque do bolso o seu celular e cancele seu plano de internet. Não dá para pôr a culpa naquele-que-tudo-vê se você continua baixando as calças na frente dele enquanto ele tenta ler, não é verdade?

Consigo até imaginar como as coisas vão rolar lá na S.H.I.E.L.D.: um recém-graduado no ITM com a cara cheia de espinhas, sapatos pretos fazendo um chato toc-toc no piso duro, segue seu rumo por um corredor insanamente comprido, de luz tênue e zumbido de fiação elétrica de má qualidade. Quando chega à última sala, apertando firmemente a pasta de arquivos no peito, como a um escudo, ele grita a seu belicoso chefe de seção:

– Acho que descobri algo, senhor!

Eles vão chegar a qualquer momento.

Qualquer momento.

Hum. Acho que é difícil de interpretar esse excesso de informação. Mas, ei, não posso ficar esperando a noite toda com uma collie felpuda nos braços. Tenho coisas a ir, lugares a fazer.

Então me teleporto para a sala de Preston, no departamento de Nova York. Comparada à estação de trem esfumaçada, a sala está tão fria e escura, que a collie praticamente pega no sono. A sala tem também uma atmosfera austera. Os únicos toques pessoais são uma foto de família, com Em, o maridinho, Shane, e o filho deles, Jeff; e uma plaquinha em alto-relevo de gosto duvidoso com a inscrição "respire".

Irônico, visto que não acho que os MVAs respiram.

Em, sentada à sua mesa, em uma cadeira ergonômica, está concentrada nas diversas telas projetadas por seus robóticos olhos castanhos. Segurando uma xícara de café quente com uma mão e coçando a bochecha com a outra, ela nem nota a minha presença. Vou até ela pé ante pé e passo o nariz úmido da pequena Lassie na orelha de Em.

– Aiee! – ela reclama.

Adoro quando ela diz "Aiee!".

Antes que o café atinja as pernas à mostra dela, tiro uma foto daquela expressão impagável, para mais tarde postar em várias redes sociais.

Melhor ainda, quando o café derrama, escuto um segundo "Aiee!".

– Eu arranjaria um sabão antes de isso aí manchar, Em... Olha só o que eu trouxe!

Mostro-lhe a cachorrinha. Collie e eu ficamos estáticos de tanta expectativa.

– Você vai me recontratar, não vai?

Antes que ela possa responder, somos assaltados por luzes ofuscantes, disparos de sirenes e uma voz digital avisando que um intruso conseguiu de algum modo invadir o sistema de segurança de alta tecnologia da S.H.I.E.L.D. O lugar estava em estado de alerta, ninguém podia sair ou entrar. Os protocolos estavam sendo atualizados.

Preston está ofegante. Depois de um momento, ela aperta o grande botão verde, indicando que está tudo bem. Fico me perguntando qual seria a função do botão azul. Segundos depois, uma voz autoritária ecoa do comunicador. Talvez fosse Phil Coulson, ou até o próprio Nick Fury. Não acompanho a sucessão da chefia. Seja lá quem for, ele diz apenas uma palavra:

– Deadpool?

Preston fecha os olhos.

– Deadpool.

Luzes se apagam, sirenes silenciam e paredes de segurança máxima recuam. E então começa a gritaria.

– SEU – começa Preston. – Nem sei qual palavra usar! Inconsequente é pouco, desligado seria elogio e lunático seria redundância!

– Eu sei! Sou alucinante, né? – Tento fazer piada para acalmá-la. – Nem tente me elogiar, soaria como um típico tenente metendo o pau no melhor policial só porque saiu um pouco da linha para pegar o bandido. Mas olhe só! Uma cachorrinha!

Ela esconde o rosto entre as mãos.

– Às vezes, Wade, eu juro, se não fosse pelo Jeff e pelo Shane, eu pularia de um prédio só pra não ter que lidar com você.

– Você está falando isso da boca pra fora. Olhe a cachorrinha aqui!

Estendo-lhe o bichinho. Ela solta um latidinho e sacode o rabo. A cachorra, e não Em. Se Em fizesse isso, seria esquisito.

Finalmente, Em olha para o animalzinho.

– É uma da lista?

– Hospital Charleston, Astoria. Esta aqui não virou monstro, mas não significa que não tenha relutado bastante... não é, fofinha? – Pego a patinha dela e simulo uns soquinhos, como se estivesse lutando boxe. – Bom, até agora estou achando que é uma fêmea, mas não chequei, na verdade. – Viro a collie de barriga para cima e dou uma olhada. – Sim. Fêmea. Sabe, nos filmes e programas de TV, ainda que a personagem de Lassie fosse fêmea, eles usavam collies machos na atuação, por serem mais encorpados e chamarem mais atenção. Mas alguns dublês eram fêmeas. Então... podemos testá-la, para verificar se é uma cachorrinha normal?

Em faz que não.

– Pelo que sabemos, a transformação é acionada em nível subcelular... ela literalmente reconstrói o DNA. Até que se transforme por conta própria, o teste indicaria que é apenas uma cachorra.

– Hum. E sabe-se lá quanto tempo isso vai levar. Talvez ela só precise de um pouco de encorajamento.

Sacudo um pouco a bichinha e então aproximo-a do ouvido. Não ouço nada além das batidas de um frenético coração de filhote.

Puxo de leve os dentes dela.

– Grrr!

Preston faz um gesto para mim.

– Pare, Wade! Mesmo que isso funcionasse, eu não iria querer que ela virasse um monstro bem aqui na minha sala. Já basta *você* aqui.

Nesse momento, entra às pressas um estagiário de cara espinhenta, esbaforido, segurando uma pasta de arquivo.

– Agente especial Preston, acho que descobri algo!

Em olha para ele com aquela cara.

– Astoria, Carl?

– Hã... isso...

Ao se dar conta da minha presença, ele fica cabisbaixo e sai porta afora.

Preston suspira.

– Eu vivo dizendo para que não entre aqui. Se quiser falar comigo, deve mandar mensagem ou e-mail. Acho que ele se sente meio sozinho lá na Coleta de Dados.

– Antes que eu finja empatia, podemos tratar da questão mais importante? Estou contratado ou não?

Uma diversidade de expressões transpassa o rosto dela. Algumas, eu nunca tinha visto.

– Queria dizer "não" da forma mais cruel possível. Mas o fato é que eu estava prestes a entrar em contato.

Faço uma performance com a dancinha da vitória.

– Ah! Não tem ninguém melhor para esse trampo, né?

– Não exatamente. – Ela pega uns guardanapos e começa a limpar o café da roupa. – A tática analisou todas as imagens das câmeras de segurança e do tráfego em Yonkers. Eles concluíram que, embora seus métodos não sejam... coerentes... dada a sua acurácia sobre-humana, uma equipe da S.H.I.E.L.D. poderia ter, na verdade, causado mais danos colaterais. Então, fizemos uma reunião... chefes de departamento, diretorias. Apesar de uns comentários negativos iniciais, eles acham que você agiu segundo as regras.

Regras?

Há regras?

Ela amassa o guardanapo e se inclina para jogá-lo no cesto de lixo.

– Vamos ver o mesmo procedimento em Astoria?

– Como diabos eu vou saber? Quero dizer... É claro!

Ainda inclinada para o cesto, ela me olha de soslaio.

– Dado seu conjunto de habilidades único, o fato de que você é considerado dispensável...

Curvo-me para nivelar meu rosto ao dela.

– Como se eu *pudesse* ser dispensado!

Ela fecha os olhos.

– ... e o quanto podemos negar nosso envolvimento com você, dada a sua imagem pública...

– A negação é um dos meus mecanismos de defesa preferidos!

– ... eles concluíram que a estratégia de um único agente continua sendo a melhor, e que você continua sendo o melhor agente.

De tão empolgado, puxo-a pela cintura para endireitá-la.

– Prepare-se, alguém está prestes a ganhar um abraço!

Geralmente, quando me aproximo para dar um abraço amigável, nem o Galactus consegue me impedir. Preston me mantém distante com um único dedo.

– ESPERE AÍ. Ainda resta uma questão importante: como é que podemos lhe confiar o uso do nanocatalisador se você quase o deixou cair no reservatório?

– Mas você me ajudou nessa, não é, minha amiga?

– Fui eu quem levantou a questão na reunião.

– Ah. Xii. – Dou um passo para trás. – Bom, se é assim que se sente, acho melhor você arranjar sua própria senha do Netflix para nutrir seu vício por séries.

– Você nunca me deu a sua senha.

– É, mas poderia ter dado.

Ela toca a têmpora, indicando os olhos.

– Já tenho todos os vídeos de que preciso, obrigada. Mas o pessoal da tecnologia inventou isto aqui.

Ela se vira para um estojo de metal sobre a escrivaninha, que eu não tinha mencionado antes porque o autor acabou de inventar.

Ela pressiona o fecho lateral e abre o estojo, revelando uma adorável arma. É branca, bastante funcional – o iPod das armas.

– Devíamos ter pensado nisto aqui logo de início... os circuitos são similares aos que usamos no Gale Max. Mas as coisas têm acontecido tão rapidamente, que fomos forçados a improvisar.

– Então, se eu sair da linha com o nanocatalisador, você vai atirar em mim com isso? Sabe que esse truque nunca dá certo.

Ela ergue a arma para sentir o peso.

– Esse aqui dá. É uma proteção nova para o nanocatalisador. Os técnicos que curtem siglas a chamam de DDA: Dispositivo de Dispersão de Aerossol. É resistente o bastante para suportar uma .44 disparada a dois passos. Tem mira a laser, de que você provavelmente nem precisa, mas agora vem a parte importante. – Ela passa os dedos por uma gradinha na parte superior do cano. – O mecanismo de disparo só é ativado quando esse sensor detecta DNA de monstro. Se apontar para qualquer outra coisa, não vai conseguir atirar. Talvez tenhamos realmente descoberto um jeito de manter as pessoas protegidas de você.

– Relativamente. – Concordo, muito satisfeito. – Considerando o que você disse sobre a transformação, eu não poderia usar a arma nem contra um monstro em potencial... apenas nos grandões. Bem, não posso dizer que gosto do que isso significa em relação ao nosso nível de confiança, mas tudo bem. Pelo menos é muito mais sofisticada do que aquela lata de spray horrível. Tem certeza de que funciona?

Antes que eu possa soltar um "Aiee!", ela aponta a arma para mim e puxa o gatilho.

Clique.

– É... Funciona.

– Uau! Nossa, Em. Estou com um cãozinho no colo, caso você não tenha reparado... E se algo desse errado?

– Uhull! – Ela sorri pela primeira vez desde que eu cheguei ali. – Ainda não está carregada. Mas foi bem legal ver você pular de susto... principalmente depois de ter empurrado essa cadela na minha cara.

– Boa... – E, lembrando-me do adiantamento que recebi de Jane, levanto outro assunto delicado. – Já que estamos rindo sobre a minha possível mortalidade, que tal se eu ganhasse um aumento? Imagine só se outra empresa me roubasse de vocês...

– Não.

– Nem mesmo tipo um *carpe per diem*?

– Nem sei o que isso significa.

LIVRO 2

Fora, maldito Spot!
Fora, já disse!

11

FOREST HILLS, NO QUEENS, parece filho da cidade com o subúrbio. Não tem nenhum arranha-céu do qual eu possa vir a cair, mas tem um monte de ruas com prédios de seis andares de um lado e casas de arquitetura medieval em estilo Tudor do outro.

Que diabos significa Tudor?

Virei dicionário, agora? Vá procurar na internet.

E nada de mansões também, daquelas que se veem em Westchester. Aqui tem mais coisas construídas na época em que homens eram homens e tijolos eram tijolos, e era mais barato construir casas de tijolos do que formar homens.

Agora que estou de boa com a S.H.I.E.L.D., vim visitar a região que os policiais costumavam chamar de arredores "sonolentos". Estou em busca de um maltês, e desta vez eu pesquisei sobre a raça. Não é o falcão, o que eu procuro é um cão branco feito neve, pertencente ao grupo dos *toy*, ou seja, um cachorro de companhia. Você pode odiá-los, amá-los ou comê-los no almoço – no universo canino, nada é mais insignificante que um filhote de cachorro de colo. A não ser que seja um mutante, ou que você possa usar um spray que o faça encolher, caso em que todas as apostas estariam encerradas. Se já é pequenininho desde o começo, espero que se transforme num monstro menor – tipo o Pequenino, a Criatura de Debaixo dos Travesseiros.

O endereço do alvo fica numa rua particularmente calma. É uma casinha simples e pequena que parece aconchegante, mesmo olhando pelo lado de fora – o tipo de lugar ideal para criar os filhos. O sol está nascendo e os lixeiros se alongam e bocejam para saudar o dia. Se os moradores ainda estiverem na terra dos sonhos, será bem mais fácil entrar e sair.

Mas não seria uma leitura divertida, certo?

Com a collie a salvo, mantida a sete chaves lá na S.H.I.E.L.D., estou sozinho. Minha mão já se regenerou quase que totalmente, mas mesmo assim você não iria querer vê-la agora. Como um arrombador, entro furtivamente por uma janela lateral, e sinto o aroma do jantar preparado na noite anterior que ainda impregna o ambiente. Infelizmente, não dá tempo de fuçar na geladeira para ver se sobrou alguma coisa. A porta de entrada range e vai se abrindo lentamente, e eu escuto o latidinho agudo de um filhote.

Bingo. Este não é o nome do cachorro, a propósito – não que eu saiba.

Uma voz paciente, de uma pessoa idosa, atende ao latido como se estivesse falando com uma bisneta indisciplinada.

– Ah, fique quietinho, B, ou você vai se cansar antes de chegarmos ao parque.

B... Vai ver o nome do bichinho é mesmo Bingo. Ou Bill. Ou Bernardo – lembra-se dele?

Engatinho no andar superior para ver mais de perto, rastejo lentamente, em silêncio. Lá está meu minifilhote. A coleira é quase mais larga do que o pescoço dele, e que adorável senhorinha está segurando a guia. A velhinha do Pasadena. Ela é tipo a Ruth Buzzi do programa *Laugh-In*, uma anciã arquetípica esculpida em carne e ossos. Parece tão frágil, que tenho medo de pegar o cachorro e ela ter um ataque do coração. Mais uma vez, precisarei de uma abordagem sutil. O que significa, basicamente, qualquer abordagem que não a minha.

Salto para o andar de baixo e caio bem na frente dela, o mais sutilmente possível, e faço uma reverência de cavalheiro.

– Com licença, senhora, não pude deixar de notar que atraente maltês a senhora tem aí!

Bem... Não deu certo. Não sei dizer quem parece mais horrorizado, a velhinha ou o cão, mas ela grita estridentemente pelos dois.

– Aaaah!

Ergo imediatamente as mãos.

– Oh, não! Desculpe! A senhora está bem? Não queria assustar! Só...

Ela arqueia as costas e abre os braços, como se estivesse assumindo alguma posição de luta bizarra que aprendeu nas aulas da Associação Americana dos Aposentados. Por um segundo, tenho a impressão de que é *ela* que vai se transformar em monstro.

– Quem é você? O que quer aqui?

Eu recuo.

– Hã... o cachorro... é... tão fofinho. Posso... pegá-lo no colo só um pouquinho? Eu devolvo. Prometo.

Mostro a palma da mão direita, em sinal de juramento, mas até mesmo a miniatura de filhote não parece confiar muito em mim.

O maltês late, irritado, e a senhorinha o pega rapidamente do chão, apertando-o contra o peito.

– Suma daqui, seu louco! Que horror! Socorro!

Tento aliviar o clima.

– Horror? Devia me ver sem a máscara. Olhe, não vim aqui para machucar ninguém...

Mas a intenção não é recíproca. Em vez de me bater com a bolsa, a vovó me põe fora de combate pressionando o spray de pimenta na minha cara. Essa droga faz meus olhos arderem pra cacete.

Assim que volto a enxergar, canso de ser gentil.

– Me dê já aqui esse cachorro!

Mas ela nesse momento já alcançou a porta, tão rápida quanto Usain Bolt.

– Fique longe do Benny! Socorro! Alguém me ajude!

Corro atrás dela.

– Eu *estou* tentando ajudar, senhora!

– Tentando roubar meu cachorro, você quer dizer!

– Não! Digo, sim, mas você não sabe o que tem aí...

O taser de disparo único dela (por via das dúvidas) me atinge no peito feito um bote de cobra.

Gzt.

Ai. Não é o mesmo que ser atravessado por balas, mas tem forte impacto e deixa um gosto residual metálico legal na boca. Mas já passei por coisas muito piores; atravesso os dedos pela coleira do cachorro e puxo. A velhinha, além de muito corajosa, é bem forte. Ela puxa o cachorro de volta, eu então puxo-o para mim, e subitamente nos flagramos fazendo cabo de guerra com o filhotinho. Pelo menos, agora que está com as mãos ocupadas, ela não pode espirrar o spray nem usar o taser, mas estou preso. Não posso fazer muita força, correndo o risco de partir o cachorro – ou, mais nojento ainda, arrancar o braço da senhorinha para fora do ombro. Embora tenha energia suficiente para tentar me nocautear com o membro deslocado, ela não me parece ser do tipo que se regenera. Então, tento ser gentil, o que não é nem um pouco o meu estilo.

– Solte-o, por favor!

– Solte você!

– Não, você!

Antes que me dê conta, estou no chão, a uns cinco metros dali. Por um segundo, penso que a vovó emitiu uma onda de choque, algum mecanismo secreto de defesa, recurso de última opção para os velhinhos da Associação Americana dos Aposentados. Só que agora vejo que ela também foi jogada para longe, na direção oposta. Alguma coisa arremessou nós *dois*.

O cachorro?

Como um cãozinho poderia fazer isso?

Aguarde.

Ah, sim. Cãozinho monstro.

Realmente, o maltês parece estar tomado por uma fúria assassina. O corpinho esticado para a frente, o rabinho ainda duro, os musculinhos retesados e as gengivinhas rosadas à mostra – tudo isso é típico de qualquer cachorro prestes a atacar. Mas o rosnado sonoro, que faz tremer o piso, e os destroços de concreto que são arremessados para longe quando ele passa as patas pela calçada, não são tão típicos assim.

Ele *está* se transformando, mas com muito menos intensidade do que Goom ou Gorgolla. Seja lá o que vai virar, não posso deixar que ande solto por aí, passeando por este belo bairro residencial. Quando ele vem para cima de mim, saco meu novo e brilhante DDA.

– Senhora, feche os olhos. É sério!

Humf! Se ela ficasse com os olhos fechados por tempo suficiente, eu poderia dar um jeito em Benny e ir até uma pet shop comprar outro maltês para substituí-lo. Quem sabe ela nem notasse a diferença?

Com o minifilhote quase em cima de mim, aperto o gatilho. Não acontece nada. Tento de novo. Necas. Nada. Que fiasco. O DDA não dispara. O maldito do cachorro está se transformando tão lentamente, que o sensor não o reconhece ainda.

– Au!

O topo do crânio surpreendentemente grosso de Benny (sério, como é que dá para pôr um cérebro lá dentro?) me atinge em cheio no peito. Três costelas se quebram e ossos trincados espetam meus pulmões. Com o impacto, sou lançado para longe, e quase quebro a coluna ao bater de costas em um sofisticado poste ornamental de ferro fundido. Com um *crek*, um *crok*, um *tunk* e o estilhaçar do vidro da luminária e dos meus ossos, o poste despenca na pacífica rua arborizada.

Em algum lugar, um bebê que dormia acorda e começa a chorar. Em algum lugar, um misofônico, sem poder distinguir a fonte do barulho, desejou ter ligado antes o aparelho de ruído branco. Em algum lugar, um dono de carro vai logo querer saber o que aconteceu com a Mercedes dele.

Eu? Eu tenho que lidar com o que está logo à minha frente.

– Deixa pra lá, senhora, pode ficar de olhos abertos. Assim fica mais fácil para a senhora fugir!

Mas ela nem está me ouvindo, ocupada demais apertando o peito e gritando:

– Tenha piedade!

Está tendo um treco.

12

CIDADÃ IDOSA COM PROBLEMA DE SAÚDE, maltês gradativamente se transformando num monstro predador...

Alguém tem que fazer alguma coisa!

Que tal você?

Pode apostar! Com as pernas curvadas para solidificar minha pose, aponto o indicador para o cachorro ainda com dimensões de filhotinho.

– Finja-se de morto!

Penugens de pelo branco cruzam as pupilas negras feito carvão e as córneas amareladas quando ele me encara.

– Finja-se de morto, seu maldito! Finja-se de morto!

Mas ele não me obedece.

Pego um pedaço do poste de luz e atiro-o para longe.

– Pega!

Mas ele não vai. Não quer pegar. Não quer brincar de nada.

Ele infla o peito. Um desejo inconsciente, sempre latente, transborda de dentro dele – o mesmo desejo indefinido que primeiramente introduziu vida no sono pacífico da sopa primordial e jogou os organismos na violência chamuscante de ser. Conduzido por suas necessidades implacáveis, o maltês branquinho feito algodão vem até mim.

– Quieto! Quieto!

É mais um pedido do que um comando. Mesmo que exista *de fato* a moralidade – ainda que a compaixão importe não apenas para nós, mas para os desígnios da própria realidade –, aqui, agora, não faz diferença. Pois, no terror horrendo deste momento... o cachorro mau venceu.

Quem é o cachorro mau, você ou ele?

Não tenho certeza, mas acho que por enquanto estou levando a melhor.

– Cachorro mau! Mau!

O limiar entre maltês e mercenário desaparece como se nunca tivesse existido. Lutamos *mano a pata*, o tagarela Wade *versus* o irresistível vira-lata. Ele me morde – *rar*! Eu mordo – *grr*! Nenhum dos dois tem gosto de franguinho. Ele cospe fora um pedaço de Wilson. Eu cuspo fora um naco de pelo que já começa a crescer de volta.

Começamos de novo. Rola um soco, um chute, um arranhão, outro chute, mais mordidas e uma gritaria sincera de nomes ofensivos. Eu, pelo menos, estou gritando. Uma segunda cabeçada me derruba, mas não antes de eu jogar o danadinho do outro lado da rua. Meu primeiro erro. Nesta página, quer dizer. Ele pousa nas quatro patas e, amassando o concreto no lugar onde caiu, corre para um pacífico *playground* no idílico parque no fim do quarteirão.

Um *playground*? Já não teve o episódio da escolinha? Por que há tantas malditas *crianças* nesta porcaria de cidade?

Eu me jogo no caminho dele e me deito de lado, deslizando com a cabeça apoiada na mão, como se estivesse deitado em um divã. Uma pose muito legal.

– Ei, fofinho. Aonde *você* vai?

Antes que eu me dê conta, ele se aproxima da minha cabeça, lambendo o meu rosto, rápido e forte. Normalmente, eu adoraria algo assim. Dizem que a saliva do cachorro, ainda que não seja um antisséptico, é mais limpa do que a dos humanos. Pense nisso da próxima vez que for cuspir em alguém.

Está dizendo que devíamos beijar cachorros em vez de pessoas?

Que nojo.

Não, não vá beijar o seu cachorro! Credo. Principalmente este aqui. A língua áspera e granulosa feito lixa rasga imediatamente a minha máscara. Aperto o focinho dele, para contê-lo, mas ele continua lambendo, arrancando nacos de carne, como se a minha cabeça fosse a pontinha de um sorvete de Deadpool na casquinha. Como o pobre do Bernardo.

Gritando uma variação gutural de "ai-ai-ai", tento escapar dele. Na fuga, confiro como está minha cara estragada numa vitrine de loja. Por um segundo, acho que os pedaços que foram arrancados a mordidas me deixam até mais bonito, mas deve ser apenas a dor enlouquecedora falando por mim. É de se pensar, no entanto. Já andei muito por aí, já lutei com cada um dos personagens principais do Universo Marvel – heróis, vilões, coadjuvantes e elenco de apoio –, e fui chegar a esse ponto? Ser lambido até a morte?

Coitadinho.

E quanto à velhinha?

Perdoem-me por prestar atenção apenas à minha agonia. A pobre senhora está lá atrás, parada em frente à casa. Com uma mão apertando o peito, como se tentasse impedir o coração de saltar para fora; a outra, no queixo, os dedinhos tocando o lábio inferior. Com a dentadura à mostra, ela percorre uma ladainha de expressões mais adequadas a um padre:

– Meu Pai do Céu! Vixe, Maria! Minha nossa! Eita! Deus seja louvado! Pelo sangue de Jesus! Minha cabra negra da floresta com seus milhares de filhos!

(Tá bem, essa última foi licença poética minha, mas ela estava com cara de que queria dizer isso.)

Enquanto isso, tento afastar o querido Benny, antes que ele alcance o osso e comece a roer. Não está nada fácil. Ele ainda é o mesmo, mas está ficando pesado. Tenho a impressão de que meus braços vão se quebrar a qualquer momento.

Prestes a chutá-lo para longe dali, escuto um bip-bip-bip agudo. Alguém está me mandando uma mensagem? Agora? Não. É o DDA. O piscar de uma luzinha verde indica que finalmente o sensor entendeu que essa coisa não é um cachorro.

Beleza! Já que não tenho certeza absoluta de que a minha cabeça pode se regenerar inteiramente (e, o pior, será que eu ainda seria o mesmo se isso acontecesse?), acho que tenho o direito de usar um pouco de força mortal. Um pequeno problema, no entanto: se eu tirar uma das mãos do pulguento para pegar o DDA, não vai ter como segurar o Benny. Tenho que ser rápido, então nada de parar para ler mensagens.

Um, dois...

Estou prestes a pular o três e entrar em ação, quando alguém chega. Não, não pode ser a S.H.I.E.L.D. Não causei quase nada de estragos para eles virem. É um super-herói convidado de honra! Você conhece os super-heróis, não é? Se não a Menina Esquilo ou Caco, o Sapo, pelo menos os caras famosos, tipo o Homem-Aranha? Lembra-se do que eu disse sobre o Capitão América não aparecer neste livro? Não aparece mesmo, mas o Aranha, sim.

Incrivelmente, um clarão vermelho e azul entra em cena. Nem quero perguntar no que aquela teia está grudada. Eu o chamaria de poesia em movimento, um Astaire aracnídeo, mas ele está mais para uma daquelas aranhas-lobo – imóvel feito estátua num segundo, e em seguida movimentando-se rapidamente feito um raio. Com todo o tempo do mundo, ele saltita para uma parede de tijolo à vista, espera um segundo, pula para um galho de árvore, espera, se agarra num capô de carro, espera, alcança um poste de luz, espera...

E eu ali, deitado como um idiota, observando-o com o que me resta do rosto. Mas então ele agarra o cachorro.

Eu sou rápido. Poderia certamente dar uma surra em você e deixá-lo em casa antes que percebesse ter levado um soco. Mas esse cara é sem explicação. Quando eu consigo berrar uma advertência: "Aranha, espere", ele já está na frente da velhinha, entregando o cachorro para ela.

– Aqui está seu bichinho, senhora. Pesadinho esse garoto, não?

Benny não é nem um pouco bobo. Ele entra na jogada, fica todo mole, arquejando e choramingando. É a velhinha quem começa a gritar:

– Deixe o meu cachorro em paz, seu Homem-Aranha medonho!

E então ela o acerta com o taser. *Gzt*!

Eu achei que o sentido aranha servisse para avisá-lo do perigo, mas pelo visto não funciona com senhoras de idade – pelo menos não com essa. Antes que eu me dê conta, o Homem-Aranha medonho está agachado num poste de iluminação, passando a mão no dodói.

14

É ISSO MESMO. CAPÍTULO 14. Pulei o 13, como num elevador, porque dá azar. Se você é perfeccionista ou tem mania de perfeição, aguente. E não ligue para a Novo Século reclamando de defeito no livro, vai pagar mico...

Enquanto isso, de volta à realidade fictícia...

Estranhando um pouco o fato de que sua bolinha felpuda de amor tornou-se densa feito chumbo, a velhinha tenta colocá-lo nos braços franzinos. Não rola. A espinha dela estala como bolas de bilhar que recebem o golpe da tacada inicial. Dá pra escutar de onde estou.

Com meu querido DDA preparado, vou até lá, pronto para fazer minha boa ação do dia.

– Afaste-se do cãozinho, senhora!

Aturdida pelo *je ne sais quois* da minha silhueta musculosa insinuando-se na direção dela – ou talvez pela massa aumentada do Benny –, ela cambaleia para trás, o bastante para que eu consiga uma mira perfeita. Agora, se todos puderem ficar onde estão por um segundo, posso atirar primeiro e fazer as perguntas depois.

O spray de monstro parecia, no começo, ser uma solução fácil e rápida, mas na prática não tem sido assim. Com um *zip* e um *zop*, uma teia me arranca o DDA. Eu espero que essa coisa não tenha saído do corpo do Aranha. Desejo isso veementemente. Sei que tem força de adamantium e tudo o mais, mas é muito provável que tenha uma bola de ranho do tamanho de um punho derretendo em volta do meu DDA limpinho.

Antes que eu possa dizer qualquer coisa para expressar meu nojo, o cuspidor de teias arranca a arma das minhas mãos.

Eu bem que merecia um sofisma-aranha decente.

– Wilson, eu perguntaria qual diabos é o seu problema, mas não tenho tempo de ficar para ouvir a resposta. Apenas deixe o cachorro em paz e saia da cidade, e podemos encerrar por aqui.

Estou chocado. O super-herói da angústia adolescente rouba a minha arma e depois vem com toda essa pegada de tiozão pra cima de mim, como se um disco de *frisbee* tivesse ido parar no jardim dele? Ele não está sendo amigo, e acho que nem conhece a política da boa vizinhança.

No intuito de não dar uma de criança e choramingar, dizendo que foi ele que começou, aponto para a velhinha e o cãozinho de colo.

– Você não está entendendo, aquilo ali é um monstro!

Empoleirado de lado no poste de luz, ele se retrai, como se eu tivesse insultado a mamãe.

– Não é monstro, nada... é a minha tia! Digo... é uma velha indefesa!

Antes que eu possa analisar a psicodinâmica inerente a essa afirmação esquisita, a velha indefesa supracitada dá uma olhada severa para o Aranha, e até eu fico arrepiado. A essa altura, já criei respeito pela Dona Spray e Taser. Claro, na minha cabeça, posso até chamá-la de senhora, caduca, velha, o que você preferir, mas em voz alta? Isso é querer confusão.

– Desça já desse poste, seu insignificante, e eu lhe mostro quem é a velha aqui!

Levo a mão à boca, fazendo o gesto universal para *minha nossa!* O Homem-Aranha ergue as mãos, rendendo-se, o que fica superesquisito, já que ele está na horizontal.

– Desculpe, senhora, desculpe! Quis dizer uma cidadã de mais idade. Assim está melhor?

Os olhos furiosos dela se estreitam. Aranha olha ao redor, todo nervoso, como se escolhesse uma rota para escapar do Rino.

Visto que meu traje e meu comportamento bizarro não andam mais recebendo a atenção que merecem, bato palmas com vigor.

– Ei! Aqui! Eu adoraria pegar um saco de pipoca para assistir a essa triste demonstração do politicamente correto, mas quero dizer que eu não me referia a *ela*. Tava falando do cachorro!

Todos os três – Aranha, a cidadã de mais idade e o cachorro – viram o rosto para mim. É bem bonitinho, todos eles com a mesma expressão. Daria uma ótima foto para o porta-retratos de família.

– Benny... um monstro? – diz o Espetacular. – Dá um tempo.

Faço um sinal de juramento.

– Eu juro, a qualquer momento aquela bola de neve mimada vai inflar, e vai ficar tão grande, que não caberia num telão de estádio, mesmo se afastando muito para conseguir enquadrá-la em uma imagem. E não apenas grande... mas com um desejo insaciável por carne de seres vivos. Ainda não reparou? Olhe para ele!

Eles olham. Olham para o filhote. Ele está sossegadamente lambendo a genitália. Ouço o som de grilos em algum lugar.

– Está bem, talvez não a *qualquer* momento, mas vai, sim, eu juro! Por que eu mentiria sobre uma coisa dessas?

Sempre espertalhão, o Homem-Aranha retruca:

– Porque... você alucina?

Bem pensado.

Assim você não me ajuda! Duvido que você iria gostar de levar um soco bem no meio dessa sua cabeça careca.

Continuar falando sozinho desse jeito vai servir apenas para ratificar o que ele acabou de dizer.

Certo. Voz exterior.

– Fala sério! Você não viu esse bicho me atacando? E vocês dois não sentiram o peso dele? Deu pra ouvir as costas dela estalando lá da Times Square! Acreditem em mim! O que mais poderia fazer um cãozinho *toy* ter o peso do Tyson?

O Sr. Grande Poder/Grande Responsabilidade dá de ombros.

– Ela dá muita ração pra ele?

A mulher faz um *tsc, tsc*.

– Não dou, não.

De saco suficientemente cheio com as nossas bobagens de herói, a boa senhora se curva para colocar a guia na coleira do Benny. Ela começa a se endireitar, mas sua expressão agora é outra. As engrenagens dentro da cabeça dela começaram a girar. Está pensando em algo. Quando fica totalmente ereta – o que, sabe, demora um pouco –, aqueles olhos assustados reluzem feito o metal de uma faca.

– Como sabe o nome do meu cachorro, seu Homem-Aranha medonho?

– Oh... hã... você acabou de dizer, não, senhora? Chamou de Ben... ou Benny? – Ele começa a virar o rosto, como se novamente estivesse procurando a rota de fuga. – Algo assim?

Benny fica eriçado ao ouvir o próprio nome tantas vezes.

A dona não está nada contente.

– Não disse, não!

Ele fica ainda mais acuado.

– Claro que disse. Me ajude aqui, Deadpool.

– Foi mal, brother. Nenhum de nós disse o nome do cachorro desde que você chegou aqui. Vamos pensar nisso, como é que você sabe? – Coloco as mãos nos quadris. – Homem-Aranha! Você andou espionando esta pobre mulher?

Ele quase salta para fora do traje.

– Não! Eu...

Acho que pisei em algum calo.

– Relaxa, compadre. Pode ser que o JJJ diga que você é uma ameaça, mas não estou aqui para julgar ninguém. Como eu sempre digo, antes de querer tirar o cisco do olho de alguém, é preciso tirar a tora toda do próprio olho. Desse modo, você consegue uma tora para dar na cabeça do sujeito. Saca?

– Não, na verdade, não.

Eu também não.

É uma tática! Estou ganhando tempo, esperando que o cachorro comece logo a transformação. Se esse Dick misterioso está por trás de tudo, como disse Jane, ele tem um sério problema de controle de qualidade. Ou vai ver a vovó aqui está *mesmo* dando muita ração para o cachorro.

– Gente, não quero causar nenhum problema. Adoro você, Aranha... e a senhora deveria pensar seriamente em entrar para os X-Men. Mas tenho um trabalho a fazer, na verdade, é questão de interesse público, pra variar. Posso, por favor, ficar com o cachorro um pouquinho... só para ter certeza de que ele não vai virar um monstro?

Os dois gritam "Não!".

Com um *tsc, tsc* e um resmungo, a Miss América de 1776 puxa a guia de Ben, para retomar a caminhada matinal, e nos dá as costas. Devo admitir: esnobar dois tipos barra-pesada como o Aranha e eu demanda coragem. Mas, olhe só, parece mesmo que o rapazinho precisa fazer as necessidades. Ganindo adoravelmente, ele puxa forte a guia, incitando-a a continuar andando.

No começo, os passinhos são curtos e apressadinhos, mas logo... *bang, zoom*!

Ben sai feito um raio, arrastando a vovó consigo. Assustada demais para soltar a guia, ela voa atrás dele como uma pipa mal feita, sem nem mesmo tocar o pavimento. Vai nessa, vó!

Imagino até onde ela subiria se a guia fosse mais comprida. Não importa. Parece que vai ser uma viagem rápida – o vira-lata detonador deve estar com pelo enfiado na frente dos olhos. Ele vai direto para a quina de um prédio de seis andares.

Deixa pra lá. Sua cabeça canina de coco faz na parede um rombo grande o bastante para ele e a senhora passarem.

– Tia May! – Aranha grita.

Calma lá. O quê? Ele também sabe o nome *dela*? Não sabia que ele era vidente! Meu Deus, isso significa que ele também pode ouvir os *meus* pensamentos? Isso seria tão embaraçoso! Eu não quero entregar ao mundo cada um dos meus caprichos e desejos. Aranha, pode me dizer em que número estou pensando? Vamos, responda! Fale logo!

Nada. O sentido aranha deve estar ocupado demais ficando aranha--chocado. Para vocês, leitores, que estão na dúvida – sim, era sete.

Mas não tema, tia May! O Homem-Aranha é mais veloz do que o vento, e tem reflexos mais rápidos do que relâmpagos. Como um raio de luz, ele consegue chegar bem a tempo. Então fica aturdido, sim, mas só por uma fração de segundo.

Acontece que foi o suficiente para um mercenário como eu, de raciocínio ligeiro, pegar de volta o DDA. *Peguei*!

Com a arma em mãos, pego firme em rápida perseguição, como quem diz: "Eu avisei! Eu avisei!".

(Só para esclarecer, mulherada, o DP sempre pega firme. Só que desta vez ele pegou firme na perseguição.)

Ainda com aparência canina, mas não em atitudes, Ben sai correndo através de Forest Hills, e quando digo através, é *através* mesmo – carros estacionados, vendedores ambulantes, estruturas residenciais –, e vai arrastando a infeliz tia May ao longo de todo o trajeto. Considerando todos os impactos, baques e destroços arremessados, não dá mais para chamar o bairro de sonolento.

Eu brinco de pega-pega, esquivando-me disso, dando a volta naquilo, desviando-me de detritos. Vou diminuindo a distância entre nós, e tento parecer na boa o tempo todo. O Homem-Aranha? Ele vai gingando naquela teia, como se fizesse isso desde 1962. (Alguém já disse pra ele que as aranhas na verdade não se locomovem desse jeito?) Ele passa por mim como um relâmpago.

Para evitar a humilhação total, aperto o passo para ganhar terreno, até estar perto o bastante para beijar o pé voador da velhinha (embora eu não faça ideia de por que iria querer fazer isso).

Você já deve estar de saco cheio de tantos carros destruídos, mas, sério, em que mais se pode bater em Nova York? Ben racha ao meio uma limusine estacionada, criando uma sinfonia moderna de metal se curvando, polímeros rasgando-se e destroços caindo. Nem por isso o cachorro desacelera, continua quase que na mesma velocidade, mas esse quase é tudo de que preciso.

Enquanto me esquivo de estilhaços da limusine, faço um movimento inacreditável. É um momento máximo – talvez não em termos de pura força, ou de velocidade, mas de exercício zen com técnica. Vou pedir encarecidamente à agente Preston que verifique as câmeras de tráfego para ver se encontra uma filmagem disso. Acreditem em mim, pessoal, daria uma ótima imagem de página inteira. Imagine-a desenhada por seu artista favorito, uma impressão autografada em edição limitada: com uma das mãos pressionando o airbag dianteiro da limusine destruída, pego impulso e me projeto para o alto, passando sobre tia May. Meu outro braço já está do lado de fora, apontando o DDA diretamente para o perigoso filhote.

Mas... aí vem o Homem-Aranha. Com tanto lugar para passar, ele resolve trombar justamente em mim, provavelmente pensando que *ele* é quem merece a reportagem de página inteira. De um ponto de vista puramente publicitário, ele deve ter razão.

– Não atire, seu maníaco! Pode machucá-la!

Ele passa por mim, deixando-me para trás, e só tenho a opção de reclamar com a aranha vermelha desenhada nas costas dele, que aos poucos vai se afastando.

– Ah, velho! Que saco! Fala sério! Acertar o alvo é o que eu faço de melhor!

Em vez de ficar me lamentando, levanto-me e retorno à corrida. O caminho de destruição é fácil de seguir. É mais estreito do que, digamos, o que o Hulk faria se tivesse que ir ao banheiro numa emergência, mas o estrago é quase equivalente.

O Aranha vai por cima, procurando uma brecha. Visto que ele ainda não a encontrou quando o alcanço, creio que agora é o melhor momento para dar uma limpada no ar.

– Sabe, escalador, se ela ficar ferida porque você me impediu de fazer alguma coisa, a culpa vai ser *sua*.

Ele dá um tapa na própria testa.

– Como se eu já não tivesse culpa nisso tudo!

– Essa história toda entre você e ela é meio esquisita, só para começar. As pessoas vão ficando mais velhas, vão ficando doentes. Às vezes, acontece de serem arrastadas por um filhote-monstro, mas um dia vão ter mesmo que morrer. É o ciclo da vida, meu amigo. Não acha que é hora de você... deixá-la ir? Como disse Faulkner, a "Ode a uma urna grega" pode valer mais do que um monte de velhinhas.

– Cale a boca! Não é uma urna grega, é um cachorro que vira monstro! E aquela não é qualquer velhinha, é a minha...!

Ele para no meio da frase. Escuto-o rangendo os dentes por trás da máscara, como se quase tivesse revelado sua identidade secreta ou algo do gênero. Então me ocorre uma ideia.

– Essa eu sei! Aquela não é qualquer velhinha, é a minha esposa! Henny Youngman, certo? Mas, espere aí, ela é sua esposa? Velho, isso está tão... estranho.

– Ela não é minha esposa!

– Então você só a está usando? Eu sei que muitos homens têm medo do compromisso, mas, se você nunca criar laços com nada, poderá algum dia ser livre de verdade?

– Arghhhhh!

Ele desvia de sua busca desesperada, o suficiente para esmagar meu queixo com o calcanhar. Dói. Não apenas fisicamente – embora eu até veja estrelas. Dói bem lá no fundo, onde guardo meus sentimentos e meu pornô. Mas, ok, eu sei que foi para o meu próprio bem. Sei que isso vai fazer de mim um homem melhor, um filho melhor. Sei que eu devia deixar o papai sozinho quando ele está bebendo o suco de adulto dele. Sei...

Pai? Pai? Por que você não me ama? Por quê?

Um cãozinho iria me amar. Um cãozinho poderia...

Olhe para mim, Sophie!

Alucinando.

Está bem, beleza. O circo itinerante de Deadpool, Aranha, May e o Impressionante Ben deixa o setor residencial para apreciar um pouco de verde. Enquanto o Homem-Aranha paira sobre o cachorrinho feito um helicóptero, como um pai supervisionando os primeiros passos do filho, Ben e May atravessam a parede de pedra de um parque para cães. Por todo o perímetro de grama repleta de cocô, as pessoas que tinham levado seus bichinhos para passear levantam os olhos dos smartphones para ver o mundo virado de cabeça para baixo: um cachorro está levando a dona para passear. Eles se dispersam para dar passagem aos dois, mas seus animais estão muito interessados, admirados com a visão de um deles quebrando paradigmas. Os cães latem alegremente para o corajoso maltês, como se dissessem:

– Com certeza eu iria cheirar a sua bunda se pudesse!

Antes de o trem chamado Ben alcançar o outro lado, o Homem-Aranha encontra sua abertura. Usando aquele estoque infinito de teia gosmenta, ele produz uma tirolesa que vai de um galho alto de árvore até uma parede distante. Desliza espetacularmente e pesca tia May nos braços.

Contudo, May ainda está com os dedos enrolados na guia, e Ben não para por nada.

– Peguei você! Pode soltar o cachorro! – ele grita.

Parece que o Homem-Aranha vai acabar sendo levado junto. Francamente, a cena seria engraçada pra cacete. Mas a velhinha acaba soltando a guia – só para poder meter o taser nele de novo.

Bzt!

– Ai!

– Ponha-me no chão, seu Homem-Aranha medonho!

Medonhamente espetacular, ela quer dizer!

Enquanto o Aranha tenta justificar o motivo de estar salvando a vida da velhinha, Ben ganha as ruas de novo, e então (finalmente, finalmente, finalmente!) ele cresce. Queria poder dizer que ele vai como uma bola de neve rolando até virar um monstro horrendo, porque essa imagem combinaria com ele, mas é mais ou menos como se uma grande coisa rochosa alaranjada explodisse de uma coisinha branca peluda. Os traços de cão não desaparecem efetivamente, são apenas amplificados.

Pode parecer estranho, mas sinto-me muito bem com isso. Aí está: a prova de que não estava mentindo nem sou maluco. Bom, não *apenas* maluco.

Meu instinto inicial é agarrar o Homem-Aranha e virá-lo na direção do monstro, para que ele possa ver, mas a tia May está ocupada tentando desgrudá-lo da guia. Além disso, a transformação de Ben já começa a causar problemas. Claro que o crescimento de um bobalhão como aquele vai bloquear o tráfego – como não bloquearia? Mais especificamente, ele resolve virar um monstro gigante bem no caminho de um ônibus em alta velocidade.

E o veículo – você não vai acreditar, porque nem eu acredito – está lotado de freiras.

Sério, do jeito que o mundo anda ultimamente, para que alucinar?

Força do hábito?

Prática?

Freiras. Acho que eu deveria ficar grato por não serem crianças de novo. Bem, pelo menos elas se parecem com freiras, usando hábitos negros e com o rosto emoldurado pela touca rígida que cobre a cabeça e o pescoço, mas poderia ser uma performance *flash mob* do filme estrelado pela Whoopi Goldberg em 1992, *Mudança de hábito*. Achei essa ideia meio exagerada, então vou ficar com as freiras, que não parecem, nenhuma delas, suspeitar quão perto estão de um chá com biscoitos na companhia do cara lá de cima, que não estava na agenda, mas ao qual elas devotaram toda a sua vida.

O motorista suspeita. Ele buzina. Sei lá, vai ver ele acha que a massa de rocha inchada ainda não percebeu que ele se aproxima, e vai sair do caminho quando o vir. Só que ela não sai. Na verdade, vira-se para ele, furiosa e monstruosa. O motorista grita tão estridentemente, que dá para ouvi-lo mesmo com o disparo da buzina.

As freiras olham para a frente, tentando entender o que está acontecendo, quando a besta anuncia orgulhosamente:

– Eu sou GOOGAM, filho de...

Tô pouco me lixando.

Meto-lhe o spray. Ele fica todo derretido. Fim de papo.

13

NÃO ESTOU NEM AÍ. Olha aí o Capítulo 13. Estamos no século XXI. Não admito me permitir reverenciar uma superstição tosca. Por favor me deem licença enquanto jogo um pouco de sal grosso para trás, por cima do ombro esquerdo.

O perigo se foi, graças a mim (e a seja lá quem tenha inventado o nanocatalisador), mas não recebo nem um "Obrigado, seu psicopata lindo!" antes que o Aranha vá lamber as feridas da tia dele e a velhinha considere um peixinho dourado como seu próximo bichinho de estimação. Quanto a mim, já posso até ver como vai ser a conversa com Preston ("Como é que você foi parar em frente a um ônibus lotado de freiras?").

Acho que posso muito bem vazar antes que a S.H.I.E.L.D. chegue.

Pareceu mais tempo, mas o incidente todo com Benny levou apenas quinze minutos. Um pouco de sorte e vou poder riscar mais um nome de cachorro da lista antes do nascer do sol.

Upper East Side, aqui vamos nós. Meu teleportador faz a viagem instantaneamente. *Vapt, vupt*. Sabe, o teleporte pode ser um problema para os escritores. Se um personagem pode aparecer onde quiser, na hora em que quiser, cadê o drama? É por isso que tem sempre algum porém intergaláctico interferindo nos compensadores Heisenberg. Mas isso não é problema aqui, já que não sou exatamente o que se chama de ator racional. Como já foi visto, eu *nunca* usaria o meu teleportador para arruinar uma sequência de batalha excitante. É mais a minha cara me teleportar para uma situação *pior*, ou surpreender todo mundo ao largar o enredo para ir relaxar numa praia de areias claras. (ATENÇÃO, SPOILER! Vou fazer isso mais tarde. Não perca!)

É bem prático para eliminar os trechos mais chatos que ninguém deveria ter que aguentar, tipo eu pegando um táxi ou recebendo olhares ao andar de metrô. Não quero passar por isso, você não quer ler isso, então... puff.

Desta vez, apareço num quarto confortável. Persianas balançam as estampas de corações, fechadas para proteger o lugar contra o sol cada vez mais forte, lançando sombras vacilantes nas paredes, cuja brancura é interrompida apenas por uns poucos adesivos de alegres personagens da Disney. A mobília pequena do quarto de criança é de um branco combinante, com bordas cor-de-rosa. Algumas bonecas com proporções surreais estão espalhadas pelo carpete felpudo.

Ou é o quarto de uma garotinha ou uma armadilha bem pensada por um pedófilo.

(Esse é um tipo que eu poderia matar impunemente...)

Mas não tem nenhum tiozão esquisito esperando para atacar. Os únicos sons são o respirar suave e ritmado dos dois ocupantes, os querubins que dormem na cama de princesa: uma criança inocente e seu filhotinho de labrador. A criança envolve o animalzinho entre os braços. Os dois, com as testas encostadas e olhos fechados, sonham com um mundo de fantasias habitado por unicórnios, arcos-íris e borboletas. Mais encantador, impossível.

O que significa que a coisa só vai piorar daqui pra frente.

Quieto como um mosqueteiro, tento deslizar o labrador para fora dali sem acordar nenhum dos dois. Eles contorcem os narizes, mas puxo-o com firmeza, devagar e gentilmente. Devagarinho, devagarinho. Uma das unhas da patinha traseira cuidadosamente aparada enrosca em um fio solto do edredom. Continuo puxando – firme, firme. O fio vai ficando mais teso, teso, até que se parte sem ruído e sai flutuando feito um floco de neve até então acorrentado.

Os dois continuam dormindo; ela embaixo do edredom, o labrador nas minhas mãos.

Chegar de teleporte não faz barulho, mas sempre faz um estalo quando vou embora. Resolvo que é melhor ficar a certa distância da menininha antes de zarpar, para que ela pelo menos tenha uma boa noite de sono antes de ficar traumatizada pelo sumiço do saco de pulgas.

Afasto as cortinas, uma mão na janela, a outra segurando o labrador. Pelo tecido do meu traje, sinto a brisa matinal contra os mamilos. O tratante também sente, e começa a balançar as perninhas em pleno ar. Não chega a acordar. É mais ou menos como se estivesse perseguindo uma borboleta em sonho. Awwwn! Este aqui é *especial*.

E não causa muito problema – até se virar e quase cair pela janela. Salto de volta para mantê-lo no quarto, e ele se liberta. Agora está trotando em sonho, trombando em tudo o que não aparece no sonho.

Não é uma fofura esta cena? Eu perseguindo um vira-lata nas pontas dos pés. Encosto o dedo indicador nos lábios e ordeno que faça silêncio, sem emitir o som do *shhh*, mas:

a) ele está dormindo;

b) vá lá saber se um filhote entende esse gesto.

Cheio daquela ilimitada energia bizarra dos filhotes, ele acerta uma lamparina de chão, tromba com uma estante repleta de livros infantis e mete a cabeça numa foto 8 x 10 com a imagem dele e da garotinha numa moldura em formato de coração, provavelmente tirada quando ele foi entregue à família.

Vai caindo tudo, mas consigo pegar todas as coisas – cada um dos aparelhos, livros e bibelôs – antes que atinjam o chão e acordem a criança adormecida. Por quê? Porque não importa quantas pessoas eu mate, não importa quanto sangue eu derrame... ah, não sei bem por quê. Devia ter me teleportado quando tive a chance. Agora estou equilibrando esse monte de bugiganga infantil, e o maldito cãozinho continua pulando por aí feito dançarino em videoclipe do Michael Jackson.

Tento recolocar tudo no lugar, mas para cada livro *pop-up* que realoco, o Sr. Happy Dance derruba mais dois.

Agora estou tão fulo, que dá vontade de enfiar a pilha toda na parede. Todo mundo já passou por isso, não é? Parado no trânsito, esperando pelo elevador, tentando desarmar uma bomba nuclear. Você apenas cerra os dentes e aguenta, não é assim? Só que, em momentos como esses, não quero fazer como você faz, eu faço o que dá vontade. Faz parte do meu estilo.

Então, enfio essa preciosa pilha de pertences bem no meio daquelas lindas paredes brancas.

A menina dá um pulo e se senta na cama. Até mesmo sua exclamação de terror é cativante. Já o labrador consegue dormir mesmo com o mundo desabando ao seu redor. Enquanto zanzo pelo quarto atrás do sonâmbulo escorregadio, a menina fica boquiaberta, observando o vermelho do meu traje com toda a sua glória de olhinhos escancarados.

– Você... é o Papai Noel?

Se ela vai me passar a bola fácil desse jeito, quem sou eu para não entrar na dança?

– Claro – digo. – Estamos em agosto, mas, por que não?

Agarro o cachorro. Ela esfrega os olhos.

– O que você está fazendo com o Fungada?

– Fungada? – Olho para o cachorro, como se tivesse me esquecido de que ele estava ali. A brincadeira faz a menina rir. Até que enfim alguém ri das minhas piadas. – Bom, querida, o Fungada está quebrado, sabia? Então o Papai Noel vai levá-lo ao Polo Norte e consertá-lo pra você.

Você tirou essa de algum livro infantil, né?

Ela faz beicinho.

– Mas a mamãe disse que o veterinário já tinha consertado o Fungada.

– É, bem, ele quebrou de novo. Olha como as pernas estão se movendo, mesmo ele estando de olhos fechados. Muito esquisito isso, não?

– Ah, não!

– Você não quer que o Fungada continue quebrado, e o Fungada odeia ficar assim, então agora é preciso consertá-lo de novo.

Consertar, nesse caso, aparece como eufemismo para matar.

– E você vai trazer ele de volta?

Faço sinal de positivo, levantando o polegar.

– Pode apostar!

Meu sorriso falso é tão sincero, que penso em tirar a máscara para mostrá-lo a ela, mas isso não seria agradável para nenhum dos dois. Fico me sentindo um pouco mal por mentir. Se o Fungada não se transformar, quem sabe eu possa trazê-lo de volta. Se sim, talvez a S.H.I.E.L.D. me deixe mandar a meleca para a menina numa jarra. Seria como um kiko marinho, só que mais rosado. Imagina ela levando à escola, para mostrar aos colegas de classe.

Com a culpa amenizada por vagas promessas, volto-me para a janela. Mas sabe como são as crianças.

– Você não vai machucar ele, não é?

– Não se não for preciso. Quero dizer... claro que não! Sou o Papai Noel. Você não confia no Papai Noel?

Ela faz que sim.

– Sim, eu confio!

Viro-me de novo.

– Papai Noel?

– Ah, mas que... Sim?

– Estou com sede.

– Querida, já está quase amanhecendo, e Papai Noel teve uma noite difícil, então está um pouco cansado. Se eu lhe trouxer um copo d'água, você promete fechar esse maldito buraco de torta que tem embaixo do nariz e ir dormir? Senão o Papai Noel vai ter que abrir uns buracos a soco nas paredes do seu quarto. Entendeu?

– Está bem.

Com o cachorro sonâmbulo embaixo do braço, vou até a cozinha e sirvo uma bela dose de água gelada para ela (da filtrada, seus sacanas!). Coloco um canudo e deixo uma nota severa para as unidades parentais sugerindo que expliquem urgentemente à filha que ela não deve falar com estranhos.

Ela dá tipo meio gole e põe o copo de lado. Sede? Que nada.

Ela se aninha sob as cobertas. Afago-lhe a cabeça e faço o filhotinho dar tchau com a patinha. Como ela já está acordada, uso o teleporte para chegar ao telhado, o que devia ter feito logo de início.

Crianças. Ai, ai.

15

JÁ TIVEMOS OS CAPÍTULOS 14 E 13 – então, 15, certo? Olhe aqui, é só ler esta porcaria seguindo a ordem das páginas, belê? É tudo uma história só, mais ou menos – com um ou dois subenredos. Vem comigo. Uma frase após a outra. Aí, muito bem!

O sol vai subindo atrás de mim feito uma cabeçona careca. Estou num telhado plano, escutando o ruído dos exaustores enquanto examino o Fungada. Como todos os labradores, ele tem a pele fofa um pouco saliente para a extensão de seu corpo. Aquela sobra de pele faz ruguinhas quando o ergo, o que o faz parecer um recém-nascido e ter milhões de anos de idade ao mesmo tempo. Ainda está leve, como deve ser um filhotinho – e continua dormindo. Sei que não está fingindo. Os globos oculares estão se movimentando sob as pálpebras peludinhas durante o sono REM canino.

Não posso deixar de imaginar o que ele deve estar pensando. Se está se sentindo livre e feliz como parece estar.

Awwwn! Este aqui é especial.

Não! Não vou me deixar levar por essa fofura quentinha. Não vou passar o nariz nele. Não vou me afeiçoar. Não vou me afeiçoar. Não vou me afeiçoar.

Devia largar o cão com a S.H.I.E.L.D., como fiz com a collie, e deixar para os bioquímicos a responsabilidade quanto ao que fazer com os trastes. Mas está tudo acontecendo tão rápido; Preston deve ainda estar limpando tudo no Queens, e ela é a única em quem confio lá dentro. Não posso deixar que o Fungada vá parar nas mãos de algum infomaníaco raivoso cujo grito de guerra é "Ei, como funciona essa forma de vida?". Tendo eu mesmo passado por tal situação no hospital do Arma X, não desejaria isso nem para um – bingo – cachorro. Mas também não posso ficar com ele.

– Posso, pai?

Não é o pai de verdade que vejo. É o pai imaginário, o pai melhor, o pai que poderia ter me deixado ter um cachorro. Ei, nem todas as fantasias podem ser sobre jogos de basquete. Às vezes, você tem que ter os pés no chão, mesmo nos sonhos.

A cozinha é estreita. Ele ocupa boa parte da mesa. O resto do lugar também é pequeno. Ele preenche todos os cômodos em que está. Tem sempre algo no caminho. O gelo estala dentro do copo, e ele fecha os olhos tingidos de vermelho.

Com a cabeça curvada na superfície de fórmica quebrada da mesa, o que mais vejo do meu pai é o topo do corte de cabelo militar. É basicamente assim que me lembro dele – fragmentado. Topo da cabeça, os braços, o cinto. Para me lembrar dos olhos ou do rosto, teria que ver fotos dele. (Algumas com a minha mãe. Na época, eu tinha que ter certeza de que ele não estava por perto para poder olhar a foto dela. Minha mãe morreu de câncer, como talvez eu também devesse ter morrido, e qualquer coisa que o fizesse lembrar-se dela – como uma foto, ou eu – deixava meu pai de mau humor.)

– Se essa coisa fizer cocô ou xixi em qualquer canto da minha casa, vou colocá-lo para dormir eu mesmo.

O Wade imaginário tem muito mais vontade de agradar do que eu já tive. Metade das surras que levei foi porque pedi. Metade.

– Você nem vai perceber que ela está aqui. Eu juro.

Quando meu pai para de se mexer, acho que está cochilando. Mas então ele começa a praguejar. Não a mim – nem nada. Ele mete o punho com tanta força na mesa, que o copo vira – mesmo não tendo restado quase nada dentro. Ele dá vários socos na fórmica, mas os golpes vão enfraquecendo, como se ele estivesse perdendo um *round* de boxe. O braço chacoalha e se aquieta. Ele respira fundo algumas vezes, com dificuldade, e começa a roncar.

Às vezes, custo a lembrar de quem é quem nessas coisas. Por um segundo, sou eu que estou com a cabeça na mesa, sentindo o cheiro de comida velha misturado com uísque, pronto para arranjar briga com o ar. Mas a ilusão é *minha*, então faço um esforço para voltar a ser o Wade bonzinho, vendo o topo da cabeça dele. Limpo a bebida derramada no chão, para que ele não pense que é xixi ao acordar pela manhã. Penso em deixá-lo ali daquele jeito, babando em si mesmo, mas não consigo sair da cozinha.

E não tem cachorro algum. Em lugar nenhum. O lugar é tão pequeno...

Um arroto molhado (dele ou meu?) me traz de volta ao telhado. Fungada continua respirando tranquilamente em meus braços, tão vivo em cada pedacinho, como a Eternidade ou como uma ameba. Mas algumas ilusões são mais aderentes que outras.

– Vou colocá-lo para dormir eu mesmo.

Do jeito que o mundo anda ultimamente, sacrificar talvez seja a única forma amena de morrer. Já que o Fungada provavelmente vai virar monstro, sua forma atual é o melhor que ele vai ser. Trago-o um pouco mais para perto e sussurro:

– Oh, Seu F., algum dia, de um jeito ou de outro, cedo ou tarde, você vai morrer. Seria mais piedoso sacrificá-lo agora, antes que o mundo dê cabo de você?

É engraçado, porque é verdade.

Ele dá uma resmungadinha, quase como um ronco.

– Droga! Quem eu quero enganar, Fungada? Eu não poderia machucá-lo, jamais!

Aperto-o contra o peito. Nada de mais – só o bastante para ele saber que sinto muito.

Pensei que você tinha dito que não iria se afeiçoar.

Não estou me afeiçoando! Estou pedindo desculpas. A alucinação me deixou esquisitão, falou? Não vou adotá-lo. Vou entregá-lo para a Preston assim que possível. Fique vendo.

Ajeito o estimado F. nas minhas costas, para parecer que ele quer se intrometer na foto, tiro uma *selfie* com a câmera do celular e mando para diversas redes sociais.

Segundos depois, meu celular toca.

– Você postou de propósito essa foto no Pinterest?

Que bom ouvir a voz de Em.

– Celular novo. Preciso urgentemente mudar as configurações desta coisa. Acho que postei no Twitter também. Você ainda está no Queens?

– Estou. Cadê você?

– Num telhado em Upper East Side. Tenho uma bela vista da avenida Franklin D. Roosevelt e seguro o labrador mais fofo que já vi na vida. O nome dele é Fungada. Seu Fungada, para você.

– Wade, não dê nomes para os cachorros.

– Por que não? Para não me afeiçoar a eles?

– Não, porque Fungada é um nome ridículo.

– Diga isso à garotinha linda que inventou o nome.

– Garotinha? Por favor, diga que essa garotinha é uma das suas personalidades múltiplas.

– Não, ela é real... eu acho. Preciso começar a usar uma câmera no corpo quando for trabalhar. Vai brigar comigo por causa da bagunça em Forest Hills?

Pelo tom de voz dela, sei que não.

– Difícil dizer. Você tem agora todo um ônibus de freiras que viraram suas fãs. A propósito, elas queriam que você soubesse que está perdoado. O grande problema, desta vez, foi o envolvimento do Homem-Aranha. Como fez isso?

– Não o convidei. Por que isso é um problema?

– Porque lutas entre caras de uniforme chamam atenção. A mídia já estava toda em cima de você depois do centro... agora um *freelancer* chamado Peter Parker tirou uma foto de você e o escalador de paredes lutando por causa de um cãozinho. Não que eu seja sua relações públicas, mas agora não é o melhor momento para você postar uma *selfie* com *outro* cão roubado. Não dá para saber quem vai ver isso.

– A ideia era essa, não? Não culpar a S.H.I.E.L.D., e sim a mim?

– Só estou dizendo pra você ficar esperto porque vai ter retorno. Eu sugeriria que você fosse mais discreto, não aparecesse tanto, caso acreditasse que você sabe o que isso significa.

Por um momento, o mundo todo fica abalado.

TUM!

– Em, pode falar mais alto? Parece que está havendo novas explosões para a construção do metrô da Segunda Avenida.

– Certo. E você está ficando sem sinal porque está entrando num túnel. Não brinque comigo. Sei onde você está, tenho aqui a sua localização. A leitura confirma que não tem construção alguma a quarteirões de você.

BAM! Os respiradores do telhado chacoalham feito latinhas.

– Sério? Vai ver estou com dor de cabeça.

Não.

Nada aqui.

TUM!

Pergunto-me se não estou novamente imaginando meu pai dando um soco na mesa da cozinha, mas até o Fungada ergue a cabeça dessa última vez. Damos uma boa olhada no telhado, nos prédios. Nada.

– Deadpool! Preste atenção. Tenho notícias para você sobre Goom, Googam e Gorgolla.

– Queijos, certo?

– Não, era assim que as criaturas se chamavam.

– Ah, sim.

– E são também nomes de monstros de verdade.

KABOOM!

Fungada late, mas eu o ignoro.

– Nomes de monstros de verdade? Fala sério. Frankenstein, isso sim é nome de monstro de verdade. Pensando bem, na verdade, não é. É o nome do cientista, e não da criação. Embora, no filme original, James Whale se refira ao monstro como o seu Adão, então, tecnicamente, você *poderia* dizer que o nome do monstro era Adão Frankenstein, mas acho que é pegar pesado demais. O que você acha, Fungada?

– Deadpool, concentre-se!

BOOM! Fungada ergue as orelhinhas.

– Ei, Em! Parece que a minha desculpa esfarrapada para encerrar a ligação está chegando mais perto.

– Hum. Dessa vez eu também escutei. Vou verificar uns dados de satélite.

– Concentre-se você também, agente P. O que você dizia sobre os monstros?

– Tive que ampliar meu nível de acesso a dados secretos para conseguir essa informação. A S.H.I.E.L.D. costumava trabalhar com uma equipe inteira de... bem, monstros, como auxiliares na contenção de fenômenos paranormais.

– Espere, espere, espere. Pare. Rebobine. A S.H.I.E.L.D. trabalhava com monstros?

– Eles contrataram *você*, não? A equipe tinha como codinome Comandos Uivantes...

– E você achou ruim o nome do Fungada?

– Enquanto os Comandos estavam em atividade, fizemos testes com todos os membros, pegamos amostras. Os servidores que guardavam os padrões de DNA foram invadidos alguns anos atrás. A teoria atual, muito boa, por sinal, é de que a informação acabou indo parar no laboratório do Arma X e foi usada para criar essas criaturas.

– Os originais comiam gente?

– Não. Isso parece ser uma resposta bioconstruída específica dessas versões clonadas. Talvez a intenção fosse compensar todo o gasto de energia da transformação. A pessoa que os projetou deve ter entendido que a fonte de alimento mais próxima, disponível em grandes quantidades, seria... gente.

BUM!

Essa foi muito perto – tipo, bem em frente ao prédio. Fungada e eu damos uma espiada ao lado. Os corações de ambos começam a martelar.

– Não se preocupe, amiguinho, eu cuido de você. Ai, ai. Está vendo aquela bagunça lá embaixo, F.? Um buracão na rua, um carro esmagado e um poste caído... tudo isso numa linha que vem em nossa direção? Hã, Preston, será que algum outro filhote-monstro se transformou?

– Um minuto. Satélites fora de alcance. Estou acessando as câmeras de rua mais próximas de onde você está, e...

Ao fundo, uma voz empolgada grita:

– Agente Preston, acho que encontrei algo!

– É o Carl? Diga que mandei um olá.

– Wade, saia daí, AGORA!

– Relaxe. Se for outro monstro, eu estou com o DDA. Uma borrifada e...

– Não é um dos monstros, é...

KRUM!

O prédio treme. O cãozinho resmunga. O celular quase salta da minha mão.

– Em? Alô? Não vai me dizer que *você* entrou num túnel! Alô?

Olho para baixo novamente. Só consigo enxergar um borrão, que vem voando em nossa direção. Quero dizer que se move com impossível rapidez, e também é gigantesco e massivamente musculoso, tem pele verde e usa calças roxas, bastante rasgadas. Cambaleio para trás, quase sem tempo de lhe dar o espaço de que precisa para pousar na minha frente. O impacto quase me tira do chão, e o peso dele quase derruba o telhado.

Fungada se encolhe todo, encostado a mim. Awn!

Nosso próximo convidado-surpresa famoso não é Goom nem Gorgolla, mas parece maior – um imenso barril de pólvora perpetuamente prestes a explodir. Pior que o meu pai. Principalmente quando começa a gritar comigo, como meu pai fazia. É tipo... tipo... sabe quando a pessoa lhe envia um e-mail ou mensagem escrita em letras maiúsculas, dando a impressão de que está gritando com você? É mais ou menos assim que ele fala, só que pior, então vou colocar em negrito também:

– HULK NÃO QUER VER FILHOTE MACHUCADO!

16

TODO MUNDO CONHECE O HULK: o brilhante e contido cientista Bruce Banner, atingido por raios gama, detonando a cidade com a força de um touro. Não é puro glamour? Ninguém gosta quando ele fica bravo, porque, quanto mais fulo ele fica, mais forte se torna.

Isso o faz lembrar alguma coisa?

Quem é fã do Hulk há bastante tempo sabe que às vezes ele meio que se controla, e às vezes é só basicamente uma máquina de raiva. Com certeza ele agora está na segunda opção.

Com Fungada embaixo do braço e as mãos estendidas, em sinal de abjeta súplica, mergulho no fundo daqueles grandes olhos verdes e tento fazer o que para mim é a coisa mais difícil no mundo: falar sério.

– Calma, Hulk. Sei o que parece, mas eu nunca machucaria um...

Mas sou interrompido por um soco. Ele não consegue dar um golpe de surpresa com aquele punho – o anúncio ao adversário é ululante. Dá para ouvir os músculos salientes feito barris contraindo-se quando ele movimenta o braço para trás, preparando o golpe, dando-me assim o adorável tempo de tentar sair do caminho. Quase consigo. Na verdade, não sei dizer se foram mesmo os dedos firmes dele a me tocar primeiro, ou o ar que vem na frente, que parece virar uma bola de concreto de tão comprimido. Seja lá o que tenha sido, de repente estou curvado, voando de costas!

Num gibi, é fácil controlar a passagem do tempo. A queda de uma gotinha pode se estender por diversos quadrinhos; séculos podem ser pulados com uma única caixa de texto... "Mil anos depois...". Aqui, no mundo da prosa, em primeira pessoa e verbos no tempo presente, é mais complicado. Mas enquanto voo para longe, pelo impacto do golpe, vendo o Hulk ficando cada vez menor, tenha paciência comigo, por obséquio, numa expansão de tempo breve e talvez desnecessária.

Lembre-se de que os eventos que você está lendo demoraram menos do que parece.

Começamos com a dor do momento:

– Uuuff!

Na esperança de poder suavizar o impacto da queda, esforço-me para envolver o pobrezinho do Fungada. Primeiro, atingimos a escadaria do prédio. Nada de rolar escada abaixo para essa dupla dinâmica. A atravessamos como um punho atravessa uma caixa de lenços vazia, levando gesso, madeira, tudo.

Palavra de quem já atravessou uma porrada de paredes – geralmente, o impacto o faz desacelerar. Mas, desta vez, isso não acontece. Para ser sincero, parece que estamos indo mais rápido ainda quando saímos do outro lado. Voamos por cima da beirada e ganhamos o céu aberto: livres, livres, livres.

A não ser pela questão da gravidade.

Quando cruzamos a Segunda Avenida, o empuxo da boa e velha Mãe Terra nos suga só um pouquinho, e desabamos no telhado um pouco mais baixo de outro prédio. Com o labrador apertadinho contra a barriga, giro de costas feito uma bola – não tanto por ser um lutador habilidoso que sabe o melhor jeito de cair, mais porque sou um objeto pego pelas mãos da Física, e é isso que faço para rolar. (Saca?)

Felizmente, este telhado é maior e tem mais objetos do que aquele onde estávamos, então, depois de ricochetear em algumas unidades de ar-condicionado, perdemos velocidade, o suficiente para eu conseguir parar antes de tropeçar na borda do prédio e cairmos lá embaixo.

Embora eu não me arrisque a dizer isso na cara dele, o Hulk não pode voar. Não faz tanta diferença, visto que ele pode cobrir quilômetros com um único salto. Mal me levantei, fazendo um passo de dança meio vacilante estilo Fred Astaire, e a máquina verdona pousa. Ele continua furioso, mas não está mais gritando tão alto, então não vamos precisar colocar em negrito:

– HULK VIU NO YOUTUBE VOCÊ MACHUCANDO FILHOTE!

O Hulk usa a internet? Que incrível. Não dá tempo de perguntar qual navegador ele prefere. Desta vez, tenho certeza de que é mesmo o pulso dele que causa impacto. Dá uma ideia de quão maluco ele fica. Se estivesse realmente preocupado com os cãezinhos, teria me dado a chance de colocar Fungada no chão, mas vá dizer isso pra ele. O malucão é puro sentimento – anda por aí com o coração na mão.

Ou será que é o *meu* coração que está na mão dele?

Cruzamos outra rua, atingimos um prédio comercial, atravessamos a parede, voamos por uma ou duas mesas, e depois janela afora, e meros quatro andares para baixo. Sou durão, e não invulnerável, mas até agora tenho apenas alguns hematomas e arranhões. Muito esperto, desacelero nossa queda colidindo contra alguns protuberantes parapeitos.

Atinjo a calçada. Fungada bate contra meu peito, fazendo o sonzinho mais lindo de fungadinha quando o ar de seus pulmões é forçado para fora por causa do impacto. Não sei imitar direito, mas é meio que um "Rrrrrunnfff!".

Com toda graça e etiqueta de um porta-aviões em mergulho vertiginoso, o Verdinho pousa a alguns metros de nós. Espero que ele faça aquele negócio de juntar as mãos com força, batendo palmas, para criar uma onda sonora devastadora, porque isso provavelmente não doeria tanto. Mas, não, ele me dá outro soco. Bem no topo da cabeça, onde guardo todos os... como se chamam mesmo? Ah, é, pensamentos.

Geralmente, eu entro discretamente em estado de alucinação, mal notando quando acontece. Mas desta vez é mais ou menos como as imagens de canais que se alternam, conforme se bate num televisor quebrado. As imagens vacilam, o áudio se mistura. No mundo "real", acho que a trajetória nos leva para cima de um duto de ventilação de metrô soltando vapor, porque sinto um jorro de ar quente que me lembra do vento cálido de um dia de verão.

Um dia em especial. Estou num campo de beisebol num parque, tirando sarro de um gordinho por ter errado o passe. Sophie está vendo. Fico tentando impressioná-la com meu bom humor, até que, sem querer, acabo passando do limite da linha que delimita a etiqueta do *bullying*. O garoto, um palmo mais baixo do que eu, fica furioso, trêmulo, com o rosto vermelho e tenso, como se estivesse com prisão de ventre. Não sabe se cai no choro ou se tenta acabar com a minha raça. Com todas as outras crianças assistindo à cena, ele vem na minha direção com passos firmes e me empurra, metendo os punhos no meu peito.

– Vou te matar! Vou te matar!

Esta é a regra de antigamente: acabe com um cara maior que você, e os outros vão deixá-lo em paz. Só que a força dele é zero, então é quase como ser atingido por cotonetes muito flexíveis. É tão patético, que caio no riso, e isso apenas o deixa mais frustrado e envergonhado.

– Vou te matar! Vou te matar!

Então ele vai socando cada vez mais rápido e mais forte. Mas não importa quão rápido e forte sejam os socos, não dói nada. Rio mais ainda. Não consigo me conter. Olho ao redor. Estão todos rindo. Sophie também. Até os pais do garoto. É *tão* engraçado! Lágrimas escorrem pelas suas bochechas coradas e fofas, mas ele continua na luta.

– Vou te matar! Vou te matar!

Mas então tudo muda. De repente, sou *eu* o babaca gordinho dando os socos – só que não estou batendo em mim mesmo, e sim no Hulk. E ele não ri. E não sinto cócegas. Sinto dor em cada uma das partes do meu corpo, com um saldo de costelas quebradas, fêmur quebrado, jorrando sangue, e tudo mais.

Ele me ergue acima da cabeça, preparando-se para me arremessar.

– VOCÊ MACHUCOU CÃOZINHO!

Apesar das fagulhas brilhantes que vejo no ar, tenho uma ideia. Já encontrei quase todo mundo do Universo Marvel, o que significa que já devo ter encontrado o Hulk.

– Hulk, só um momento! Você se lembra de mim?

Ele pensa por um segundo. Fica até bonitinho quando pensa. Não. Menos feio, digamos.

– DEADPOOL MACHUCOU CÃOZINHO! HULK ESMAGA!

– Deadpool! Isso mesmo. Sou o Deadpool. Isso significa que não importa o que você faça comigo, vou me regenerar. Você *não pode* me esmagar. Não em definitivo, pelo menos.

Esse último trunfo o deixa encucado.

– HULK *NÃO PODE* ESMAGAR?

Ele me larga.

– Ai. É. Então, se você parar pra pensar, pra que fazer isso, né?

Ele faz cara de desconfiado. E baixa o tom de voz.

– Hulk não pode esmagar.

Ele pisa em mim – de levinho – só para confirmar.

– Nrgh! Viu? Ainda... aqui...

– Não pode esmagar. Não pode esmagar. O que Hulk faz? – Ele coça a cabeça. – Não esmaga... não esmaga...

– Você podia... me escutar...

Os olhos dele ficam atentos. Aposto que ele estalaria os dedos se soubesse fazer isso, porque está com cara de que teve uma epifania.

– HULK SENTA!

– Não! Eu não... espere...

Eu fugiria, se pudesse, mas antes que eu pudesse me mover um milímetro, aquela bunda verde colossal com suas duas toneladas de massa carnuda pousa em cima do que resta de mim.

– Eeeg! Não! Nããããããoo...!

– Hulk senta até você prometer não machucar cãozinho.

Pelo fato de ele não estar mais me batendo, suponho que eu tenha de dizer algo, mas não sei muito bem o quê. Espero que ele não tenha comido comida mexicana recentemente. Olho por entre as pernas dele, para aquele imenso rosto verde, tão terrivelmente satisfeito com sua conclusão.

– Hulk... escute... eu não *quero* machucar cachorro algum, mas alguns deles talvez sejam monstros.

Ele inclina a cabeça.

– Cachorro monstro?

– Isso mesmo. E os monstros podem acabar machucando as pessoas.

– Machucar pessoas?

– Isso! Você é *tão* esperto, Hulk. Entendeu direitinho. Isso é *tão* bom. Então, se o monstro pode acabar machucando pessoas indefesas, não teria problema eu machucar o monstro, para que ele não machuque as pessoas, certo? Do mesmo jeito que você me machucou... machucou feio, devo dizer... porque você *achou* que eu estava machucando cachorrinhos.

Ele enruga a testa e faz beicinho.

– Estou certo, Hulk?

Mas então ele cerra os punhos e ajeita o bundão, partindo mais algumas das minhas costelas.

– CÃOZINHO NÃO SER MONSTRO, CÃOZINHO CÃOZINHO! Hulk senta até Deadpool prometer não machucar cãozinho!

Ficamos nessa por um tempo – tanto tempo que começo a me perguntar onde estariam a S.H.I.E.L.D. e a polícia. Com Hulk imóvel, todos devem estar assistindo a uma distância segura, rolando de rir.

Fungada ficou comigo, no entanto. O bichinho adorável e especial chega a tentar me puxar dali debaixo. Às vezes, parece que esse cachorro é meu único amigo – e a gente se conhece há menos de uma hora.

Nós humanos somos os culpados pelos muitos problemas que temos, não é mesmo? Vejam só quanto tempo eu levei para pensar que posso simplesmente mentir para o verdão idiota.

– Está bem, Hulk! Você venceu! Prometo que nunca vou machucar outro cãozinho enquanto eu viver. Juro pelo que é mais sagrado!

Ele me olha desconfiado, mas se levanta. Meu braço direito levanta junto. Fico com medo de ele ter ficado preso entre as nádegas dele, mas o braço se solta. Sem o opressivo peso, algumas de minhas costelas voltam ao lugar, fazendo um som elástico perturbador. O restante vai demorar um pouco, mas o processo de cura já começou.

O leal Fungada abana o rabinho e late, todo feliz.

O que, claro, o Verdinho nota.

– Cãozinho! Hulk quer carinho cãozinho.

Um cão entende em média 165 palavras. Pela cara de horror do Fungada, ele entendeu muito bem o que Hulk quer.

– Não sei se é uma boa ide...

– HULK NÃO MACHUCA CÃOZINHO! HULK QUER CARINHO!

Claro que nenhum de nós pode impedi-lo. O gigante verde pega o bichinho do chão como se fosse uma uva peluda. Fungada fica muito tenso e arregala os olhos. Tento lhe pedir desculpas com os olhos, visto que são uma das poucas partes do meu corpo que ainda posso mover, e então só o que me resta é prender a respiração e ficar observando.

Hulk afaga a cabecinha.

– Cãozinho fofo! Cãozinho macio!

Até então, tudo bem. Meio desajeitado, feito uma criança grande e desengonçada, ele passa a mão para cima e para baixo no corpinho peludo. Talvez isso acalme o Hulk, e ele volte à forma humana.

Mas então ele começa a ficar mais... ávido. E começa a agradar o cachorrinho com movimentos mais rápidos e fortes.

– Hulk dá carinho, carinho, carinho...!

– Calma! Devagar! É melhor não...

O-oh.

– Cãozinho? – Escancarando os olhos, Hulk olha para o animal imóvel que tem nas mãos. – Por que cãozinho não mexe? – Ele se volta para mim, com os enormes lábios verdes tremendo. – Por que cãozinho não mexe?

E eu é que tenho que responder?

– Hã...

Ele cutuca Fungada.

– Acorda, cãozinho! Não... não...

De olhos marejados, ele larga Fungada todo mole ao meu lado.

– Hulk não queria. Hulk não malvado.

Nunca tinha visto Hulk chorar de verdade. Achei... bizarro.

Ele salta, gritando:

– HULK NÃO MALVADO! HULK NÃO MALVADO!

E continua pulando, até que o som de pavimento amassando vai sumindo, conforme ele ganha distância.

17

FUNGADA! Nós mal nos conhecemos. Sniff.

Ainda nenhum sinal da S.H.I.E.L.D., mas agora que toda a empolgação esverdeada acabou e o fim do expediente se aproxima, começa o ir e vir diário da cidade. Mais e mais pessoas vão passando. Claro que elas me olham. Não dá para evitar, eu acho.

Dizem que os nova-iorquinos são antipáticos, mas não é verdade. Apressados? Sim. Assertivos? Claro. E, sim, é preciso *saber* como chamar um táxi. Mas se você precisar pedir informações, todos eles vão ajudar. Apenas faça suas perguntas idiotas serem curtas e vá direto ao ponto. Eles não têm o dia todo!

A multidão boquiaberta que se forma ao meu redor é uma representação perfeita da miscigenação: brancos, negros, latinos, orientais, homens e mulheres, idosos e jovens, operários e executivos, pais solteiros e casais gays. Ignorando suas diferenças, juntam-se ombro a ombro, apertando-se para ver melhor.

A menos de dez passos dali, dois moradores de rua estão acocorados ao lado de uma entrada, roupas e pele tão cinzas quanto a rua, e ninguém para ali nem por um segundo. Afinal, isso é supercomum. Mas um cara de traje vermelho e preto espancado até estar quase disforme, deitado ao lado de um labrador morto? Isso é novidade.

Smartphones surgem como garfos num banquete. Com os chips de memória mais baratos do que os minutos de ligação, vídeos são gravados sem moderação, apesar do fato de que nenhum de nós se move.

Se algum deles tivesse uma boa audição, boa mesmo, poderia escutar meu corpo e órgãos se regenerando e se reconstituindo. Desse jeito, devo estar horrendo, deitado aqui, em meio à sopa dos meus próprios órgãos amassados como purê. Fungada está com uma cara mais natural, mas isso serve apenas para tornar tudo ainda mais triste.

Uma garota de olhar vivo e roupas de executiva abre caminho até a frente e faz uma expressão especialmente horrorizada. Quem sabe ela finalmente sugira chamar uma ambulância?

Que nada. Outra coisa que se deve dizer sobre os nova-iorquinos – sempre nos surpreendem. Ela aponta para mim, como se eu tivesse saído do traseiro do cachorro.

– Meu Deus! Este é o sequestrador de cachorros que vi no noticiário! Ele matou aquele cãozinho!

– Não matei! E ele não era um cãozinho qualquer. Sniff. O nome dele era... Fungada.

Surpreso por eu ainda estar vivo, o grupo improvisado solta uma exclamação e dá um passo coletivo para trás. É de se esperar que a maioria das pessoas acredite na palavra de uma massa disforme ensanguentada. Eu, pelo menos, acreditaria, mas quando as suposições rolam soltas, as acusações vêm de graça.

– Como você pôde fazer isso com esse pobre cãozinho indefeso, seu fracassado maldito? – diz um *office-boy* de bicicleta.

Ele tira o casaco e cobre o cachorro.

– Não sei dizer, porque, como eu disse, *eu não fiz nada.*

– Assassino! – grita a primeira moça.

– Bom... claro, dependendo da definição, mas...

Um cara mais velho, magro feito um palito, sacode um exemplar do *Wall Street Journal* enrolado, como se tivesse a intenção de bater no meu focinho.

– Não concordo com a pena de morte, mas, no seu caso, eu abriria uma exceção!

– Você tem direito de ter sua opinião, mas não de ter seus próprios fatos. Eu não fiz nada!

Ele faz cara de desdém. Conhece bem essa história.

– Por que você diria algo assim se não fosse culpado?

Isso está pior do que a conversa com o Hulk. As multidões têm um problema sério de audição seletiva. Um idiota grita algo provocativo, outro concorda, e antes de você se dar conta, eles concordam em uníssono. Subitamente, todos sintonizam, e sabem, num passe de mágica, a letra e a coreografia – tipo num episódio de *Glee*.

– Ele não pode sair ileso desta vez!

– Temos que fazer alguma coisa!

Eu diria que as multidões são como ovelhas, mas as ovelhas não ficam bravas, nem mesmo quando você tosa a lã e as assa para comer. Ou talvez sejam como lemingues? Não. Apesar da crença popular, os pequenos roedores não cometem suicídio em massa. Isso é só uma lenda urbana, que ficou famosa quando uma equipe que registra imagens da vida animal forjou o incidente, jogando os coitadinhos de um penhasco em frente à câmera. Mas ninguém viu uma multidão se aglomerando em torno *deles*, não é?

– Vamos fazer alguma coisa!

– Isso! Vamos!

Eu adoraria me levantar e dar uma surra em cada um deles por serem tão burros. Mas até que eu me cure, tudo o que tenho é essa mania tosca de ser honesto:

– Eu não fiz nada! Não fiz nada! NÃO FIZ NADA!

Ei, minha garganta está melhorando, ficando mais forte. Se eu esbravejar e for firme o bastante, talvez possa conseguir um ar especial de sinceridade. Parece que estou progredindo um pouco. Uma guarda de trânsito abre caminho em meio à multidão e para ao meu lado. Quem sabe *ela* possa fazê-los pôr a mão na consciência.

Erguendo o iPad para que todos vejam, ela fala com clara autoridade.

– Ele fez, sim! Está aqui no YouTube! Ele roubou o cãozinho de uma senhora do Queens e o trouxe até aqui para matá-lo!

Na tela, vejo a imagem ampliada de mim e tia May fazendo cabo de guerra com o Benny.

– Não! Esse é outro cãozinho! Benny era um maltês. O Fungada é um labrador!

Ainda que eu saiba a verdade, continuo me sentindo como um político confrontado com *nudes* suas enviadas a uma estagiária menor de idade.

– Quantos cãezinhos você matou?

– Nenhum! E esse vídeo está fora de contexto. Se eu fosse matar um cãozinho, acha que o arrastaria lá do Queens até aqui?

Pensei ter ganhado o pessoal com essa, mas a querida Rita, guarda de trânsito, é uma sabe-tudo:

– Então você admite que *pensou* em matar os cãezinhos.

– Quem nunca pensou? Mas a questão não é essa. O Fungada era uma criatura nobre. Claro, ele tinha potencial de se tornar uma fera destruidora que comeria todos vocês, mas fiz tudo que pude para protegê-lo!

Mas não consegui, está bem? – Minha garganta aperta. Minha voz falha. – Eu... fracassei. Fracassei.

Alguém lá de trás grita:

– Isso é tão ruim quanto se você mesmo o tivesse matado!

– Não é, não! É totalmente diferente!

Mas eles começam a gritar em coro:

– É, sim! É, sim!

Consigo falar em tom bem indignado.

– Acordem, seus babacas! Entre comida, veterinário e banho, os EUA gastam 56 bilhões de dólares por ano com bichos de estimação. Todo esse dinheiro poderia ter sido gasto para construir escolas para meninas no Oriente Médio, ou em drones de vigilância doméstica fabricados aqui mesmo!

O São Francisco *office-boy* não perde tempo.

– Cachorros também são gente!

O um por cento com o jornal na mão resmunga.

– Isso é viver em sociedade, seu hippie!

A guarda de trânsito torna-se toda professorinha.

– Os bichos nos lembram da parte inocente e natural dentro de nós, então gostamos deles. Que tem de errado nisso?

Aposto que ela *trolla* todo mundo na internet.

– Você chama manter um predador num apartamento de Manhattan de "natural"? Acha que tomar o controle do destino de um ser vivo que não tem escolha é uma "expressão de carinho"?

Quem diria que você ia pensar nessas coisas!

Por favor. Ele só está ganhando tempo, até se regenerar.

Isso. E estou só começando.

– Já foram a uma fazenda de filhotes? Ninguém planta sementes de cachorro que crescem e viram árvores de cachorro! Eles são criados em jaulas menores do que as usadas para galinhas. Depois de passar por isso, sabem quantos são abandonados todo ano?

Minha força está voltando. Consigo me levantar.

A multidão exclama:

– Ele está andando!

– Ele só estava *fingindo* ser deficiente!

– Temos que fazer alguma coisa!

– Vamos dar uma lição nele!

Eles vêm para cima de mim, mas não vou me render tão facilmente. Agarro a arma mais próxima, que acontece de ser o Fungada. O quê? Bem, ele me amava. Tenho certeza de que ainda ia querer me ajudar – como o toco de *A árvore generosa* ajuda aquele menino.

Giro Fungada feito uma clava. A multidão recua – se não por medo, por nojo. Mas tenho certeza de que, lá no fundo, alguns deles estão se perguntando: como seria ser atingido por um cãozinho?

O caso é que milagres acontecem, sim, de vez em quando. Quando recuo para dar outro giro, o que achávamos ser um corpo sem vida se agita, inala e late. O casaco do *office-boy* cai no chão. Dois olhinhos negros e marejados olham para mim. O rabo abana enquanto ele arfa. É minha vez de exclamar.

– Fungada!

– Au!

Vai ver o Hulk acariciou todo o ar para fora do bichinho, deixando-o inconsciente por um tempo. Vai ver os filhotes de labrador têm um mecanismo de sobrevivência que os faz ficar dormentes quando confrontam cientistas irradiados por raios gama. Ou vai ver – em algum lugar deste mundo maluco e bagunçado – alguém fez um pedido que acabou se tornando realidade.

Mas o que importa tudo isso? O filho da mãe está vivo, olhe só, VIVO!

– Fungada!

A multidão aplaude e vibra. De lágrimas nos olhos, todos nos abraçamos. Ricos abraçam pobres, idosos abraçam jovens e, o melhor: ninguém presta queixa.

Então saco minhas armas e dou alguns tiros para o alto. Todos saem correndo.

Mas não o Fungada. Ele fica ao meu lado, latindo como se tivesse espantado todos eles sozinho. Tem como ser mais fofo?

$$\sqrt{-1}$$

UAU! Depois dessa montanha-russa de emoções, fico um pouco farto da história toda dos cachorros-monstros, então me teleporto para Cancun, levando comigo o Fungada, em busca de um tempo de mercenário só para mim. A praia está lotada, mas quando troco o velho traje de trabalho por uma sunga assimétrica, nem preciso atirar para o alto. O lugar fica vazio na hora.

O Fungada não liga para o que estou vestindo. Gosta mesmo é do sol.

Faz uma bela tarde. Estou sentado numa cadeira de praia com um drinque chique, enfeitado com um guarda-chuvinha, vendo as ondas tranquilas lamberem a areia branca e fina dentro das fendas e rachaduras dos dedos cheios de cicatrizes dos meus pés.

Não me leve a mal. Estou totalmente a fim de ir até o fundo da história de Dick e Jane. Mas não importa o quanto você ame alguma coisa, suas palmas vão começar a suar se você ficar segurando por muito tempo. Por isso é melhor largar tudo de vez em quando, recuar e recarregar as baterias, depois voltar na sua melhor forma.

Certo, Fungada?

Uau. Eu tinha quase me esquecido de como é o silêncio. Claro, tem o som das ondas indo e vindo continuamente, alguns pássaros e a brisa sacudindo o nylon do guarda-sol, mas nada disso soa tão alto quanto a quietude. Lugar perfeito para relaxar, observar um cãozinho mordendo detritos e parar de pensar um pouco.

Por que não admite de uma vez que gosta dele?

E que quer ter um cachorro só pra você?

Calados. Vocês estão cortando o meu barato. Só... aaah! Vou só terminar esse drinque e já posso me virar, para que o sol e a areia deem um jeito nas marcas das minhas costas.

Por que você fingiu que não ligava quando achou que ele estava morto?

Porque não liguei, e não ligo, beleza?

Então por que ficou todo choroso quando viu que ele estava vivo?

Ah, fui levado pela emoção do momento.

Você já se ligou uma vez, lembra?

É, mas isso tinha mais a ver com sexo, com uma mina – tipo aquela piranha da Jane. E esse tipo de prazer só *parece* ser para sempre. Um dia acaba.

Era isso o que você sentia com a Sophie assistindo ao seu jogo?

Não. Sim. Talvez. Quero dizer...

Ah, ótimo. Eu aqui tentando descansar, e agora até o Fungada está olhando para mim como se eu fosse maluco, porque estou sentado aqui, discutindo comigo mesmo.

Encoste o celular no ouvido.

Assim vai parecer que está falando com alguém.

Agora não é hora de autocontemplação, certo? Tenho um drinque, uma cadeira e uma praia só para mim! Vocês não podem dar uma de ruído branco só por um tempinho?

Tipo o Radiohead?

Mas a gente ama você!

(Porque nós somos você!)

Opa. Os parêntesis são novidade!

Parêntesis? Pelo amor de... quantos de vocês vivem aí dentro?

Relaxe, Wade. Temos um monte de truques.

Hum. Que estilo de letra é esse? Bodoni? Deixa pra lá. Não quero saber.

A questão principal é *por que* estamos aqui.

(É porque você é maluco...)

... ou só porque você precisa de alguém para conversar?

Maldição. Poderiam me deixar em paz? Vou ficar aqui sentado, tomando meu drinque e contando as ondas.

Antes isso era chamado de Transtorno de Múltipla Personalidade. Agora é Transtorno Dissociativo de Identidade.

(Tecnicamente, nem chega a ser TDI, visto que não dominamos este corpo.)

Ah! Então não somos personas diferentes, mas a mesma, refletida diversas vezes.

Um Wade Wilson multiplicado por cem nas imagens da casa dos espelhos de um parque de diversões.

Não estou nem ouvindo! Não ligo! Não consigo ouvir. Não consigo ouvir nenhum de vocês. Lá-lá-lá-lá. Nada de negrito nem itálico, parêntesis nem nada. Conversem aí com suas letras diferentes o quanto quiserem. Estou sozinho e feliz numa belíssima faixa de areia. Lá-lá-lá. Olhe, Fungada, aquilo ali é um golfinho?

Então, basicamente, ele está ignorando coisas em que sabe que devia estar prestando atenção, mas não quer, porque ou está fora do foco imediato ou é algo doloroso demais de enfrentar.

(Tipo... a gente já teve um cachorro?)

Já?

Como assim, já tivemos?

Nem todos os cães andarilhos estão perdidos.

Oh, o Arial veio para me impressionar porque o Bodoni não pôde? E não pense nem por um segundo que pode me ludibriar com uma referência a Tolkien. Claro, a estrada nunca tem fim, mas o mesmo vale para algumas de suas passagens.

(Consegue lembrar se você já teve um cachorro?)

Que diferença isso faz? Lembro de todo tipo de abobrinha. Quando a coisa fica feia, não faço ideia se alguma coisa disso é verdade. Não posso fazer nada para melhorar, então que tal não continuar tentando?

Nós cruzamos nossos cães quando chegamos a eles e os queimamos atrás de nós, sem nada para indicar o nosso progresso além da memória do cheiro de fumaça e uma suposição de que nossos olhos outrora marejaram.

Isso é outra referência?

É. Tom Stoppard, adaptado para cães.

Quando certa manhã Gregor Samsa acordou de sonhos intranquilos, encontrou-se em sua cama metamorfoseado num schnauzer monstruoso.

(Isso foi Kafka. Pode tentar se lembrar, Wade?)

Quando se olha muito tempo para um cachorro, o cachorro olha para você.

Essa até eu sei. Nietzsche. Nietzsche é triste, mas a bebida é minha amiga. Que tal fazermos um acordo, parceiros? Eu enfio a língua numa tomada por um dia inteiro, e vocês todos me deixam em paz por uma hora.

Ele que não se lembra de que o cão está condenado a limpar depois que suja.

Eu tô falando, minha memória não presta pra nada! Sempre que levo uma porrada no topo da cabeça, quebro o crânio, sofro traumatismo craniano ou sei lá o quê, as celulinhas cinzentas se regeneram de um jeito diferente – às vezes, um pouco, às vezes, muito.

O presente do cão e o passado do cão talvez estejam ambos presentes no futuro do cão.

E daí? Até mesmo quando eu me prendo a um enredo, minha própria cabeça acaba fazendo continuidade retroativa comigo. Para que o trabalho?

Para você poder ter uma história.

Qualquer história é melhor do que nenhuma história.

Se eu desse a mínima para ter uma história, não estaria aqui relaxando em Cancun, estaria?

Entretanto, a história é o meio básico pelo qual nos comunicamos conosco e com os outros. Pode ser definida como uma estrutura básica com personagem, conflito e encerramento. Alguns acreditam que o conflito é desnecessário, mas obviamente algum tipo de desejo é preciso para impelir a narrativa. Até mesmo aguardar por um elevador é uma espécie de conflito. Igualmente, o desejo de não se lembrar é tanto um conflito quanto o desejo de se lembrar, e, portanto, parte da sua história. Não tem como escapar.

Você se acha todo esperto só porque tem aquele elegante tracinho no rodapé do f minúsculo, Bodoni? Eu completei o Ensino Fundamental, velho. Letra de fôrma também pode escrever palavras grandes.

Você acabou de dizer que não pode confiar na sua memória.

Então como pode ter certeza de que completou o Fundamental?

Todos os cães, exceto um, crescem.

Olhe, ainda que isso aqui seja parte da minha história, não poderia ser a parte em que eu apenas descanso? Qual o problema em dar um tempo e descansar um pouco?

Alguns escritores vão inventando as coisas ao longo do processo, surpreendendo-se ou deixando que os personagens tomem o controle. Embora os fins justifiquem os meios, estrategicamente, isso é como ser um mágico que não quer saber como seus truques acontecem. Quando for construir castelos no céu, não é melhor saber de onde vieram os tijolos, para que o castelo possa ser construído de novo, se preciso?

Não, porque NÃO IMPORTA. Sério. Sei que estou numa realidade fictícia. Embora isso possa deixar quase todo mundo maluco, faz com que eu me sinta melhor. Significa que, mesmo que o Hulk tivesse matado o Fungada, ele não teria se machucado, visto que não existe. Por outro lado, significa que há esperança para o mundo real, seja lá onde fique.

De todo modo, NÃO IMPORTA.

A coisa mais misericordiosa do mundo é a inabilidade da mente canina de correlacionar seus conteúdos.

Obrigado, Arial! Exatamente. Então, para que se afeiçoar?

Porque as histórias não apenas existem, elas mantêm todas as outras coisas unidas.

Somos aquilo de que os cães são feitos, e nossa vidinha é envolta por uma trama.

Ah, pelo amor de... Está bem! Escutem! Querem saber do que eu me lembro? Lembro-me de ter perdido a minha mãe. Ela tinha câncer.

Todos os cãezinhos felizes se parecem; cada cãozinho infeliz é infeliz ao seu modo.

Lembro-me do meu pai batendo em mim tantas vezes quanto batia no chão. Lembro-me, mesmo quando criança, de me sentir preso dentro da própria pele, querendo escapar daquilo aos socos. Lembro-me de gostar muito, muito mesmo, de quebrar as coisas.

(Garçom! Uma bebida, por favor!)

Shh! Ele está desabafando.

Era o melhor dos cães, era o pior dos cães.

Lembro-me de que ele chamava de amor duro o modo como alguém correto brande uma espada da justiça. Lembro-me de achar ok a parte da justiça, mas me interessava mais pela espada – e lutar contra. Lembro-me de que, na época em que saí da escola, tinha um bando de psicopatas irados como amigos – uma gangue de *punk Dads*. Lembro-me de que um deles atirou no pai com a própria arma.

E o cão disse “Nunca mais”.

E, está bem, é claro, acho que me lembro de aparecer um cachorro em algum ponto da história, no ginásio – antes que as coisas ficassem muito, muito loucas. Algo que me amava incondicionalmente, sem me bater, sem me pedir nada, a não ser, quem sabe, comida e passeio.

Mas que obra de arte é o cão. Quão nobre na caça ao pato. Quão infinito na busca de graveto. Em ação, como lembra um esquilo.

Real ou não, lembro-me de ter desejado que aquilo durasse para sempre. Não durou, mas eu, sim. Eu durei para sempre. Mesmo quando era para eu morrer, continuei voltando. E isso é tudo que sei sobre o assunto! Contentes?

Porque eu não pude parar para o cão, ele parou gentilmente para mijar.

Eu tive um cachorro? Sério mesmo? Ou só acho que tive?

Todos os cães acontecem, mais ou menos.

Mas lembro-me *também*, muito bem, de ser o homem mais rico do mundo. Tendo vivido até os anos mais maduros, estou deitado numa cama sofisticada, cercado por incontáveis tesouros, agarrado a uma foto emoldurada de um garoto e seu cãozinho. Antes de passar para o grande além, a moldura escorrega de meus dedos fracos e quebra-se no chão, enquanto suspiro minha última palavra: "Rosebud".

Isso é do *Cidadão Kane*.

Exatamente! Metade do tempo me lembro de ser Leonardo DiCaprio em *Titanic*. Não quero me explicar porque não dá, não mesmo, nunca deu. Então só quero ficar quieto. Só quero...

O cão morreu hoje. Ou talvez ontem. Não tenho certeza.

Parem com isso, gente, não estão vendo que ele está magoado?

Isso é mais bizarro do que ver o Hulk chorando.

(Desculpe, Wade. Aproveite aí, descanse.)

É, vamos ficar quietos por pelo menos um capítulo. Palavra.

Não! Querem saber? Tarde demais! Venha, Fungada. Vou deixar você com a Preston. Já é hora de voltar ao trabalho.

18

NOS ANOS 1950, O BAIRRO DO SOHO, em Nova York, era chamado de os Cem Acres do Inferno. Era um lugar onde havia apenas fábricas, indústrias e galpões – abarrotado de operários mal pagos durante o dia, vazio à noite. Nos anos 1960, as empresas se foram. Um bando de artistas boêmios gostaram daqueles prédios de janelas altas, propícias à entrada de luz natural. Nos anos 1980, a classe média viu todos aqueles boêmios morando ali e disse: "Uhhh! Uma justificativa para o nosso consumismo conspícuo!". Atualmente, os *lofts* transformados foram todos modernizados. As poucas casas genuínas da área são vendidas por cerca de três milhões e por-que-alguém-teria-esse-dinheiro-todo?

Não consigo imaginar que o endereço seguinte da lista cairia em qualquer coisa próxima a esse nível de grana. Um prédio de tijolos gastos de porta preta, originalmente vermelha, parece menos um ninho para os ricos e famosos e mais o tipo de casa assombrada e detonada que se espera ser habitada por um hospedeiro daqueles filmes de terror *trash* dos anos 1970. O nome do dono, Cruston Withers, combina muito bem com o ambiente.

Eu suporia que Cruston Withers é um pseudônimo, mas vivo num mundo em que tem gente com nomes como Von Doom. Mas agora vem a parte mais esquisita – e é preciso usar a palavra "esquisita" de uma maneira bem despojada neste livro – Cruston Withers não recebeu apenas um filhote suspeito, nem dois, nem dez.

Recebeu *trinta*.

Ou seja, pelo visto, a gente não tá falando de bicho de estimação no sentido tradicional.

Oh, eu poderia entrar com tudo, girando katanas, e deixar Deus escolher quem será o culpado. Mas, por incrível que pareça, fiquei meio borocoxô (também conhecido como psicologicamente esgotado) depois da viagem à praia. Talvez fosse mais divertido tentar adivinhar primeiro o que diabos ele está fazendo lá – eu mesmo inventar uma história, para variar.

Seguindo com o tema de horror cômico, imagino um idoso solitário sentado numa cadeira à beira da lareira, regalando seus cachorros com contos de terror de estourar os miolos, tipo "O medo à espreita na casa das sombras" (pra vocês, fãs do Steranko!).

Ou...

Ele podia ser uma versão masculina da Cruela Cruel, planejando usar os cachorros para fazer um roupão de banho.

Não. Os cãezinhos são de raças diferentes. As peles não combinariam.

Quem sabe ele não é um imigrante recente que está com saudades do antigo país, e está preparando um ensopado para se lembrar de casa. Tem gente que ainda come cachorro em muitos países: China, Indonésia, Coreia, México, Filipinas, Polinésia, Taiwan e Vietnam. Quer saber? Centenas de milhares de pessoas na Suíça gostam de traçar um Totó e um Snoopy na época do Natal. Falando sério.

Withers é nome de suíço? Não faço ideia.

Além do mais, trinta filhotes alimentariam muita gente, e o lugar não parece muito apinhado.

Vamos tentar o caminho desnecessariamente otimista. Cruston talvez seja um cara do bem, incompreendido por seu nome ser tão bizarro quanto sua casa. Pode estar planejando doar todos aqueles cãezinhos para crianças pobres.

Não, não, não. Já entendi. Saca só: cansado da humanidade e de suas crueldades, o solitário Cruston Withers quer ele mesmo ser um cão. Ele pega um monte de cãezinhos para que seja mais fácil todos o aceitarem como mais um deles. Daí ele veste uma fantasia de cachorro e... aff... que tédio. Mais fácil ir lá e perguntar. Depois posso começar a atirar, se der vontade.

A casa tem uma daquelas campainhas manuais antigas. Negócio velho mesmo – não precisa de eletricidade. Você gira a maçaneta e um sino de verdade começa a tocar. Então faço isso algumas vezes.

Espero. Cantarolo um pouco. Olho para os pés, olho para o céu. Depois giro a maçaneta novamente.

Não soa muito alto. Talvez ele não ouça, caso esteja no vaso, ou vendo TV, ou respirando. Se for um velho pateta de ouvido ruim, talvez jamais ouça. Mas cá estou aqui de novo, fazendo suposições. Só porque o sobrenome dele é Withers não quer dizer que é velho. Pode até ter uns vinte e poucos, nunca se sabe. Além disso, já tivemos o momento senhora idosa com a tia May.

Embora eu preferisse grana, minha paciência é paga pelo raspar contínuo de chinelas deslizando num piso de madeira. A maçaneta gira e retorce, mas a porta não se abre. Como se eu fosse acreditar que ele não se lembra de que está trancada. Ouço uns cliques e estalos enquanto a trava é retirada, e depois a corrente. A porta pintada de preto abre apenas uma fresta, fazendo um rangido.

Você sabia que ia ter um rangido, não?

Acabo deparando-me com dois olhinhos apertados espiando por detrás de lentes grossas feito fundos de garrafa de refrigerante.

É. Ele é velho. Está até usando roupão xadrez e bengala de madeira. Então estamos nos repetindo. Mas ele não é como a ativa e vivaz tia May. Está mais para um Matusalém. Pele enrugada numa cabeça ossuda, cabelos brancos tão finos, que mal dá para ver. Um pouco corcunda. Mas nem tudo é tão ruim assim. Tem um peito largo que não se deixa curvar tão facilmente, como se tivesse trabalhado nas docas muito tempo atrás.

Há um corredor comprido e escuro atrás dele com, sim, um daqueles relógios imensos no extremo oposto. Nenhum sinal de movimento, a não ser o pêndulo do relógio, mas o cheiro de cachorro é bem forte.

– Olá! Sr. Withers? Cruston Withers?

– Vá embora.

Nada de "O que é isso? Halloween?" nem "O que você quer?". Apenas "Vá embora". Perdeu pontos por ser estereotipicamente ranzinza. Ele tenta fechar a porta, mas meto o pé.

– Ora, ora, isso só vai levar um segundo.

– Não é um bom momento.

O roupão largo esconde os braços dele, mas são fortes o bastante para bater a porta e machucar a extremidade do meu dedão. Coisa que é difícil de fazer. E mais: doeu. Talvez o cara não seja tão clichê assim, afinal.

Admirando meu pé machucado, noto outra coisa perto do chão, algo preso ao batente. O tipo de coisa que Sherlock Holmes chamaria de pista. Parece um pedaço seco de pele, uma ruga que se cansou de morar na cara de Cruston e resolveu dar um tempo. Curvo-me e tento pegá-la, mas está presa à porta. Ela estica, mas não solta, até que se parte.

Hum. Látex, como o desses kits de maquiagem, do tipo que usariam para arrumar alguém para ser figurante no *Planeta dos macacos*... ou... para fazer alguém parecer mais velho. Hmm. Que suspeito. As pessoas em geral fazem de tudo para parecer *mais jovens*. No entanto, tem de tudo por aí. É preciso lembrar de que há uns figurões que tentam parecer mais velhos. Vai ver acham que isso os faz parecer mais respeitáveis.

Mas Withers parece um ancião. Se você parar pra pensar, só tem um tipo que ia querer ter a aparência de um velho particularmente frágil. Alguém que não é frágil.

Sabe, estou começando a achar que Withers talvez *não seja* o nome verdadeiro dele.

A porta tem uma rachadura antiga bem no meio. Aplico um pouco de pressão e a madeira range, pronta para ceder. Fácil de arrombar, mas ele pode estar em qualquer lugar lá dentro – para que avisá-lo? Deve ter um jeito mais sorrateiro de entrar.

As casas de Manhattan nunca têm becos decentes, então voo para o telhado. No caminho, passo por uma janela do primeiro andar, onde dou uma espiadinha e vejo aparelhos de musculação. No segundo andar, vejo uma sala cheia de troféus de boliche, não parecendo ter muito a ver com nada. Nenhum cachorro, no entanto.

O telhado é uma decepção. Não tem claraboia. É um exagero, mas eu *adoro* atravessar essas coisas. Não tem muito do que falar aqui em cima, tirando aquela tinta preta que cobre a maioria dos telhados horizontais. Quando olho para baixo, avisto um detalhe legal inesperado: um jardim de verdade. É pequeno. Eu não criaria ovelhas ali, mas com certeza é um local para aqueles momentos especiais de privacidade que um mercenário merece ter.

Passo a mão num batente, pulo e já estou lá embaixo. Todas as janelas dos fundos estão escuras, tirando a que dá para o porão. É uma daquelas bem estreitinhas, que ficam quase no chão, então tenho que me ajoelhar para olhar. Pelo menos agora os troféus de boliche fazem sentido. O Cruston tem uma pista inteira para ele aqui embaixo – completa, com armador automático de pinos, letreiro de pontos digital e uma pista polida à perfeição.

Não sobra muito espaço para trinta cãezinhos. O restante da casa parece tão vago quanto o rosto de Sophie na ocasião em que a chamei para ver um filme, então, onde diabos estão eles?

Cruston aparece. Sem me ver, ele larga a bengala, joga longe os óculos fundo de garrafa e coloca os sapatos de boliche. Depois se endireita, alonga os braços e estala os dedos.

É como se eu o visse assumindo sua identidade secreta, o... Homem Boliche?

Mas quem ele é de *verdade*? Idoso ou jogador de boliche jovem? E por acaso ele tem um parceiro chamado Garoto Canaleta?

Ele pega uma bola e entra na pista. Quando sorri, tenho a impressão de que me vê, mas, na verdade, não. O fim da pista fica logo abaixo da janela. Ele está olhando para os pinos.

Vejo por que ele ganhou todos aqueles troféus. Quando se move, usa uma técnica clássica de atirar, favorecendo sutileza e acurácia em vez de velocidade e força. Ombros paralelos à linha, joga o braço para trás, quase rente ao chão, o que termina num arremesso suave e silencioso.

Entende o que eu digo sobre a minha memória? Fui casado tipo umas quatro vezes, mas por nada no mundo me lembro dos nomes delas agora. Quanto a essa porcaria aqui, eu sei – e não tenho ideia de *como* eu sei.

Daqui, parece que a bola está indo direto para o canto dos pinos 1 e 3. Sei dizer exatamente quando ela os atinge, porque o rosto de Cruston se ilumina, rachando boa parte daquela cara de velho de látex.

Só que, em vez do estalar dos pinos, eu escuto... latidos.

Santo Deus.

Por que eu perco meu tempo inventando histórias quando o mundo vive pondo coisas desse tipo no meu caminho? Ele não é nenhum Homem Boliche. Não é um herói. É um...

A janela do porão é grossa, com uma rede de metal chumbada no vidro para desencorajar intrusos. Mas eu não perco a coragem – nem um pouquinho. Entro, meus pés pousando primeiro no centro da pista antes que qualquer lasca tenha chegado ao chão.

Uma olhada para os pinos confirma a verdade de dar nojo.

– engasgado –

Não são pinos, são cãezinhos! Meu Deus, são cãezinhos! Ele está usando cãezinhos no lugar dos pinos! Atados com velcro para serem mantidos em posição! Misericórdia!

Só que ele fez um *strike* muito bom. Tenho que admitir. Todos os dez cãezinhos caíram e estão choramingando, quase varridos para a área de seleção mecânica. Rasgo fora as entranhas da máquina, revelando os vinte irmãos e irmãs presos lá dentro do equipamento. Liberto-os tão rápida e furiosamente, que Cruston não tem tempo nem de se mexer.

Quando eu me viro para encará-lo, ele continua me olhando, em choque.

– Não era um bom momento, não é mesmo? E *agora*, é um bom momento?

Dou-lhe uma na barriga. O abdômen dele é firme, provavelmente resultado de toda aquela malhação, então a segunda vez que meto o punho nele, não sinto necessidade de pegar leve.

– E que tal *agora*?

Reto de direita no maxilar.

– *Agora* é uma boa hora?

Esquerda no queixo.

O que resta do látex e do cabelo falso vai caindo. Não é nenhum aposentado – é um jovem em pleno vigor. Mesmo assim, fico surpreso por ele ainda estar de pé depois do sexto golpe. Então reparo que o estive socando no exato ângulo para mantê-lo de pé. Acho que até os meus instintos não foram com a cara dele.

Paro por um segundo. Ele vai ao chão.

Tenta fugir engatinhando. A voz demonstra dor, mas é bem grossa.

– Você não sabe como é!

Meto a boca na orelha direita dele e grito:

– Jogando boliche com cãezinhos? Por que *alguém* saberia como é?

– Eu não os machuco!

Considerando que há sempre duas versões em toda história, tento me acalmar, dando-lhe um chute nas costelas.

– Você os amarra para ficarem pequenos, passa por um armador de pinos e joga uma bola de sete quilos neles! Como não os está machucando?

– Eu... eu acho que eles gostam!

Agarrando o roupão xadrez com uma das mãos, ergo-o para ficarmos face a face.

– Gostam? GOSTAM? Que tal eu fazer você passar por tudo aquilo e ver se VOCÊ gosta?

– Está bem! Talvez eles *não* gostem. Mas eu juro que não os machuco... tanto assim.

Flexiono o braço, preparado para mais um golpe. Ele ergue as mãos e implora.

– Por favor, não me machuque. Você nunca sentiu um impulso incontrolável de fazer algo, ainda que a maioria das pessoas fosse considerá-lo maluco?

Estreito os olhos.

– Tipo matar caras maus por prazer?

– Bom... hã... se é disso que você quer falar, acho que é uma boa comparação. Você tem que acreditar, eu não fui sempre assim... – Os olhos dele começam a marejar. – Fui campeão de boliche, jogava nas ligas principais. Ganhei muitos troféus, tinha uma mulher linda e todo o dinheiro do mundo. Na noite da grande partida, quando estava a um lance de terminar um jogo perfeito e fazer meu lançamento, o cachorrinho de um moleque foge do espaço onde acontecia uma festa de aniversário. Ele vai correndo pelas faixas. Vejo que vem na direção da minha, mas eu já estava na linha. Não queria perder o foco, e também achei que ele fosse ver a bola vindo e sairia do caminho, mas daí... daí... – Ele fecha os olhos e baixa a cabeça. – Eu fui tirado da liga. Minha mina me trocou por um jogador de futebol. Virei um pária. Oh, eu até que tentei dar a volta por cima, juro. Até achei que tinha conseguido. Então, certa tarde, joguei uma pedra num esquilo... e, sei lá como, do nada, me senti melhor. Toda a dor que eu carregava desapareceu um pouco. Mas depois de certo tempo voltou, e pior do que antes. Então eu entendi o que tinha que fazer para me livrar dela.

– Oh, tadinho! – Dou-lhe mais uns socos, mas paro antes que desmaie. – Uma dúvida: por que se disfarça de velho?

Rosto machucado, dentes soltos, ele dá de ombros, meio mole.

– Porque eu gosto.

Bom, não vou julgar ninguém pelo modo de se vestir. Mas pelo tratamento que dispensa aos cãezinhos, sim. Ergo-o pelo roupão, esmago o rosto dele e o empurro, soltando os dedos no momento certo para que ele voe alguns metros, antes de cair pesadamente no chão.

Estou resolvendo qual será o melhor jeito de continuar nossa conversinha, quando escuto o ruído das engrenagens da máquina. Viro-me para ver o que acontece. Droga! Pensei que tinha arrancado todos os fios, mas o armador de pinos ainda deve estar funcionando. Durante todo o tempo em que fiquei ocupado me divertindo, os pobres cãezinhos estavam correndo o risco de ser resetados.

– Rápido, como você desliga a máquina?

Cruston aponta para um painel de circuitos. Puxo os fusíveis principais e todas as luzes se apagam – mas o barulho continua.

– Devia ter dado certo, eu juro!

Mas o barulho continua, ainda mais alto. Tanto, que fica óbvio que não é o armador de pinos que está sendo acionado – nem nenhuma outra máquina. É um dos pinos, um angelical beagle meio tombado na canaleta. Está pisando firme na pista como se pesasse uma tonelada. Ele cai e rola para nós como se fosse um pino torto. Conforme seu contorno peludo começa a aumentar de proporção, as faixas de velcro que o prendiam estalam e se partem, uma após a outra.

Ele se liberta e fica em pé nas quatro patinhas, quase se parecendo ainda com um cachorro, mas os olhos brilhantes e perversos o denunciam. A coisa em que ele está se transformando ergue-se nas patas traseiras, como se fosse implorar. Os membros posteriores engrossam, tornando-se pernas e pés definitivamente não caninos. As patas da frente pulsam, e logo surgem colossais mãos de quatro dedos. O peito alarga-se, a caixa torácica estala ao expandir-se. As orelhas, antes engraçadinhas e moles, lembram agora as de um duende. O focinho – herança da imponente raça que inspirou a criação do Snoopy – pulsa e se desdobra para uma grotesca paródia de suíno. Chifres brotam-lhe da cabeça – não grandes, mas não menos dignos de atenção, graças à área de pele surgida no topo da testa, em forma de falcão, bem na base dos chifres.

Cor? Dois tons de verde, principalmente, com uma máscara preta de guaxinim em torno dos olhos.

Ter mais de quatro metros de altura impede a criatura de ficar em pé no porão de teto baixo, mas ela tenta. Ao alongar-se, ela grita com voz profunda e dolorida, que fala dos alcances infinitos do abismo vazio do espaço:

– EU SOU GRUTO, A CRIATURA DE LUGAR NENHUM!

Nenhum? Essa não dá para deixar passar.

– Isso é referência aos *beatnik*? Tipo Nowheresville?

O brutamontes olha ao redor, intrigado, genuinamente perdido.

– Como vim parar aqui? E de onde eu vim? Por que não consigo me lembrar?

Ei, já passei por isso – acordar desorientado numa pista de boliche, acabando com a estrutura das minhas frases. É tipo olhar num espelho. Mas agora não é hora nem lugar para metanoia.

Cruston engatinha freneticamente em direção à porta, esperando aproveitar a confusão para escapar. A tortura é tipo meu ponto fraco, e se encaixa direitinho naquela categoria dos que "merecem". Então aponto para ele.

– Oh, Gruto! Eu sei como você veio parar aqui! Foi ele! Aquele cara, o que está de joelhos mijando nas calças! Foi ele quem o trouxe!

Gruto vira a cabeçorra para o jogador de boliche. Ele sopra ar pelas narinas feito um grande touro com máscara de guaxinim.

– Eu... tenho fome!

– Não, por favor! Não!

Cruston aperta o passo e voa corredor adentro.

Tento dar um pouco de espaço a Gruto, mas ele leva um bom tempo para passar pela porta. Quando consegue passar, Cruston não está em lugar algum. E o restante do porão é uma longa, ampla e desordenada bagunça: pesos velhos, um baú *vintage*, um manequim, uma velha gaiola de pássaro, uma tábua ouija mal-assombrada – esse tipo de coisa.

Pobre Gruto. Dá para ver que ele não é nada bom em esconde-esconde pelo modo como tromba em todo canto, muito desajeitado, tirando as coisas do caminho sem muita pena. Sobrou pra mim. A escadaria é o único caminho de saída, e não escutei ninguém subindo, então ele ainda deve estar aqui embaixo. Hum.

Chego pertinho de Gruto e sussurro:

– Somos uma equipe, certo?

A Criatura de Lugar Nenhum faz que sim.

– Beleza, então. Vou até lá de fininho me esconder ao lado da escada. Você fica aqui atrás e faz um monte de barulho, para ele achar que a barra está limpa. Sacou? Vamos lá!

Vou de fininho até a escada, encontro um cantinho escuro e aceno a Gruto para que faça a parte dele.

– Onde poderia estar aquele humano? Tenho fome!

Como esperado, algumas caixas chacoalham, e Cruston foge amedrontado, tentando chegar à escada.

Estou esperando por ele.

– Indo a algum lugar?

Ele fica de joelhos, implorando feito sei lá o quê.

– Não deixe ele me pegar!

Quase sinto pena dele.

– Ai, ai. Você promete que nunca, jamais, vai jogar boliche de novo?

Ainda que ele diga que sim, não há motivo para acreditar nele. Mas se um sádico quisesse reavaliar suas decisões na vida, com certeza ver uma de suas vítimas virar um monstro raivoso tentando devorá-lo seria um excelente motivador. Ok, chego a pensar em deixá-lo ir, mas então ele estraga tudo.

– Eu... vou usar esquilos a partir de agora! Eu juro!

– Ele está aqui, Gruto! Bem aqui!

– Nãããããooo!

Pouco depois, Gruto está de barriga cheia. Já estou até curtindo o grandalhão. Odeio pensar nessa hipótese, mas vai que o Withers é tipo comida chinesa, e o Gruto vai ficar com fome de novo daqui a uma hora? Por via das dúvidas, eu deveria borrifá-lo imediatamente, condenando-o à inexistência. Mas quando ele me olha com aquela cara bizarra de gratidão, quase consigo enxergar o cãozinho no rosto dele. Se ele continuar dócil, quem sabe eu não consiga pedir à S.H.I.E.L.D. que o mantenha na base, como caso de estudo?

Só que tenho que ter certeza de que não vai haver problema.

– Gruto, vamos lá para cima conversar um minutinho?

O teto da sala de estar é mais alto; o sol da tarde, agradável. Gruto consegue largar-se num sofá de dois lugares sem bater a cabeça. Eu puxo uma cadeira, sento-me e olho para ele.

– Não somos tão diferentes assim, não é? Você ataca por causa da sua agressividade geneticamente programada. Eu gosto de matar, mas não de infligir dor sem motivo. Na maioria das vezes. Somos chamados de monstros, mas os verdadeiros monstros são os malucos sádicos como esse que você almoçou. Ah, velhinho... – Aponto para os dentes dele. – Tem um pedacinho do Cruston ali... bem ali.

A criatura é civilizada o bastante para ficar envergonhada. Ao vê-lo cutucar os dentes, ocorre-me que talvez isso dê certo.

– Então temos isso em comum. E a questão da amnésia? Não conto isso pra todo mundo... Mesmo quando me lembro de algo do meu passado, não posso acreditar por completo.

Parece que estou ganhando a confiança dele.

– Você... também tem fome de carne viva?

– Não, mas cada um é cada um, certo? O fato é que, visto que você e eu não podemos nos definir pelas nossas lembranças, talvez a gente possa se definir por, sei lá, confiança mútua. Acho que estou tentando dizer que a gente podia... sabe, ser amigos. Ou talvez não seja preciso dar nome à coisa. Se a S.H.I.E.L.D. lhe der alguma folga entre os testes, a gente podia passar um tempo juntos.

Não sei muito bem se o estou deixando emocionado ou entediado, pois ele passa a olhar para a janela. Ouço um movimento flatulento e borbulhante irromper do gigantesco corpo.

– Nossa. Isso foi o seu estômago roncando ou um terremoto? Quer pedir uma pizza?

Ele continua sem fazer contato visual, então me esparramo um pouco mais na cadeira.

– Saquei. Você está se sentindo pressionado. Entendo totalmente. Entendo a relutância, a desorientação, a raiva que vem borbulhante sei lá de onde. De lugar nenhum, é de lá que você veio, não é? Só para constar: estou agora num lugar que me faz sentir que também vim de Lugar Nenhum. Talvez a gente possa vir de Lugar Nenhum juntos?

CRASH!

Todos os mais de quatro metros dele projetam-se janela afora, levando, inclusive, a janela e boa parte da parede também. Está vendo só? Eu aqui, me abrindo, e até mesmo um maldito de um monstro só quer fugir de mim. É como no tempo de ginásio e da Sophie, tudo de novo. É como se a minha vida fosse apenas mais uma história barata de monstro.

Talvez você devesse verificar o que ele tanto olhava lá fora.

Pensei que vocês fossem me deixar em paz por um capítulo... Por que, cara?

Você tem que impedi-lo.

Além disso, vai fazê-lo se sentir melhor.

Como? É a isso que chegamos? A um nível tão patético, que tenho que sair correndo atrás de uma criatura egocêntrica para conseguir um pouco de atenção? Ele não é nada de mais. Por que *ele* não vem *me* impedir? Se eu sou assim tão fracassado, por que estão fazendo um filme sobre mim? Um filme *muito aguardado*, devo acrescentar. Tem alguém promovendo um *Gruto, a Criatura de Lugar Nenhum*? O que isso lhe diz?

Não, pare. Você tem que nos escutar.

Você tem que impedi-lo porque ele é um monstro à solta nas ruas.

Oh. Entendi. Metáfora. Resolver os problemas dele é o mesmo que resolver os meus. Engraçado, era de se esperar que eu ficasse mais sintonizado com as entrelinhas quando estivesse falando comigo mesmo.

Não são entrelinhas!

Olhe pela janela!

Minha nossa. Tenho uma belíssima vista. Crianças, de novo. Do outro lado da rua, doze garotinhas de uniforme escolar marchando em duas filas retas. Parece familiar, mas o que importa mesmo é o predador oportunista *top* indo direto na direção delas.

– Gruto tem fome!

Oh, Gruto. *Todos* nós temos, sabia? Em outro lugar, outros tempos, poderíamos ter sido amigos. Contudo, saco meu DDA e miro o alvo. O que resta dele é nada mais do que um monte de substância pegajosa e disforme.

19

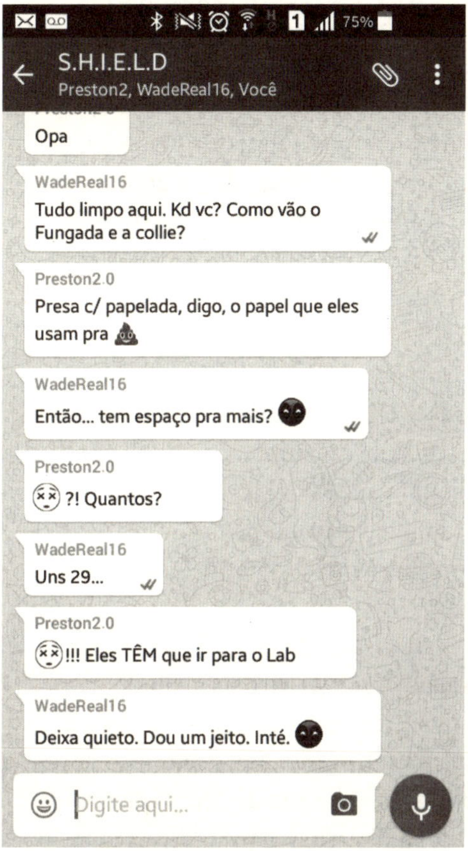

INTRÉPIDO, vou até o bando que choraminga na pista de boliche particular. Olhinhos nobres presos em formato de pino olham para mim, tristes como eles só. Sabe como é: não sei quais são filhotes de verdade, quais vão ficar imensos, blá-blá-blá. Não sou nenhum *expert* em raças de cães, mas vejo um galgo afegão, um malamute do Alasca, um foxhound, um cocker spaniel, um pastor, um schnauzer, um basset, um boxer, um labrador, um doberman, um galgo escocês, um pointer inglês, um setter, um dog alemão, um mastiff, um terra-nova, um sheepdog, um pequinês, um poodle, um pug, um rottweiler, um husky, um whippet, um braco húngaro, um shiba inu, um weimaraner, um schipperke, e acho que aquele baixinho ali é um samoieda.

Como eu dizia, não sou nenhum *expert*, mas já que estava com o smartphone na mão para mandar a mensagem para Preston, então procurei as raças na internet. E, apesar de qualquer fraqueza que eu tenha previamente demonstrado em relação ao mágico Fungada, continuo no puro profissionalismo, oferecendo palavras tranquilizadoras enquanto cumpro com meu dever.

– Não tenham medo, pequenos! O Homem Boliche malvado já se foi, e eu estou aqui para salvá-los!

Algumas puxadinhas aqui e ali, e saem todos saltitando felizes. Por sorte, terem ficado amarrados não comprometeu nem um pouco o entusiasmo juvenil da cachorrada. É quase como dar corda demais a um brinquedinho e colocá-lo para correr loucamente por aí. Eles quicam daqui, escorregam dali, trombam uns nos outros, rasgam papelão e roupas velhas.

Você deve estar imaginando que o deleite transbordante tocaria o meu coração ferido, mas o grande número daqueles indefesos seres me ajuda a guardar meus emoticons para mim. Um cãozinho é adorável. Vinte e nove são apenas uma estatística. Entretanto, em vez de sujeitá-los ao confinamento num laboratório, estou pensando em levá-los comigo para o próximo trabalho. O problema é: como? O Fungada eu podia segurar com uma mão. Ai, ai. O Fungada.

Cruston deixou uma coleção de bolsas para bolas de boliche, mas, se eu conseguisse colocar quatro cãezinhos em cada bolsa, acabaria tendo que carregar sete bolsas e ainda sobraria um cãozinho. Caixas? Muito grandes. Mochila? Talvez. Há por ali uma pilha de sacos de estopa. Poderia dar certo. Tem que ser melhor do que velcro.

Estendo um saco no chão, ergo um dos lados para abri-lo, dou um tapinha na coxa e aponto para o interior.

– Aqui, galerinha! Aqui dentro!

Você deve ter pensado que isso jamais daria certo. Estou vendo que você manja muito. Cães e sacos são como crianças e caixas de papelão. É o que eles mais gostam. O cãozinho mais próximo, um pug, fica um pouco hesitante no começo, mas a curiosidade vence, e ele entra. Depois dele, os outros seguem. Logo, tenho dez rolando lá dentro, felizes pra caramba, com os outros esperando sua vez.

Quando coloco o último deles no terceiro saco, o primeiro grupo fica um pouco quieto. Lembrando-me do triste incidente com o Hulk, dou uma olhada. Nenhum problema. Estão todos confortavelmente acomodados, deitados uns sobre os outros para ficarem quentinhos. Alguns já tinham até pegado no sono, provavelmente exaustos do trauma. E a trama que forma o tecido do saco permite que respirem bem. É só selá-los com um nó frouxo e colocar os sacos nas costas, e estou pronto para ir.

Onde mora nosso próximo participante? Nas matas do condado de Westchester. É, lugar famoso por causa da Escola de Charles Xavier para Geeks Superdotados – também conhecidos como X-Men –, mas ela fica em Salem Center, tão ao norte que é praticamente em Putnam. O sortudo recém-adotante mora na Mansão Briarcliff. O Google Earth me mostra uma casa recém-construída com 0,6 acres de gramado.

Sem mais alvoroço (houve algum alvoroço até agora?), teleporto-me para uma passagem arborizada logo atrás do Duplo Quarteirão com queijo. Deu vontade de fazer referência ao McDonald's.

Não sei se você tem contado o tempo – eu, não –, mas, quando chego, já está tão escuro, que os moradores estão com as luzes acesas. Deito gentilmente meus sacos de amor canino na terra fofa coberta por folhas de pinho. A caminho de um jardim bem-cuidado, reparo numa placa fincada no chão, entre os juncos. Resume-se a dois palitos de picolé colados para formar uma cruz. Uma única palavra, quase apagada, tinha sido rabiscada com giz púrpura por uma mão jovem:

Goldie

Uma sepultura feita por uma criança para seu peixinho morto. Odeio pensar que vim aqui causar mais uma perda, mas isso é parte do motivo pelo qual as pessoas dão bichinhos aos filhos. A cruz é bem velha, todavia. A criança já deve ter superado; com sorte, o episódio passado a preparou para a perda que está prestes a vivenciar.

Mas então reparo em outra cruz: Gerry, o esquilo da Mongólia.

E outra, com letra melhor: Mehitabel, o gato.

E mais uma: Gef, o mangusto.

É tipo um cemitério de bichos. Há covas por toda parte. É muita má sorte para uma criança só. O cuidado que ele tem com os animais não deve ter melhorado ao longo dos anos, mas o design funerário com certeza evoluiu. As covas mais recentes têm projetos todos ornamentados. Tem até uma estela de massinha para Oscar, o furão, contendo a seguinte inscrição:

Lembra-te de mim, agora que vais
Como estás agora, um dia estive,
Como estou agora, um dia haverás de estar,
Prepara-te para morrer e me acompanhar.

Brrr! Tem alguma coisa em todas essas silenciosas covas, o chilro vazio dos insetos, as árvores cinzentas, com seus galhos compridos como dedos. Não é fácil para alguém cuja pele solta pus multicolorido ficar com medo, mas, a essa altura, um ventinho soprando pelas árvores atrás de mim vai ser a gota d'água. Giro a cabeça num tranco, esperando ver a Bruxa de Blair sacudindo uma câmera e pulando em cima de mim.

Folhas estalam. Ou será um vento um pouco mais forte? Um galho se parte. Um esquilo? Uma pá afunda na terra, e quase pulo para fora da minha pele zoada pelo câncer.

É algo que veio por trás de mim, está longe da casa e no fundo na pequena mata. Dando uns passos para a frente, vejo uma lanterna emitindo uma fraca luz amarelada no chão, iluminando ainda mais cruzes. De que tamanho é esse cemitério júnior?

A pá volta a escavar. A luz amarela vacila e ameaça ceder. Não se encontram mais lanternas decentes hoje em dia. Enxergo a pessoa que está cavando, mas quase indistintamente. É uma silhueta no escuro, uma sombra contra a sombra, um escuro mais escuro acocorado sobre um monte de cinzas. Escuto um sibilo. Em torno de onde deveria estar a boca, uma horrenda e inflada massa rosa surge sob o raio de luz da lanterna fraca. A esfera brilhante cresce, e depois desaparece com um estouro.

Chiclete. É um garoto mascando chiclete. Claro que é um garoto. Heh. O que mais seria? E as sepulturas? Vai ver é aqui que *todas* as crianças da vizinhança enterram seus bichinhos. Nada de estranho nisso.

Nada de mais.

Se ele está cavando aquele buraco para o cachorro da minha lista, é sinal de que o animalzinho não vai virar um monstro. No entanto, tenho que saber exatamente quem é o animal que morreu. Talvez o garoto tenha esperado para enterrar o bicho anterior enquanto não arranjava um novo. Chego mais perto, faço barulho para que ele me ouça chegando. Não é preciso que ele também sinta medo, certo?

Conforme ele vai ficando mais visível, sinto-me um idiota por ter ficado com medo. É um rechonchudo tipo Harry Potter, deve ter uns sete anos, usa calça jeans e tênis velhos. Não tem como parecer mais inofensivo. A não ser que seja um vampiro, claro. Mesmo assim, ganho dele no peso. Em velocidade também, julgando pela maneira como ele move a pá. É muito pesada, mas mesmo assim o garoto não para de cavar.

Cava. Cava. Cava.

Ele já devia ter me notado a uma hora dessas, mas, além do fato de estar totalmente concentrado, tem resquícios de terra nos óculos. Enquanto espero, sinto cheiro de pinho recém-cortado e terra argilosa. O cheiro da madeira vem de uma caixa em formato de caixão, que está no chão, ao lado dele. As dobradiças não estão no mesmo nível, e tem um prego sobrando para fora, mas é um bom trabalho de carpintaria, para um garoto. O cheiro de terra vem da lápide que ele deixou encostada numa árvore. É uma cópia de lápide puritana muito fina, cor de ardósia, com o relevo de um anjo da morte grosseiramente gravado no tímpano – e, abaixo dele, os dizeres:

Aqui jaz
Rusty

O garoto tem talento. Odeio ter de interromper. É meio que um momento sagrado, afinal, e, bem, ele quase terminou de cavar. Dar mais um minuto ao garoto não vai doer nada. Além disso, estou tão perto, que preciso pensar em como vou avisá-lo de que estou aqui sem fazê-lo mijar nas calças. Já sou um homem de máscara zanzando pelos fundos da casa dele. Se eu disser algo como "Não grite", só vou piorar tudo.

O garoto finalmente terminou. Ainda sem ter notado minha presença, ele arrasta a caixa para o buraco, ajeita-a direitinho e começa a preencher a reentrância com a terra que estava amontoada ao lado da cova. Não tem mais como evitar. Limpo a garganta.

– Ei, garoto.

Ele não tira os olhos do que está fazendo.

– Que roupas diferentes, mocinho. Pegou-as "emprestado"?

– Está querendo dizer que eu roubei? Claro que não.

Ele junta um punhado de terra com a pá e joga no buraco.

– Agora, se você quiser roubar alguma coisa, devia tentar a outra casa. Eles têm muito mais coisas do que a gente.

– Sério? Que tipo de coisas? Tem videogame de quarta geração? – Pigarreio mais uma vez. – Hã... deixe pra lá. Então... não teve muita sorte com os bichos de estimação, hein?

– Minha mãe diz que é questão de perspectiva. Depende de como você enxerga.

Faço que sim, compreensivo.

– Perspectiva. Beleza. Quando a gente perde alguém de quem gosta, é melhor focar nos momentos felizes do que pensar na perda.

– Além disso, ela diz que a gente não tem mais que dar comida nem limpar a sujeira.

Certo, então, vamos prosseguir. Melhor tentar amaciar o garoto antes de fazer alguma pergunta desagradável sobre o cãozinho.

– Legal aqui... tranquilo. Bem natural. Essas sepulturas são todas suas?

– Aham. – Ele mete a pá na terra, depois descansa o queixo no punho. – Eu tenho feito desde pequeno. Cansei dos palitos de picolé, então comecei a copiar figuras históricas.

– Históricas.

– Aham.

Olho para a lápide de argila encostada na árvore.

– Lápide legal. Com certeza o Rusty iria gostar. Era um cachorro?

O menino suspira.

– Um filhote ainda. Meus pais tinham me dado ontem.

– Ontem. – Esse é o meu alvo, então, nada de pressa. – Uau. Hã... E como ele morreu tão rápido? Ficou doente? Foi atropelado?

O menino faz que não.

– Ah, ele não tá morto não, moço.

Achando que talvez ainda haja um pouco de fragmentos de Goom nos meus ouvidos, e por isso não tenha escutado direito, inclino a cabeça.

– O que você disse? Não está...?

– Mas vai morrer. Todas as coisas vivas precisam de... oxitênio.

– Oxigênio.

– Aham. Até os peixes. Na água tem oxigênio, então eles precisam de guelras pra respirar. As pessoas não têm guelras, então se afogam na água, mas um peixe se afoga fora da água.

– Espere um pouco, sabichão. Você enterra seus bichos vivos?

– A maioria.

– Por quê?

Ele dá de ombros.

– Gosto de fazer as sepulturas, e minha mãe me disse que não posso mais fazer, a não ser que precise mesmo. O orientador chato da escola disse que é muito... móbido?

– Mórbido.

– Aham.

Vou para cima dele.

– Você é parente de um cara chamado Cruston, seu bostinha?

Agarro o moleque e o sacudo para perto, mas me contenho antes que faça algo de que ele se arrependa. A pá cai no chão e atinge a lanterna, fazendo-a rolar para a escuridão. Ele não é como o Cruston. É só um garoto. Um psicopata, claro, mas ainda criança. O cérebro ainda não se desenvolveu o suficiente para ter direcionamento moral. Pode ser apenas uma fase. Ele vai crescer e virar um CEO. Ou um Hitler.

Largo o garoto e aliso as roupas dele, ajeitando-as.

– Escute. Como alguém que acha um barato tirar vidas de modos interessantes e, sim, gosto de pensar que também poéticos, fico de certa maneira impressionado com todo o trabalho que você teve aqui. O fato é que... – Olho ao redor, esperando ver as palavras certas gravadas num tronco de árvore em algum lugar. Sem sorte. – O fato é que eu delineio linhas muito específicas para determinar quem merece ou não. Seus pobres bichinhos, eles... ei, espere um pouco.

A lanterna para, e o foco de luz ilumina duas novas cruzes em outras duas covas recém-cavadas. Em uma há a inscrição "Mãe", e, na outra, "Pai".

Faço uma pose típica de extremo choque e frustração. Você sabe, curvado para a frente, mãos erguidas, dedos curvados, cabeça jogada para trás.

– Caramba! Você... como você...? Um garotinho...? Como você...?

Ele dá de ombros.

– Usei cora... flora...

– Clorofórmio.

Agarro a pá, e o menino parece recear que eu vá golpeá-lo com ela. Admito que considero essa hipótese, mas passo por ele e vou até o setor familiar do cemitério. Depois de algumas escavações, agora pelas minhas mãos, a verdade se revela. Eles sequer foram acoplados em caixas. O menino apenas os amarrou e amordaçou. Cheguei até eles em tempo. Estão vivos e se mexendo, olhando para mim, sem saber se sentem gratidão ou ainda mais medo.

– Que dia mais esquisito pra vocês, hein? Nocauteados e enterrados vivos por sua própria Semente do Mal, e agora acordam olhando para essa minha máscara? Esse mundo é mesmo engraçado.

O garoto tenta arrancar a pá das minhas mãos.

– Por favor, moço! Quando a mamãe viu o caixão do Rusty, ouvi ela dizer ao papai que não aguentava mais! Ela ia chamar axistência social...

– Assistência.

– ... e iam me levar embora; eu fiquei com medo!

Todos nós temos medo. O fato é que, depois de ver isso aqui, me vem algo à mente. É uma coisinha preta, dura como uma pedrinha, mas um ponto perfeito. Está bem aqui... peguei.

Que diabos será isso? Algum tipo de inseto? Semente de papoula?

Honestamente, fico aliviado quando o solo fofo acima do local de descanso de Rusty começa a sacudir. Nacos de terra rolam para as laterais do pequeno morro, cada vez mais, até que a coisa que está liberando toda essa energia lá embaixo já não se contém.

Luzes claras e ofuscantes perfuram o solo, atirando para o alto lanças brancas, que se esticam da sepultura até o céu. A terra estremece e se abre. Surge então uma mão – uma mão gigantesca envolvida em linho. Atravessando a terra, ela estica os dedos, como se tocasse o ar pela primeira vez em mil anos. O braço enorme vem logo depois, puxando consigo à superfície o corpo embrulhado, cabeça e tudo. O tecido é antigo – tem partes rasgadas balançando –, mas o corpo vil permanece totalmente coberto, exceto pelos mortais olhos amarelos.

O garoto exclama:

– Rusty!

Os pais exclamam:

– Mmf!

A resposta vem em um tom de voz que é como o vento do deserto:

– Eu sou Gomdulla, o Faraó Vivo! Tremam, mortais, perante minha incrível força!

Norman Bates Jr. se esconde atrás de mim como se, tipo, de repente, do nada, eu fosse o melhor amigo dele. Coloco as mãos nos quadris e encaro a figura gigantesca.

– Faraó Vivo! Ah, fala sério. Primeiro, já tivemos Goom, Gorgolla e Gruto! Cansei desses nomes que começam com G, falou? Segundo, você não espera que eu acredite que realmente tem um título político, tipo faraó, né? De qual dinastia? Império Antigo ou Novo? Não sabe? Foi o que pensei. Terceiro... peraí, você chama isso de vivo?

Tudum-pá, rufam os tambores, anunciando o momento de suspense.

Considerando as árvores, os pais, os cachorros ensacados e esse vento solitário assoviando, acho arriscado demais usar o DDA. O sensor só me deixa atirar se for em um monstro, mas se qualquer outra coisa entrar no caminho...

Sussurro ao garoto:

– Fuja!

E continuo provocando o monstro:

– Será que não dá para arranjar uns nomes melhores? Que tal Gravitas, a Criatura que Deveria Ser Levada a Sério? Não, um momento, inicial G novamente. Calma. Quem sabe Toe, a Criatura que Foi para o Beleléu-léu-léu! Até Chegar em Casa?

Ouço grilos. No começo, receio que a plateia não esteja curtindo as piadas. Gente cruzando os braços. Nem mesmo Sophie está rindo. Então me lembro de que não há plateia. Estou ao relento, perto da mata, e tem *mesmo* grilos aqui fazendo cri-cri.

Outro personagem uniformizado talvez usasse sua tagarelice espirituosa para distrair os inimigos. Eu, não. Não ia conseguir parar de falar. Pelo menos Gomdulla continua olhando para mim, sem saber como reagir. O garoto, que realmente deveria estar em alguma lista de observação por aí, já está quase fora de vista, mas acaba tropeçando numa das lápides. A múmia estreita os olhos, e então ergue um braço envelopado, apontando um dedo ossudo do tamanho de um cachorro-quente extramegagigante – ou seja, grande pra caramba.

– Você me enterrou!

O Psicopata Americano Infantojuvenil olha para trás aterrorizado.

– Tenho apenas seis anos! Não sou responsável pelo que faço!

Coloco as mãos em concha ao redor da boca e grito:

– Responsável, sim!

As imensas pernas da múmia cobrem o terreno rapidamente. Antes que eu termine de pensar essa última frase, Gomdulla vem para cima de mim, e vai arrancando árvores do caminho para alcançar o ex-dono.

– Cara! Dá um tempo! Você nunca enterrou nada vivo quando era criança? Ah, é. Você nunca foi criança. Era um cachorro. Foi mal.

Dou um pulo, sacando minha querida e não tão polida katana, e pouso naquelas costas largas cobertas de linho, que mais parecem um sofá de três mil anos de idade. As pontas das espadas fazem cortes precisos, e vão afundando. Não faço ideia do que ele tem ali dentro, mas o aço das espadas parece não surtir efeito algum.

Ele tenta me tirar de cima, mas vou descendo os cabos das espadas por suas costas, abrindo ferimentos largos o bastante para passar um caminhão. Está certo, talvez não um caminhão, mas um Uno passaria facilmente. Já estou quase chegando à cintura, esperando que pelo menos tenha doído. Não doeu.

Ele se curva para agarrar o Hannibal Lecter mirim. Com base no que Gomdulla fez às árvores, não vai precisar de mais de dois daqueles dedos para esmagar o moleque. Bom, se a dor não surte efeito, contemos com a Física. Já que ele não é carnudo como seus colegas cujos nomes também começam com G, vou para os tornozelos e corto-os vigorosamente, até soltar os dois pés. Ele cai – em cima do garoto.

De braços estendidos e palmas para baixo, parece que vai esmagar o menino.

Hora de arriscar uma tática.

O ferimento nas costas do Faraó ainda não se curou, então jogo o DDA ali dentro. A luzinha verde do "ativo" acende ao passar para dentro do machucado, e a arma pousa em algum lugar em meio aos confins secos e poeirentos do monstro. Vejo-a piscar mais duas vezes, antes que o buraco se feche, cobrindo-a completamente.

Humf. Eu achei que ela fosse bater em alguma coisa e disparar, borrifando o interior do monstro. Que saco.

Ele está prestes a dar um tapa no moleque, que por sua vez ergue as mãos para proteger os olhos. Por um momento, assisto à cena do conflito entre mãos bizarramente desproporcionais.

Então Gomdulla explode. Como os outros antes dele, a múmia extragrande faz chover meleca orgânica rosa, cobrindo todas as árvores. Uma única gotinha respinga no dedo indicador do menino. Ele sacode a mão, arremessando o pedacinho na poça enorme. Sem mais entranhas de monstro para segurá-lo, o frasco de DDA cai no chão. Ah! Alguma coisa puxou o gatilho, *sim*.

Agora de volta à questão acerca de quem seria o monstro de verdade.

Agarro o garoto.

– A gente precisa ter uma conversinha muito séria sobre certo e errado. Tipo, suponhamos que um trem está seguindo na direção de cinco pessoas amarradas aos trilhos, mas você pode acionar um botão que vai fazer o trem passar para outro trilho, no qual só há *uma* pessoa amarrada. Você aciona o botão, matando apenas uma pessoa, ou não faz nada, e deixa cinco pessoas morrerem?

Ele não responde. Não entendeu. Ou vai ver ainda está estático pelo medo. Penso em levá-lo até a S.H.I.E.L.D., mas não quero que ele esteja no mesmo espaço que o Fungada.

Se eu deixá-lo para que desamarre a mãe e o pai sozinho, ele vai vazar, então o levo até a casa.

– Tem uma tia ou uma babá por aí? Alguém na vizinhança que ainda esteja vivo para quem eu possa ligar?

Nada.

Na rua em frente à casa, freios estridentes estilhaçam a ilusão suburbana de paz. Com o garoto embaixo do braço, sou assaltado por luzes branco-azuladas. Um homem de aspecto cansado e rosto honesto corre até nós, ofegante. Os três policiais atrás dele estão armados e em melhor forma.

Assim que ele recupera o fôlego, pergunta:

– Quem é você?

– Deadpool. Sou um mercenário, agente secreto da S.H.I.E.L.D. e... Ai, caramba. Hã... você promete que não vai espalhar isso? E quem é você?

Ele abre a carteira e mostra uma identificação.

– Assistência social, atendendo à ligação de uma mulher que mora neste endereço.

O garoto estremece todo e gruda em mim.

– Não deixa eles me levarem, moço! Por favor!

– Como assim, tá me zoando?

Jogo o garoto para os braços do homem. O cara está tão fora de forma, que quase deixa o moleque cair. Assim que dá um jeito de guardar a carteira, consegue impedir que o garoto vá parar no chão.

– Boa sorte com ele, meu chapa. Que menino mais maluco. Bom, tenho que ir. Há uns sacos cheios de cãezinhos para os quais tenho que voltar.

Enquanto corro de volta para a escuridão confortante da floresta e para o meu destino incerto, uma dúvida me persegue. Deveria ou não ter contado a eles sobre os pais amordaçados? Afinal, que tipo de pessoa cria um filho desses?

NESSA ÁREA DE ATUAÇÃO sempre se aprende algo novo. Acaba que, com o tempo, carregar três sacos cheios de cãezinhos é bem chato mesmo – em muitos aspectos. Eles precisam de espaço para correr, comer e fazer as necessidades. Um lugar amplo e seguro, adaptado para receber uma infinidade de cãezinhos brincalhões e os monstros que começam com G que eles podem vir a se tornar.

Muito específico, eu sei. Tipo comprar uma mansão que já vem com Sala de Guerra.

Então aquilo me atinge.

Não, não vou fazer nenhuma piada sobre um caminhão vindo em minha direção para me atropelar. Na verdade, tive uma ideia, uma que me faz começar a digitar um número no celular.

– Oi, oi, oi! Preston, onde mesmo você disse que encontraram o laboratório abandonado do Arma X?

– Não disse. Por quê?

– Mas fica no Canadá, certo?

– Não... mas, vou perguntar de novo, por quê?

Avança a fita um pouquinho. Pronto, ela cedeu. A seguir, estou numa longa e solitária praia na ponta leste da bifurcação norte de Long Island, sacos de cãezinhos aos pés, apreciando a vista do Farol do Ponto Oriental. Passado isso, é um pulo para a Ilha Plum, provável motivo pelo qual o projeto Arma X escolheu esse lugar. A Ilha Plum é onde fica o Centro de Controle de Zoonoses. De acordo com teóricos da conspiração, é também o local onde surgiu a doença de Lyme, sede de outras belas armas biológicas.

Muito estranho os canadenses terem um laboratório secreto de genética tão perto de um que pertence aos EUA. Dá-lhes um bode expiatório em quem podem pôr a culpa caso algo dê errado, certo? Você nem repararia no domo coberto de areia à minha frente, a não ser que soubesse onde fica. Eu passaria as coordenadas do Google Earth, mas então teria que matá-lo, e talvez eu precise que você compre a sequência deste livro. A brisa salgada do oceano varre regularmente tanta areia para cima do prédio, que a entrada parece mais uma das centenas de dunas numa praia inóspita.

Digito o código de acesso que Preston me deu, e um dispositivo na porta faz um bipe repetitivo. Não sei por que algumas portas têm a necessidade de fazer esse barulho. Talvez a pressão do ar lá dentro seja diferente, ou vai ver elas apenas estão cansadas de ser portas. Gostando ou não, a porta se abre, revelando um interior frio e metálico, no qual mal daria para passar duas pessoas. Tenho experiência suficiente para saber que esse projeto de cabine telefônica não pode ser o laboratório inteiro. Dito e feito: assim que estou dentro, com cãezinhos e tudo, a porta se fecha com outro bipe, e o piso começa a baixar.

É um elevador, e vai descendo tão suavemente, que não há como saber quão rápido ou profundamente está indo. Nada de música ambiente, também. Suavemente, como seda no gelo, ele para. Estamos bem no centro de um imenso espaço aberto. Por que aberto? Porque vários estudos já mostraram que a produtividade dos bandidos aumenta em 20% quando todo mundo pode ficar de olho um no outro.

O lugar é tão minuciosamente projetado, que não dá para ver onde terminam piso e paredes e começa o conjunto interminável de equipamentos de última geração. Um objeto flui diretamente para dentro do outro: coisa que parece mesa dentro de coisa que parece arma a laser gigante, coisa que parece arma a laser dentro do aparelho de estoque, que lembra um casulo – tudo arranjado numa estranha perspectiva forçada. Os objetos parecem estar mais perto do que realmente estão, então parece que alguma coisa bizarra está prestes a cutucar o seu olho, não importa para que lado você se vire. E o teto é inteiramente revestido de uns bulbos brilhantes, que podem tanto ser lâmpadas quanto olhos de ETs.

Já mencionei o constante zumbido de energia?

Ah, Arma X, sua velha cachorrona canadense! Ela evoca lembranças, e pelo menos essas não envolvem a escola. Não que a minha história de origem lembre a dos outros caras e minas de uniforme colorido – como o dia em que fui mordido por uma aranha radioativa, ou encontrei um martelo mágico largado numa caverna –, mas houve um momento especial, quando tudo mudou.

Já contei que, quando fui diagnosticado com câncer terminal, ter me voluntariado para um programa experimental pareceu uma boa ideia.

Vale tudo para tentar sobreviver, não é? E foi assim que eu me senti, até que começaram a colocar aqueles genes mutantes regeneradores em cima dos meus. Esqueça todas as fagulhas, estalos e campos de energia negra, ou o corpo arqueado, com um grito desesperado saindo de uma boca muito aberta. A verdadeira agonia é muito mais íntima – como ter que entrar à força numa calça jeans quatro números menor e feita de navalhas tão afiadas, que quase não existem. Essa sensação doentia de corte começa na pele, depois vai seguindo pelos músculos e ligamentos, para finalmente ecoar nos órgãos internos, com tanta força, que dá para diferenciar um do outro pelo tanto que doem.

Daí, passa para os ossos – lentamente, como uma tartaruga, porque os ossos são duros. Então chega à medula, aquela coisinha polpuda que a gente ouve dizer que tem lá dentro, mas nunca pensou muito a respeito, manja? Surpresa! É a parte que dói mais. E quando você acha que cada uma das suas bilhões de terminações nervosas está em chamas, da forma mais intensa e rápida que pode, bom, piora ainda mais.

Largo os sacos no chão.

– Bem-vindas, crianças!

– Crianças? Isso aí cheira como um monte de vira-latas se cagando.

A voz é tão familiar e bem-vinda quanto chinelos velhos. Com o coração na boca (que talvez seja um ferimento mal curado da última briga), meus olhos focam avidamente a fonte. Encostada no que poderia ser tanto uma lâmpada de mesa quanto um raio mortal está um colírio para os meus olhos: uma idosa cega, magra e de cara feia. Os cabelos grisalhos e cacheados fluem para trás em tufos curtos e atiçados, como penas tosquiadas de uma ave de rapina. Óculos escuros retangulares envolvem o crânio dela, como o visor extragrande de uma fantasia de Halloween. No rosto inteiro, rugas enrugam de modo definitivamente enrugado.

– Cega Al! Tá com a mesma carinha de quando a vi pela última vez!

– Você também, Wade. Como todas as coisas.

– Sua brincalhona. Você veio! Você está aqui!

Ela cruza os braços.

– Que bobagem é essa que você está falando? Dez minutos atrás eu estava tomando limonada na varanda. Você aparece, me agarra e me teleporta para cá. Agora tenho que fingir que vim por vontade própria? Se quiser esse tipo de cooperação, contrate uma puta.

Eu admito, caro leitor. Acabei deixando de fora a parte em que rastreei Al e a trouxe aqui. Em minha defesa, achei que seria uma introdução melhor para a narrativa. Como mencionei no Capítulo 5, não tenho muitos amigos próximos; Al é a mais íntima. Não faz muita diferença como nem por que ela chegou aqui, certo?

Ela aponta o dedo indicador na minha direção – mais ou menos.

– Acho bom não estar pensando em me deixar aqui. Eu me mato, juro. E, se puder, levo você comigo. Se não, vou assombrá-lo.

Não deixe que essa fachada alegre o engane. Al, diminutivo de Althea, trabalhava com a Inteligência Britânica. Quando estava alocada no Zaire, fui contratado para matá-la. Nunca fui muito de seguir regras, então, em vez de matá-la, matei todos os outros e a poupei. Depois que me transformaram no Deadpool, dei de cara com ela de novo. Resumindo a história, eu precisava muito de alguém para manter a casa arrumada e apontar o que era ou não real, então resolvi mantê-la por perto – e, está bem… eu meio que não deixei ela ir embora.

Sequestro ou um relacionamento complicado-mas-cheio-de-amor? Você decide.

Sequestro.

Sequestro.

Eu me aproximo e lhe dou um abraço.

Ela recua e agarra uma alavanca muito suspeita atrás de si.

– Mais um passo e vou explodir tudo isso aqui, vai tudo para o beleléu!

– Al, Al! O que um cara precisa fazer para conseguir que role um pouquinho de Síndrome de Estocolmo? Além disso, acho que isso aí só acende as luzes.

– Só acontece Síndrome de Estocolmo quando o refém confunde a falta de abuso do sequestrado com bondade. Se há abuso, não tem Síndrome de Estocolmo – ela diz meio áspera. – Quanto à alavanca de luz… que saco.

Retiro gentilmente a mão dela da alavanca.

– Oh, quem era o prisioneiro de verdade, você ou eu?

– Eu.

Ela.

É, ela.

Ela não mudou nada. Testo a alavanca, só para confirmar. É. Acende a luz.

– Mas eu bem que lhe dei um teto para morar, comida e todo o *Matlock* que você queria assistir.

A careta dela fica ainda mais feia.

– Quando eu finalmente escapei e cheguei à casa de um amigo, lá estava você me esperando. Você quase matou o cara de tanto torturá-lo. Na frente dos cachorros dele!

– Quase. A palavra-chave aqui é *quase*. Então isso quer dizer que você manda bem com cachorros?

Por falar neles, andam muito quietinhos. Engraçado eles não ficarem tentando sair. Talvez tivesse sido melhor ter desamarrado os sacos quando os pus no chão.

– Não. O único cachorro que já alimentei foi aquele cão-guia, o Deuce, e o odeio mais do que odeio você.

Desamarro os sacos.

– Como vai o velho Deuce?

Al não é como eu, que me afastei tanto do reino dos sentimentos normais dos humanos a ponto de me blindar contra o amor. Foi por isso que a mantive por perto, para conseguir me segurar no chão.

– Como é que eu vou saber? Deixei-o acorrentado no seu quintal faz muitos anos.

Fico pensando se esse quintal ainda é meu... Enfim, sei que, assim que ela der uma olhada nesses animaizinhos de olhos grandes, seu coração vai derreter.

– Bom, você não vai querer acorrentar essas fofuras.

Tipo um Papai Noel emo, vou tirando cãozinho atrás de cãozinho dos sacos. Ela não pode vê-los, mas sei que os escuta tropeçando uns sobre os outros. Um por um, com latidinhos cheios de vida, eles se apresentam. Em pouco tempo, estão espalhados por todos os lados, arranjando todo tipo de confusão com os cantos e fissuras de perigosos equipamentos, cujo propósito não quero nem começar a tentar desvendar.

No começo, Al fica indiferente, mas logo os bichinhos começam a juntar-se ao redor dos pés dela, pulam sobre suas pernas, apertam os narizinhos nas varizes. E a mulher de rosto duro e insensível? Bom, ela joga as mãos para o céu e começa a gritar, aterrorizada.

– Socorro! Oh, meu Deus, socorro!

Em segundos, ela está no chão, enterrada por um monte vivo de pelos. Quase me dá vontade de me jogar lá e brincar com eles também, mas não posso me expor desse jeito de novo. Fungada pode ficar com ciúmes. Vou ter que me contentar em ficar só assistindo.

– Seu maldito! – ela reclama, mas fica claro que fala da boca pra fora. – Seu maldito safado!

– É disso que gosto em você, Al. Às vezes, você fala igualzinho às vozes na minha cabeça.

Quero que dure para sempre, mas nada dura – nem as coisas boas nem as ruins. Antes que eu possa tirar uma foto para imortalizar aquele momento para sempre, o bipe do elevador soa novamente.

Seis agentes da S.H.I.E.L.D. estão entalados na plataforma, todos reluzentes em seus estilosos uniformes pretos de campo, carregando um tanque de armazenamento. Sabe, o que contém toda a meleca de monstro das criaturas que borrifei até agora. O que é superseguro. Tipo nos *Caça-Fantasmas*.

Preston aparece por detrás deles, trazendo a collie e... Fungada! A collie parece indiferente, mas Fungada me reconhece e late. Meu coração quase para, mas tento fingir que estou numa boa.

– Você não vai trazer esse tanque aqui para dentro, vai, Em?

Enquanto os homens e mulheres de preto, sarados e rigidamente treinados física e mentalmente, pousam o tanque e começam a conectar fios, Emily afaga a cabecinha do Fungada.

– Faz tanto sentido quanto deixar os cãezinhos aqui. Foi daqui que eles saíram. Assim que a tecnologia me garantiu que o lugar era seguro e estava sob controle, percebi que você teve, sim, uma boa ideia, Wade. Vamos manter o tanque aqui. Tem um canil logo após aquelas portas duplas, caso você ainda não tenha encontrado. É confortável; tem água potável e um bom armazenamento de ração.

Lá embaixo da pilha de cãezinhos, Al grita:

– Me deem uma arma com uma bala, só uma! Eu imploro!

Preston olha para baixo.

– Tem alguém ali embaixo?

– Gente, cadê meus modos? Preston, Al. Al, Preston.

– Ela está bem?

– Arrgh!

– Ela está bem. Havia o dobro de cachorros em cima dela um segundo atrás.

É verdade. Pelo menos dez dos diabinhos em miniatura estão saltando pelos consoles, narigando as alavancas e perseguindo todas as luzes que piscam nas telas *touchscreen*.

Preston olha nervosamente ao redor, para todos os objetos pontudos, que mais parecem armas.

– Hã... talvez a prioridade agora seja colocar todos naquele canil.

– Certo. Quer fazer isso, Al?

– Hummmfff!

– Está bem, está bem, sua reclamona.

Junto um punhado de bichinhos, coloco-os embaixo do braço e sigo Preston pelo laboratório. Só coça um pouquinho, e eles são bonitinhos. Nada de mais. Estou de boa. Nem preocupado nem... me apaixonando.

Quanto ao canil, imagino que seja limpo e humano, basicamente um monte de jaulas. Espero que sejam espaçosas. Tenho uma coisa com espaços apertados de prisão, então já vou me preparando psicologicamente – dizendo a mim mesmo que é para o bem deles, que são apenas cachorros etc. Mas quando as portas fazem novamente o característico bipe, fico tão aturdido, que meu queixo cai. E caem os cãezinhos.

Uau.

É como naquela cena de *A fantástica fábrica de chocolate*, quando os pirralhos veem a fábrica pela primeira vez. É um baita campo coberto, cheio de morros, bolas e brinquedos de morder. E essa grama? Não é falsa, não, é de *verdade*! Jaulas? Há fileiras de *casinhas* de cachorro de cada lado, cada uma com janelas, vasinhos de plantas e cobertinhas fofas lá dentro.

Abro um sorriso tão largo no rosto, que preciso meter-lhe um tapa antes que alguém veja.

Depois que transporto a segunda leva de cãezinhos, Al quase consegue se levantar. É, dessa vez vou rindo um pouquinho, ao sentir todas as linguinhas ásperas. E, claro, sinto uma coceirinha gostosa subindo e descendo a espinha. Mas está tudo sob controle.

Na terceira viagem, quando os cãezinhos veem o local para onde os trouxemos, ficam tão empolgados, que dá pra sentir os corpinhos trêmulos. Não aguento. Me derreto todo. Caio no chão junto deles, abraço-os enquanto eles me lambem e rio feito um garotinho.

Cãezinhos! Cãezinhos, cãezinhos, cãezinhos! Ebaaaaaaa!

Escuto Al perguntando:

– Ele está abraçando os cachorros, não está?

– Está.

Ela faz um *tsc, tsc*.

– Tem algumas coisas, só algumas, repare, que fico feliz em não poder ver.

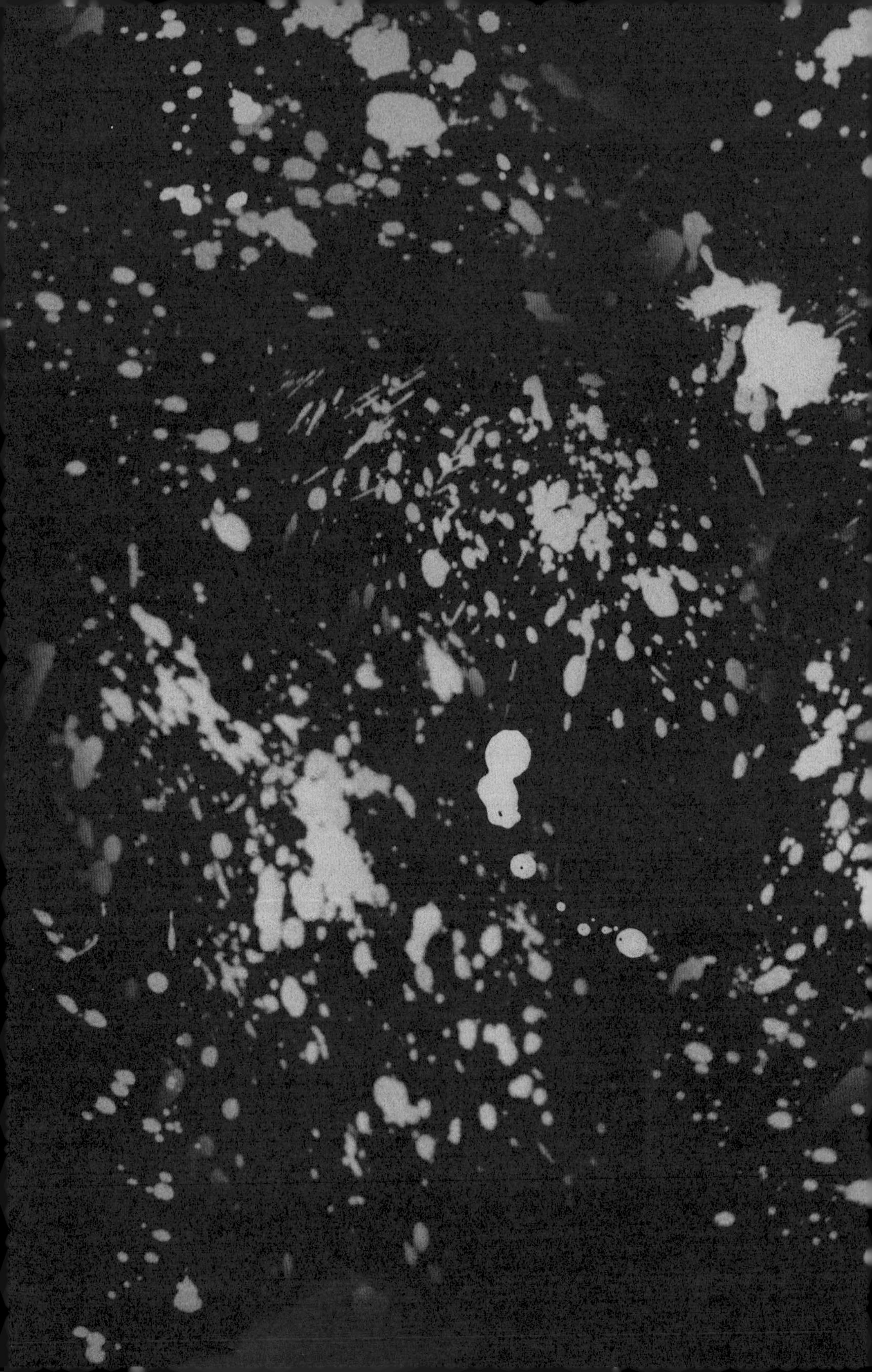

LIVRO 3

Vou afogá-lo no meu sangue!

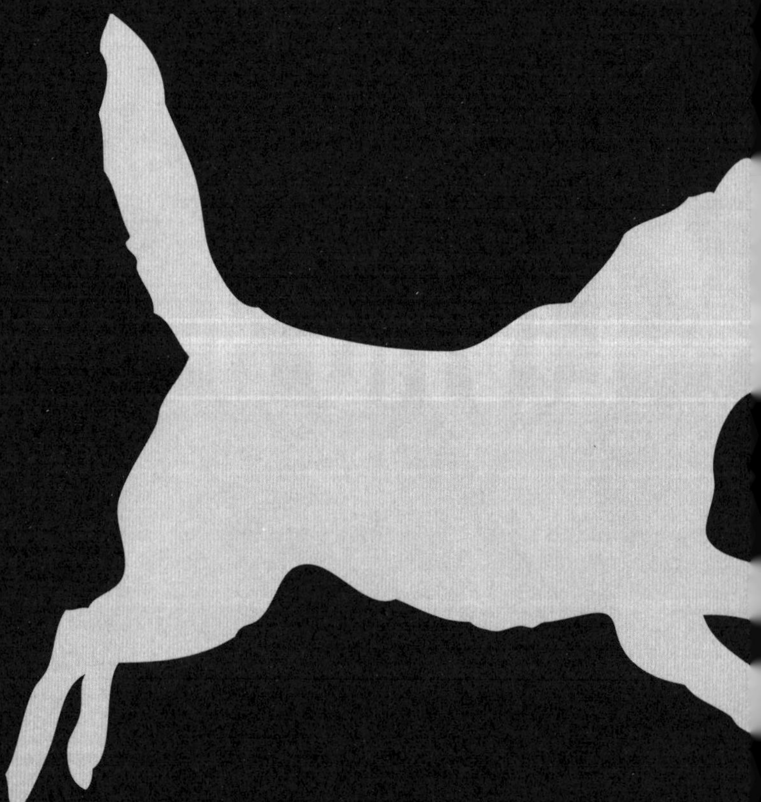

21

AQUI ESTAMOS NÓS, NO LIVRO 3. Não vai ter uma baita cena de transição nem nada disso. Continuo nos belos morros do canil subterrâneo, rolando por aí, deleitando-me em meu casaco canino vivo. O que quer dizer essa história de Livro, afinal? A coisa toda não é um livro? Detalhe barato de estrutura, se quer saber. Melhor ainda, não queira – estou me divertindo pra caramba. Sei que a Preston está vendo, e Al veria, se pudesse, mas não consigo parar. Isso aqui é melhor do que Cancun – e sem vozes nem *flashbacks*!

– Eeeeee!

– Wade? Você não tinha dito alguma coisa sobre manter distância profissional?

– Estou tão frio e distante quanto uma estrela! Juro!

Acaba que – cedo demais, se quer saber – Em e Cega Al me levantam. Os cãezinhos tombam numa cachoeira de fofurice, depois se espalham para explorar a nova casa.

Preston me olha feio, com a testa tão enrugada quanto a pele molinha de um shar-pei.

– Fico feliz de ver seu lado carinhoso. Pelo menos, *acho* que fico feliz. Mas você ainda tem trabalho a fazer aqui, Deadpool. Alguns desses cãezinhos podem se transformar, e daí você vai ter que...

Não consigo conter a tosse, expelindo um pouco de pelos de cachorro.

– Eu sei, eu sei. Podemos não falar disso agora? Estou bem, juro. Foi só... você sabe, uma reação física instintiva. Não significa nada para mim.

A cara de "aham, beleza" da Em fica emplastada no rosto dela, até que um dos *minions* da tecnologia vem marchando até ela para relatar que o tanque de armazenamento fora instalado.

– Certo. Tenho que voltar ao escritório para terminar de baixar os bancos de dados sobre os arredores para as nossas matrizes de segurança e sincronizar as estruturas de arquivo para escorar nosso controle sobre essa instalação – disse ela.

– Heh. Escorar. Por acaso isso é um código para o rala-e-rola que você apronta com o digníssimo?

– Não. Significa que tenho que voltar ao escritório para terminar de baixar os bancos de dados sobre os arredores para as nossas matrizes de segurança e sincronizar as estruturas de arquivo para escorar nosso controle sobre essa instalação, mas vou contar para o Shane que você andou pensando sobre a gente. Assim que se ultrapassa a criptografia, o sistema operacional daqui é um dos mais simples que já vi, então, não devo demorar. Enquanto isso, vou deixar alguns agentes aqui pelas próximas horas.

Embora odeie abandonar a versão canina de Shangri-La, sigo-a de volta ao laboratório principal, para me certificar de que não vai haver dúvidas em relação a uma questão-chave.

– Agentes *bonzinhos*, né? Nada do tipo vamos-zoar-esses-cachorros?

Ela dá um tapinha no meu ombro e então o aperta.

– Filiados ao PETA, todos eles. Você *consegue* manter tudo sob controle aqui por uma hora, não é?

– Sim, senhora!

Quando termino minha saudação, ela já está na plataforma do elevador com outros agentes. Não sei se eles praticam essa formação, mas bem que parece. Ficam todos em alerta, olhando para o mesmo ponto distante, como se estivessem posando para um cartaz de filme. A luz forte que vem de trás os faz parecerem um presente concedido à humanidade por algum deus pagão do sol. Eu *suponho* que eles não trouxeram essa luz com eles.

Tiro uma foto e mostro o dedo polegar, indicando que está tudo bem.

– Combinado, chefe. Vou voltar imediatamente para aquela lista, enquanto a Al fica de olho nas coisas por aqui.

Em não escuta essa última parte, porque o elevador já está subindo. Num piscar de olhos, já se foram. Sei disso porque pisco e, logo em seguida, ela não está mais lá.

Al me escutou, no entanto. Sempre me esqueço de que ela ouve, e muito bem.

– Não acredito, Wade! Deixa pra lá que eu não consigo ficar de olho em nada; você vai me deixar aqui com um bando de vira-latas pulguentos que podem virar *monstros*? Onde diabos estamos, afinal? Pode pelo menos me dizer em qual estado eu estou?

– Oh, Al. Não seria uma base secreta se eu lhe contasse onde fica, seria? Você vai ficar bem. Se fosse para algum deles virar monstro, isso já teria acontecido a uma hora dessas. Provavelmente. E você ouviu a Preston, vai ser apenas por...

– Au! Au! Grr...

Parece que nos esquecemos de um deles durante o transporte para o canil. Um filhote de rottweiler está sentado em uma plataforma elevada, sob uma daquelas luzes em formato de raio laser, mordiscando a alavanca. Olha que gracinha!

– Grrr...

Todo esse morde-morde é importante, e não apenas para os dentes em crescimento. O ato de morder é uma das formas mais primordiais de um cachorro explorar seu mundo. Não é à toa que essas belezuras que temos do lado direito e esquerdo da boca são chamadas de caninos. Quando o cãozinho ruge como se fosse um lobo durão, não aguento e o pego no colo, me afundando em toda aquela fofura que se contorce.

– E aí, fofinho!

Está se apegando de novo?

Você sabe que não deveria fazer isso.

Gente! Eu realmente não preciso de vozes internas com a Al aqui. Ela pode cuidar dessa parte, por ora.

– Está se apegando de novo? – ela diz, no mundo real. – Você sabe que não deveria fazer isso.

Humf. Esqueça a gente.

Vamos ficar aqui sentados, tentando lembrar qual foi o último livro que você leu.

– Você me conhece, Al. – Aperto o cãozinho no rosto. – Mas vou chamá-lo de Pula-Pula!

Fazendo jus ao nome, Pula-Pula pula fora das minhas mãos, pousando com um *plop* carnudo e um resmungo. Depois ele volta de rabinho erguido para a alavanca e começa a mordiscá-la de novo.

– Awn, olhe isso! O Pula-Pula acha que é um cientista do mal trabalhando no raio da morte!

Al se abaixa.

– Raio da morte? Que raio da morte? Droga! Para onde ele está apontando?

– O-oh! Melhor tomar cuidado, Pula-Pula. Você não sabe o que faz essa alava...

O mundo fica banhado num azul elétrico. Quando a plataforma recobra o foco, vejo – choque – um monte de ossos secos ali. Eles caem e formam – *sniff* – a pilha mais adorável que já vi na vida. Não tem como fingir que ele está bem. Caio de joelhos e ponho-me a socar o chão.

– Nãaaao! Pula-Pula, não!

Al coloca o braço ao meu redor.

– Vamos lá, seu mercenário cruel, recomponha-se. Eu lhe dou um peixinho dourado. Pelo menos um bichinho desses não vai conseguir mexer com armas.

– Você... que... pensa...

Desabo nos braços dela. Agora sei como o Hulk se sentiu.

– Eu não queria... não queria...

Ela afaga a minha nuca.

– Pronto, pronto. Eu sei, eu sei.

– Viu por que eu preciso de você aqui?

– É, acho que sim. – Ela vai tateando até os ossos. – Alguém tem que limpar isso. Não se preocupe, vou encontrar um lugar legal para o Pula-Pula descansar. Cadê a lata de lixo?

– Lixo? Você não faria isso, faria?

Ela junta o esqueleto nos braços.

– Ele é grande demais para jogar na privada, e eu não vou... Ei, um momento!

Ela faz uma cara engraçada. Não a cara engraçada que fazia quando eu peidava, mas algo nesse sentido. Encucada, ela esfrega uma das costelas com os dedos. É tão esquisito, que me arranca do transe.

– Al, só para avisar, isso que você está fazendo é muito nojento.

– Cale essa boca. – Ela pende a cabeça e olha mais de perto. – Tem um padrão nessa coisa. Nossa. Não é braile, mas algum tipo de escrita em alto-relevo.

– Humm. Os cãezinhos monstros foram modificados geneticamente. Vai ver o arquiteto deixou algum tipo de assinatura. – Vou até ela. – Onde? Não estou vendo nada.

– É porque você está olhando com os olhos.

– Isso é algum tipo de metáfora zen?

– Não, idiota. – Ela retira minha luva e agarra meu dedo indicador. – Eeeca. Quando foi a última vez que você lavou as mãos?

– Andei ocupado.

Ela aperta meu dedo contra o osso.

– Dá uma "olhada". O dedo humano pode discriminar padrões diferentes em superfícies enrugadas de até treze nanômetros de tamanho. Imagine que o seu dedo sujo é do tamanho da Terra. Se você empurrar o planeta como se fosse um gigante bizarro que precisa pôr o dedo em tudo o que encontra pela frente, poderia sentir a diferença entre uma casa e um carro. Meus outros sentidos trabalham sem parar para compensar a falta da visão, então eu provavelmente poderia diferenciar um Uno de uma caminhonete. Isso porque *eu* lavo as minhas mãos.

Ela tem razão.

– Sinto alguma coisa sobressalente numa linha. Legal, mas não me ajuda a ler nada.

– Você disse que estamos num laboratório. Tem algum microscópio por aí?

– Creio que nem o melhor microscópio do mundo vá ajudá-la, Al.

– Não para mim; para você! Para você, ou melhor, para alguém que tenha um cérebro, pois daí vai conseguir ver o padrão!

– Certo.

Levo um tempo para diferenciar os equipamentos de medição dos raios mortais, equipamentos de limpeza e o que penso ser uma privada. Pelo menos espero que seja uma privada. Embora seja um neófito, consigo encontrar um Microscópio de Electrolografia de Transmissão e Digitalização, porque tem um rótulo indicando tudo isso.

A grande alavanca de energia me faz lembrar do... Pula-Pula. Sniff. Ainda que a etiqueta indique que ele era um cãozinho-monstro, e que eu teria de detoná-lo de qualquer modo, dói mesmo assim.

Mas Preston tinha razão – o sistema de operação que roda tudo neste lugar é muito simples. O complicado é centralizar o osso embaixo dos sensores, para que eles possam captar a escrita quase imperceptível.

As almofadas extrassensíveis dos dedos de Al ajudam bastante. Claro, rola um empurra-empurra e umas puxadas de cabelo, porque *eu* é que quero fazer, mas conseguimos. Em pouco tempo, apesar de Al continuar me chutando, estou vendo uma leitura num monitor de alta resolução. Se a máscara não segurasse meu queixo no lugar, eu estaria boquiaberto. Reparando no meu choque, provavelmente porque solto uma baita exclamação, Al para de chutar e me cutuca o ombro.

– Consegue ler? Está em inglês?

– Melhor do que inglês. É um *site*. Dirtydealingdick.com.

– Colocaram um site pornô no osso do cachorro?

– Bem que eu gostaria, mas não. – Apoio um dedo no queixo. – Receio, velha amiga, que não tenha lhe contado isso antes porque repetir detalhes da história é um saco. Mas tenho motivos para suspeitar que a mente doentia por trás desses cachorros assassinos, bem como esse site, chama-se Dick.

– Por quê?

– Uma piranha supergostosa me contou.

– E você não contou isso àquela moça boazinha da S.H.I.E.L.D.?

– Ainda não. Estou meio em suspenso com a Jane, e quero ver como as coisas vão rolar.

Digito o endereço num dos terminais. Não é um desses sites pegadinha, só uma dessas páginas de espaço reservado:

Em breve!
Ordens do seu Novo Líder Global!
info@dirtydealingdick.com

Isso é coisa das grandes. Sinto que estou perto de desvendar o mistério, mas preciso de mais informações para prosseguir. Não posso simplesmente escrever para o cara e perguntar onde ele mora para poder ir lá e matá-lo.

Preciso pensar. Olho para a ocular do microscópio. Olho para as portas do canil.

– Diz aí... Al? Você acha que, se a gente olhasse os ossos de alguns dos outros cãezinhos, conseguiríamos mais pistas?

– Acho... Talvez. Mas como você vai fazer isso sem matá-los?

Retiro as Glocks dos coldres e ergo-as. Endurecendo meu coração palpitante, sigo para o canil. Não vou me afeiçoar, não vou me afeiçoar. Tenho trabalho a fazer.

22

ENGANEI VOCÊ? NEM UM POUQUINHO? Claro que eu *não* vou matar os cachorros. Não estava prestando atenção, não? Vou pegar um e ver se encontro um aparelho de ressonância magnética para escanear o bichinho. Al, não estando a par da história tanto quanto você, cai na brincadeira. Deixei-a confusa. Dá pra perceber isso na voz dela.

– Você realmente ama e odeia esses vira-latas.

Entro no jogo.

– O Pula-Pula era especial, mas ele já era. Isso aqui é uma guerra, e numa guerra sempre há mortes... até mesmo de cachorros.

Estou quase na porta quando ela me faz tropeçar na bengala.

– Por que você não tenta pelo menos mandar um e-mail antes?

– Droga, mulher, não acha que já não pensei nisso? Que tipo de idiota responde a um e-mail assim do nada?

Estou quase de pé quando ela me derruba de novo. Ficou mais rápida desde a última vez que a vi.

– O mesmo tipo que tenta dominar o mundo criando cãezinhos que se transformam em monstros e que escreve o endereço do site nos ossos.

Hum. Talvez ela tenha razão. Ávido por evitar expor os filhotes a uma desnecessária energia magnética de ressonância, ainda que seja considerada segura, estalo os dedos e volto para o terminal.

– Vai ser e-mail, então. Mas temos que ser muito claros aqui. Não posso simplesmente mandar para ele um daqueles spans da Nigéria oferecendo transferir milhões para a conta dele. Da última vez que fiz isso, a brincadeira me custou milhões.

– Você criou um spam falso da Nigéria... e *enviou* o dinheiro?

– Digamos que, pelo menos uma vez na vida, o Dr. Yabril Omotayo cumpriu com a palavra. – Graças ao sistema operacional intuitivo, uns poucos cliques me levam a um programa de e-mails. – Esta brincadeira demanda mais *finesse*. Para começar, preciso criar uma persona digital falsa... algo que pareça real, mas que vá saltando pelos servidores em todo o globo sem ser rastreado. Oh, tem um botão para isso bem aqui! Ótimo. Agora só tenho que fingir ser alguém que Dick vá querer encontrar, tipo uma admiradora.

Al espia por sobre o meu ombro.

– Como sabe que ele não é *gay*?

– Acho que não. Nunca criariam um vilão gay. Passa a mensagem errada. Além disso, Jane disse que era namorada dele. Você é mulher, certo? O que diz quando está flertando?

Os lábios dela se enrugam num sorriso demoníaco.

– Não sei dizer. Foram sempre os homens que chegaram em mim.

Dou-lhe uma cotoveladinha maliciosa.

– E eram muitos, pelo que ouvi dizer, Mata Hari... Mas, me ajude aqui. Como eu começo?

– Sei lá. Diga que gostou do site.

Vou lendo em voz alta enquanto digito.

– "Olá. Fiquei estranhamente excitada com o seu endereço de e-mail. *Info* é o seu nome verdadeiro?"

– Claro. Por que não? Mas faça outra pergunta também... algo aberto, para ele não responder simplesmente "sim" ou "não".

– Boa, boa, boa. Que tal: "Como seria, pra você, o dia perfeito? Pra mim, seria me encontrar com você".

Al me dá uma beliscadinha na bochecha.

– E quem foi que disse que os psicopatas são charmosos apenas superficialmente, hein? É melhor não estender muito, então termine por aí mesmo com algum flerte, tipo: "Fique à vontade para responder de modo inapropriado".

Dou uma risadinha.

– Você é tão *má*! Como eu assino? Posso me chamar Vanessa? Sempre gostei desse nome: Vanessa. Tem classe, mas é provocante ao mesmo tempo.

– Se joga!

– E... ENVIAR.

Depois vem a espera. A incômoda e terrível espera, a espera que pode mandar os melhores de nós de volta às épocas problemáticas.

Sou um pária cheio de espinhas colado ao telefone numa sexta-feira à noite. Sophie tinha jurado que ia me ligar quando terminasse a lição de casa, mas não sei se acredito ou não nela. Talvez ela só estivesse tentando se livrar de mim. Tinha algo que eu precisava falar com ela. Algo muito importante, mas não consigo lembrar o quê. Não poderia estar planejando contar para ela o que eu sentia, não é? De jeito nenhum.

Por mais frustrante que seja ficar encarando o telefone, é melhor do que ficar escutando o meu pai brigando com a televisão. No começo não é tão ruim, pelo menos, mas o medo e o desejo crescem a cada movimento do relógio na parede, em formato de gatinho, que mexe os olhos. A insegurança e o autocontrole lutam pela posse da minha alma. A insegurança está prestes a vencer, mas, no último instante, o ressentimento que vinha fervilhando aparece de fininho e derruba os outros dois.

São sete da noite, e Sophie ainda não ligou. A chaleira emocional que é o meu ser ferve de raiva. Esmurro o telefone. O aparelho, esse pedaço de lixo inútil, parte-se ao meio, mas ainda tem mais – muito mais. Quero bater nele com tanta força, que Sophie vai sentir lá longe, do outro lado da linha – o que não faz o menor sentido, já que, se ela *estivesse* na linha, eu não estaria irado, pra começo de conversa. Junto os pedacinhos e esmago-os de novo. Piso neles, de novo, e de novo, até restar apenas um monte de estilhaços de plástico e placas quebradas.

Pela primeira vez na vida, estou fazendo mais estardalhaço do que meu pai. Vai ver é o ciúme. Só sei que, quando ele entra pisando firme e vê a bagunça, deixa a bebida de lado e tira o cinto.

– Você faz ideia de quanto custou esse telefone?

Eu não deveria responder, mas respondo.

– A companhia telefônica não fornece de graça?

Ele vem na minha direção, furioso como o Hulk, me colocando alguns centímetros dentro de sua vida miserável.

Um tom digital do terminal de computador do Arma X me sacode de volta para o quebradiço presente. O passado suave e sentimental desaparece como manchas de sangue limpas com cloro.

Na tela, chega uma resposta.

– Meu Deus! Meu Deus! Ele gostou de mim! Ele quer me conhecer! Al! Al! O que eu faço?

Quando toco o ombro dela, Al quase cai para o lado. Deve ter pegado no sono enquanto eu alucinava. Antes de eu resolver se a deixo dar de cara no chão, ela suspira, despertando.

– Hã? O quê?

Meio grogue, ela move os lábios e chupa alguma coisa que estava entre os molares.

Estalo os dedos na frente dela.

– Dick respondeu. Quer me encontrar! O que eu faço?

– Tenho que lhe ensinar tudo? Ofereça-se para dormir com ele e consiga o endereço, então vá até lá e pegue o bandido. Posso ir pra casa agora?

Faço que não.

– Espere. Não quero que ele pense que sou assim tão fácil. Vou sugerir um café. A Vanessa tem uma pegada de classe. A dose bem alcoólica que eu bebo não faz o estilo dela, então não pode ser em qualquer lugar. – Faço uma busca rápida por lugares populares. – Aqui vamos nós. Um café chique a céu aberto na Amsterdam com a 112ª. Perfeito. Só espero não começar a tagarelar. A cafeína me deixa tagarela.

– Respirar o deixa tagarela. Pelo menos um drinque vai lhe dar algo para enfiar nessa boca por um tempo. – Ela faz uma careta. – Não está esquecendo uma coisa importante?

– O quê?

– Bom... nunca pensei que fosse lhe perguntar isso, mas você acha que se parece com uma mulher?

– Isso é tão cisgênero. Por acaso o meu corpo define quem eu sou por dentro?

– O corpo de qualquer outra pessoa, não. No seu caso... considerando o jeito que vi seu cérebro reorganizar a sua personalidade quando se regenera... é, define bastante.

– Concordo com a questão mente/corpo. Pode me ajudar a fazer uma transformação?

– Uma cega guiando um bipolar? Claro.

O primeiro obstáculo é encontrar o produto certo para suavizar minhas lesões faciais. Optamos por uma mistura que está mais para calafetação de encanamento do que para base líquida. Contanto que eu não mexa nenhum dos doze músculos da boca, ou os quatro do nariz, vai ficar tudo bem. Eu pretendia ir com meu próprio cabelo, mas ele só cresce em alguns pontos, então, optei por uma peruca. Encontrar o modelito certo é a parte mais difícil. Toda vez que nos teleportamos para uma loja de roupas, Al tenta fugir.

Mas tem que ser o vestido ideal. As minas de Nova York sabem se vestir, e não quero parecer uma caipira do centro-oeste. Não muito disso, não muito daquilo; revelador, mas não demais. Sexy sem ser vulgar. Metade arte, metade ciência.

Faltando poucos minutos, terminamos. Al dá um passo para trás e passa os dedos pelo meu rosto, avaliando seu trabalho.

– E aí? O que me diz?

Ela respira fundo.

– É uma pena, uma pena mesmo eu ser cega.

Inicialmente, tomo isso como elogio, mas então ela começa a rir.

– Você está achando que não vai dar certo...

– Não, não.

Ela dá um tapinha no quadril, quase rolando de rir.

– Uma pessoa desesperada o bastante para encontrar alguém depois de um único e-mail aceita qualquer porcaria. Acho que você tem chance.

Já atrasado para o encontro, com a risada de Al ecoando nos ouvidos, teleporto-me ao quarteirão onde fica o café. Tento recobrar a autoestima, mas uma olhada para o meu rosto no reflexo de uma vitrine de loja confirma o pior. Talvez, se eu chegar lá primeiro, possa comprar um café bem quente. Daí, quando ele aparecer, jogo tudo nos olhos dele, assim não vai conseguir me ver. Suspiro e sigo em frente. E, quem diria! Lá está ele, sentado à mesa de canto que mencionei na última mensagem, de costas para mim, observando a rua.

Chego bem pertinho e me inclino.

– Dick?

– Vanessa?

Ele se levanta, mas ainda não sai correndo. Bom sinal.

Tem mais ou menos a minha altura, então fico contente por estar usando sapatilhas. Está vestido de modo casual: jaqueta leve sobre camisa, calças jeans escuras e justas, e elegantes sapatos de couro. É difícil descrever o rosto dele, contudo, porque está usando uma máscara preta – como aquela que a Jane usava no Capítulo 8, só que mais... masculina.

Ele pega a minha mão – não de um jeito bizarro, e sim educadamente – e me acompanha até a cadeira.

Batemos aquele papo-furado – sobre o clima, o cardápio, as cadeiras. Quando a garçonete traz nossas bebidas, acontece o primeiro silêncio mais denso. Ótimo momento para tocar no assunto que nos trouxe aqui.

– Então, Dick.

Ele se anima.

– Sim, Vanessa?

– Você usa máscara?

Ele baixa os olhos para o café, meio desanimado, e bate a colher na borda da xícara, fazendo uma série rápida de tilintadas.

– É. Uso.

Que foi que eu fiz? Deixei-o desconfortável.

– Desculpe, é que...

– Ah, tudo bem. – Sua linguagem corporal indica o contrário. Ele cruza e descruza as pernas, bate na borda da xícara um pouco mais. – Isso não é algo em que não dê para reparar, não é? Eu só nunca sei quando devo tocar no assunto.

As cartas estão lançadas. Não tem por que recuar.

– Então você é...?

– Um supervilão?

Eu rio.

– *Eu* ia arriscar dizer vítima de queimadura. Mas você é um super...?

– Vítima de queimadura? Não. Melhor que isso, de certo modo. Uso a máscara para esconder minha identidade.

Sinto que estou sendo invasivo, e não quero pressioná-lo demais, não tão cedo. Dou uma mexidinha no meu café com a colherinha e me concentro na escuta.

– Todo mundo tem direito a ter segredos, não é mesmo? – ele diz. – Quero dizer, somos tão dependentes de saber esses detalhezinhos bobos sobre o outro, tipo a nossa aparência. Mas o que isso significa, de verdade? Por que não dizemos apenas "Gosto de ser surpreendente", e ficamos por aí?

Ele está muito longe de ser charmoso, é terrivelmente encucado – e ainda usa essa máscara. Entretanto, vejo algo nele. Não sei apontar o que é, mas é *algo* que me diz algo. Eu simplesmente... gostei dele. Quando baixo minha xícara, estou decidido.

Dou-lhe abertura.

– Também gosto de ser surpreendente, às vezes.

– Gosta?

Tomo mais um gole.

– Aham.

Ele se inclina para a frente e fala com uma voz grave e rouca.

– Como é essa sua surpresa? Quer sair daqui? Ir para outro lugar e... conversar?

Incapaz de mexer muito a boca, sorrio timidamente.

– Você me lê como a um livro de sacanagem. Eu quero, mas não tenho certeza. Vou poder ver o que tem debaixo da máscara?

Ele pisca.

– Só tem um jeito de saber.

Finjo ainda estar me decidindo. Olho para a esquerda, olho para a direita. Então encontro os olhos dele. São castanhos, como os meus. Sei o que devo dizer, mas não consigo. Não posso mais mentir para ele.

– Vou ser honesto, Dick: gostei de você. Não para namorar, mas sinto que a gente podia ser truta... tomar umas cervejas, jogar *Dragon Age*. – Coloco minha bolsa no colo e a abro. – O negócio é o seguinte: acabei de perder alguém, um cão chamado Pula-Pula. Eu achei que poderia seguir em frente, mas não posso, e a razão disso é porque esse cãozinho lindo foi criado para virar um monstro. Ele foi criado assim por um maníaco que quer formar um exército. Então você me pegou na fase de transição... ou seja, isso aqui, seja lá o que for, não duraria. Agora, eu não o conheço direito, e você não me conhece direito, mas vou adiantar as coisas e supor que nenhum de nós dois quer mesmo isso. – Coloco a mão dentro da bolsa e deslizo-a em volta da arma. – Acho que vai ser muito melhor se eu apenas o matar.

23

DICK É ESPERTO. Bom, esperto é a palavra errada. Afinal, estava prestes a convidar uma desconhecida para ir à sua casa. Rápido. Rápido é uma palavra melhor. Ele é quase tão rápido quanto eu.

Assim que digo *matar* ele já está pulando da cadeira.

O salto o faz subir quase um metro do chão. Quando saco a arma, ele pousa na mesa. No momento em que puxo o gatilho, ele me chuta. Quando a Glock dispara, o belo sapato de couro já está no meu queixo, arruinando o tiro.

Vou para trás. Dick sai correndo. Corra, Dick, corra.

Por mim, tudo bem. Tendo explorado meu lado feminino o bastante por um dia, vai me fazer bem um disparo de adrenalina. Rasgo o tecido de meu requintado vestido, revelando o traje de batalha preto e vermelho que aperta meus músculos masculinos e, sim, passa por lugares de que você nem quer ouvir falar. Todo mundo me olha quando coloco a máscara. Com uma saudação rápida aos meus cafeinados admiradores, vou atrás de Dick, desviando de saias, esquivando-me de uniformes, dando a volta em pedestres, passando por ternos.

– Fora do caminho, seus obstáculos de perseguição fajutos!

Mas o tempo todo vou pensando, calculando a melhor piada possível com o nome dele para usar quando pegá-lo. Porque, afinal, o nome dele é Dick. Somente quando ele chega à faixa de pedestres, que me ocorre a triste ideia de que nada do que inventei pode ser impresso num livro.

Ele está na metade do caminho quando o farol muda de cor. O tráfego inunda a pista, preenchendo o espaço entre nós. Tipicamente, essa é a parte em que o mocinho é quase atropelado por um carro, e depois fica apenas assistindo, ali largado, ao bandido escapar.

Dessa vez, não. Pra começar, estou a meia quadra dele. Segundo, é Dick quem acaba atropelado. Um Subaru modelo novo vai para cima dele. De onde estou, parece um impacto digno de alguns ossos quebrados. Mas, não, ele sacode a poeira e vai para cima do Subaru. Aturdido, mas pensando rápido, o motorista gordão fecha imediatamente a janela. Dick saca uma arma e quebra o vidro com o punho.

Ele tenta fazer como Buscemi, em *Cães de aluguel*, puxando o motorista janela afora para roubar-lhe o carro. Só que – vejam essa – o motorista não passa! Oh, ele continua forçando o pobre homem, mas não está rolando. Quando vê que estou me aproximando, Dick desiste e volta a correr. Muito engraçado, se ao menos você pudesse ver. E mais, o mico dele acabou travando tanto o trânsito, que ficou fácil para eu atravessar a rua sem esforço.

Chegamos a uma área mais residencial (o que nessa parte da Big Apple significa que os prédios são de apartamentos, e não de escritórios). Dick quase tropeça ao dar a volta em umas meninas que jogam cinco marias. Rolando em toda a minha glória, salto sobre elas.

Aparentemente, isso faz Dick se dar conta de que ele também pode pular. O pobre imitador salta feito coelho por cima de uma linha de tabuleiros de vendedores espalhados pela calçada. Cartões-postais, discos velhos e bugigangas africanas saem voando. De volta ao pavimento, do outro lado, ele tenta manter-se fiel ao modelo clássico de perseguição a pé, empurrando um carrinho fumegante de cachorro-quente na minha direção; mas, assim como com o Subaru, falta-lhe *timing*. Quando chego lá, o carrinho acaba de trombar num prédio, totalmente fora do meu caminho, a não ser que você considere esse cheiro delicioso um obstáculo.

Na minha opinião, é, sim!

Paro para pegar um lanche com tártaro. O molho, e não aquilo que as pessoas têm nos dentes – embora eu admita que tenha um pouco também. Após compará-lo com o que me lembro do dedo de Gomdulla, o Faraó Vivo, lá de trás, retorno à corrida, satisfeito por ter acertado na analogia.

Todos nós sabemos que não seria uma perseguição verdadeiramente clássica se não surgissem dois caras carregando um imenso painel de vidro. E lá estão eles. Tentando bancar o gostosão, Dick esquiva-se para baixo e raspa a lateral do corpo pelo asfalto, deslizando por debaixo da placa de vidro. É apertado, mas ele consegue.

Dou-lhe nota 8,7.

Ou melhor, darei, quando pegá-lo.

Estou ocupado demais tentando alcançá-lo para imitar a deslizada; acabo preferindo dar a volta no painel. Foi mal, galera, mas pelo visto vamos evitar a cena clichê com alguém quebrando o vidro. Mas, que pena.

Os clichês viram clichês por um motivo. Como os idosos, adquiriram certo respeito.

Ah, quer saber? Giro para trás e dou um chute de calcanhar.

E grito para os pobres patetas que carregavam o vidro:

– Não resisti, trabalhadores! Mas digam: tem coisa mais gostosa do que som de vidro se estilhaçando?

Eles não respondem. Apenas gesticulam, como se estivéssemos num filme mudo. Ninguém nunca ouve um pio sequer dos caras que carregam o vidro. Faz parte.

Dick dobra uma esquina. Visto que estou correndo atrás dele, dobro também. E quem diria! A rua toda está fechada para o tráfego por causa de um imenso festival gastronômico a céu aberto! É uma daquelas cenas que fazem a gente avaliar quantas pessoas cabem em todos esses prédios. Tem quarteirões e mais quarteirões de barracas e carrinhos de comida, bandas e palhaços de rua – até mesmo alguns daqueles fantoches de dragão chineses que vão girando.

Não tanto como um elefante numa loja de porcelanas, e sim um vilão malvado fugindo às pressas, Dick arremessa contra mim tudo o que encontra: arroz frito, espetinhos, empanadas, algum tipo de massa, bolinhos – de tudo um pouco. Velho, esse festival é *totalmente* internacional!

Todo contente, pego um punhado de fritas fresquinhas com a boca. O óleo quente que ele joga sobre mim depois não cai muito bem. Faz um chiado nos pontos em que atinge a minha pele, liberando um cheiro que lembra carneiro cozido ainda não temperado. Claro que dói, mas, depois de ter sido reduzido à polpa por Goom e seus gororobas, e de ficar bem perto do fiofó do Hulk, uma fritada de primeiro grau serve apenas para me deixar fulo da vida.

Vou para cima dele com tudo, e quase o pego, mas, do nada, Dick dá uma estrela, passando entre dois vendedores quase grudados, e sai do outro lado. Finalmente, ele começa a mostrar o jogo. Como resposta, dou uma cambalhota dupla e espero pelo seu próximo movimento.

Hum. A estrela foi o único. Ele continua apenas correndo. Não tem arte nenhuma – chega a ser grosseiro.

Vai ser moleza apanhá-lo, então volto a pensar numa piada espirituosa com o nome dele. Tipo, será que todas têm que ter a ver com o tamanho? Realmente, é a preferência popular, eu admito, visto que se fala tanto em tamanho.

Na tentativa de escapar da multidão enlouquecida (não me refiro à *Multidão enlouquecida*, o romance de Thomas Hardy), ele passa para um beco. Parece até que ele nunca viu uma perseguição na vida. Claro que a rua ali não tem saída. O pobre coitado tropeça e para em frente à única porta, que, naturalmente, está trancada. Essa foi rápida.

Ando até ele imponentemente, socando com uma mão a palma da outra.

– Caso você não tenha entendido, deixe-me explicar. Daqui a alguns segundos, minha mão vai encontrar a sua cara. E meu punho... bom, vai ter que ir junto.

Suponho que este seja o fim. *Você* provavelmente também supõe que seja. Mas é isso que se espera que a gente suponha. Guardando o melhor para o fim, Dick dá um chute alto na porta, como se tivesse molas nos pés. O golpe é forte o bastante para fazê-la ceder. Ele a arranca do batente, como se fosse feita de papelão, e mergulha para dentro. Agora temos uma situação interior rolando. Vamos nos chocando por corredores apertados; fazendo curvas rápidas e fechadas que nos levam de um corredor comprido e escuro para outro; estreitamo-nos contra a parede de gesso espesso para passar deslizando por guardas e funcionários da manutenção.

O esquema para uma perseguição em corredores assim confusos é nunca dar tudo de si. Você nunca sabe exatamente quando a parede logo à frente vai conduzir para uma curva.

Dito e feito.

Errando a curva, Dick dá de cara com a parede e vacila. Ele continua correndo, mas o pedaço de parede danificada que ele deixa para trás me dá uma ideia. Uma parede de *drywall* comum tem pouco mais de um centímetro de espessura. Imagino que a parede seja feita de duas folhas – sendo assim, estou a caminho de um centímetro de gesso, com um pouco de ar no meio. Nada de mais para um cara robusto e durão como eu. Ignorando meu próprio conselho (quem foi que perguntou, afinal?), vou com tudo contra a parede – achando que vou atravessar sem perder velocidade e, com um pouco de sorte, pegar Dick do outro lado.

A primeira parte dá certo. Atravesso a parede de gesso sem perder velocidade. Mas não imaginava que a parede do outro lado seria de concreto. Em vez de quebrar algum osso, o impacto com o concreto desloca meu braço esquerdo do ombro.

Como se isso já não bastasse, Dick nem veio para esse lado. Foi pela direção oposta – a que conduz a uma saída. Com um pouco mais do que o orgulho ferido, vou me arrastando atrás dele.

Chego a outro beco, mais amplo do que o último, mas bloqueado por uma parede de aço com arame farpado enrolado no topo. Dick está quase lá no alto. Ele corta o rosto, e vai espirrando sangue por todo aquele belo arame farpado.

Assovio.

– Ei, Dick! Parece que você vai conseguir, mas, a não ser que tenha uma entrada de esgoto ou algum tipo de catacumba subterrânea do outro lado, eu diria que essa perseguição vai terminar bem em breve.

A primeira katana finca-se na jaqueta dele, um pouco acima do ombro, e atravessa até o metal. Ele tenta se livrar, mas a segunda lâmina o acerta na cintura, fazendo-o girar.

Soltando a cabeça, ele sabiamente desiste.

– Boa.

– Nem tanto. Eu queria estripá-lo, mas errei. Ei, a gente já conversa, agora tenho algo a resolver... É que eu desloquei o ombro lá dentro. Você se importa se eu der um tempinho para pôr no lugar?

– Não vou a lugar algum.

Meto o ombro no peito dele. Dick pula; meu ombro pula e volta ao lugar. Pula-Pula. Por isso estou aqui.

Agarro seu queixo coberto pela máscara.

– Richard, posso chamá-lo de Richard? Andei vendo umas coisas bem malucas ultimamente, mas mesmo assim tenho de perguntar: que tipo de lunático doido cria monstros com aparência de cãezinhos?

– Não era minha intenção.

Largo a cabeça dele, mas o mantenho preso, beliscando-o pelo queixo.

– Não foi isso o que Jane me falou.

– Jane? Mentira...

– Cuidado. Tenho uma queda por ela.

A risada dele soa triste e cansada.

– Jane está usando você, do mesmo jeito que me usou... tentando distraí-lo. Como se *eu* fosse o mandachuva. Não sou nada. A única coisa que eu tinha de fazer era projetar o site, e não fiquei lá por tempo suficiente nem para isso! Sou apenas um joguete, preso a um relacionamento de codependência sem sexo, trabalhando para o plano *dela* de criar um exército de monstros. Ela é a vilã que merece morrer! Posso provar isso. Olhe no meu bolso.

– De jeito nenhum. O encontro acabou.

– Tem um pen drive no meu chaveiro. Pode conferir.

Apalpo o bolso dele por fora. Tem mesmo.

– E daí?

– São imagens das câmeras de vigilância do laboratório. Dê uma olhada. É tudo o que eu peço.

– Digamos que eu olhe. O que vou ver?

– Jane.

– Nua?

– Não.

– Droga.

– Ela está com os cãezinhos logo depois que foram criados. Nas gravações ela diz: "Mal posso esperar que vocês todos virem monstros, para que eu possa usá-los para dominar o mundo".

– Tá achando que eu nasci ontem? – Não consigo conter o riso. – Isso pode significar um monte de coisas. Ela podia estar respondendo a uma pergunta-cilada, do tipo "O que um supervilão diria sobre esses cãezinhos neste momento?".

– Nada de truques. É apenas ela, sozinha com os cachorros, rindo e falando da carnificina. Eu não enxergava isso antes. Estava hipnotizado pela beleza de Jane, envolvido com ela... como você... mas ela é maluca. Nada além da morte vai impedi-la de tentar realizar o esquema insano que arquitetou.

Estreito os olhos.

– Você não está mentindo para mim, está, Dick? Porque, sabe, isso aqui é coisa séria, muito séria.

Ele ergue a cabeça. Vejo lágrimas formando-se nos olhos castanhos.

– Eu juro! Só quero me livrar dela. Foi por isso que respondi ao seu e-mail. Estava tão sozinho. Queria uma esperança. – Ele olha para o céu e engole em seco. – Mas agora o mundo todo está vendo quem é o verdadeiro tolo.

– Você, né?

Ele faz que sim.

– Você é um mercenário. Vou contratá-lo para matá-la. Eu lhe dou o que você quiser!

– Ela já me contratou para matar você.

– Pago o dobro. O triplo.

Cutuco o nariz dele com o pen drive.

– Se estiver me enrolando, vou atrás de você. – Estou prestes a ir embora, mas há algo que ainda me incomoda. – Ah, e muito obrigado por sair correndo e deixar a conta para que eu pagasse sozinho no nosso primeiro encontro... estava achando que era o Dia do Pendura? Quando me pagar, vou querer em dinheiro vivo.

24

QUANDO VOLTO AO LABORATÓRIO – sabe, onde está agora aquele imenso tanque de armazenamento cheio de gosma –, Al está apoiada na única coisa que parece ser o que é, um filtro de água. Eu conto tudo. Ela faz mil perguntas, perguntas que eu mesmo queria ter feito, começando com:

– Você deixou o cara ir embora? Como assim, Wade?

Tento explicar, mas nem eu me entendo direito.

– É que tinha... alguma coisa nele que me fez pensar que estava falando a verdade.

Apoiando a mão no garrafão de vinte litros, ela se inclina para mim.

– Um brilho no olhar? Um sorriso brilhante?

Ignorando o sarcasmo, vou até o terminal. Falo baixinho quando passo por ela.

– Sei lá. Ele estava de máscara.

Al tinha retirado um copinho de plástico do tubo e o enchido de água, tomando o cuidado de manter o dedo na borda, para saber quando fechar a torneira. Quando passei por ela, Al entornava o copo com vontade e, ao ouvir o que eu disse, cuspiu tudo na minha direção.

– DE MÁSCARA? Você nem pensou em tirá-la quando estava com o cara fincado na parede?

– Queria poder dizer que sim, mas... não.

– Estou começando a ficar realmente preocupada com você. Primeiro, fica perambulando por aí com esses vira-latas fedorentos, e agora isso. Deus sabe que você já estragou tudo antes, mas...

Jogo as mãos para o céu.

– Nem pensei nisso, tá bem? Fiquei confuso. – Largo-me na cadeira e digito com força no teclado, esperando restaurar um pouco da minha dignidade. – Não sou esse inútil completo. Posso não ter mencionado para o leitor, mas coloquei um rastreador no cara.

– Bom, não fique se achando por causa disso. Até um relógio parado acerta as horas pelo menos duas vezes por dia.

Tento impressioná-la com um papo de alta tecnologia.

– Não é qualquer rastreador porcaria, Al. É um treco da S.H.I.E.L.D., com um trilhão de circuitos na cabeça de um pino, e tem alcance de sei lá quantos bilhões de quilômetros. Tô falando, essa coisinha pode captar sinais vindos do núcleo da Terra... atravessando o campo magnético natural *e* até mesmo as pessoas. Sem contar que posso acessar o sinal usando aparelhos populares de mídia digital.

Ela resmunga qualquer coisa.

– Você até pagou a conta no café, não pagou?

Ignorando a pergunta, estufo o peito.

– Estou falando, posso encontrar Dick a hora que quiser.

Após um incômodo silêncio, Al cai no riso. Ainda tem água no copinho, que vai se derramando com os espasmos provocados pela gargalhada histérica dela.

– Ahhh! Estou adorando isso. Então, James Bundão, cadê o cara?

– Grrr. Só um segundo.

Pressiono algumas teclas.

– Então?

Pressiono mais algumas teclas.

– Sim?

Pressiono *todas* as teclas.

Depois pressiono uma tecla e fico segurando. Finalmente, desconecto e volto a conectar o teclado e tento mais algumas teclas. A interface do rastreador aparece.

– Hum. Que engraçado. Não responde.

– Não tão engraçado quanto você poder encontrar o Dick a hora que quiser... mas, sério, como é que você vai seguir o cara agora?

Coço o queixo, pensativo.

– Ele deve ter encontrado o rastreador. Ele é bom. Bom mesmo.

Um cotovelo ossudo me cutuca.

– Wade?

– Hein?

– Você ligou o rastreador?

Fecho os olhos. Novamente, Al mal controla as gargalhadas. Pelo menos, desta vez, o copinho está vazio.

– Ótimo! Pelo visto ele não é tão bom assim. Isso significa basicamente que vai ser mais fácil pegá-lo.

No começo, tenho a impressão de que ela está me dando tapinhas nas costas, mas na verdade está apenas se apoiando para se manter em pé, enquanto quase se afoga de tanto rir.

– Certo. Ótima notícia! Wade, velho, às vezes eu não entendo como é que você conseguiu me manter presa por tanto tempo.

– Resume-se a uma coisa, Al: não posso morrer, então sempre acabo vencendo, contanto que eu não desista.

– Tem certeza? Tem um problema de lógica aí, bem no ponto onde deveria entrar o seu cérebro.

– E qual é?

– E se *outra* pessoa morre, mas você não queria que ela morresse? Daí você perde, não é? Qual foi mesmo o nome que você deu àquele cachorro? Cospe-Cospe?

Pego o pen drive do Dick e o conecto na entrada USB.

– Pula-Pula. Só perco quando me importo, Al. Só quando me importo. – Assim que os dados são carregados, a tela se acende. – Viu? Tem mesmo um arquivo de vídeo nesta coisa. Até agora, tudo certo.

A imagem está quase totalmente branca. Ouvimos um barulho eletrônico, um pulsar ritmado. Uma voz opressiva emanando dos alto-falantes.

– Mexe e balança no suingue que me queima – diz a voz. – Me envolve nesse corpo que me queima.

Al torce o nariz.

– É a sua namorada?

Peço silêncio.

– Não sei. Parece a Jane, só que mais jovem.

O pulsar continua. E aumenta.

– Baila em teu corpo... Mexe e balança...

Junto as mãos.

– É um ritual arcano! Jane deve servir a alguma entidade demoníaca do submundo!

Como se manifestos por energias sobrenaturais liberadas, duas figuras encarquilhadas aparecem na tela, falando em um idioma estrangeiro. As palavras, a cadência... tudo parece familiar, como o fantasma de uma lembrança assombrando os cantos da minha consciência.

Como se estivesse num transe, Al começa a se mexer. Ela estende o braço direito para a frente, com a palma para baixo, depois o esquerdo. Ela gira a palma direita para o alto, depois a esquerda, o tempo todo balançando suavemente os quadris. Mão direita no ombro esquerdo, mão esquerda no direito.

E então finalmente eu entendo.

– Não é a Jane! É o videoclipe da Macarena! Que filho da mãe!

Al continua dançando.

– Olhe pelo lado positivo. Pelo menos você *achou* que ele estava falando a verdade. Isso tem que servir para alguma coisa, não é? Seu idiota.

– Putz. As vozes na minha cabeça nunca me chamam de idiota.

Chamamos, sim.

De coisas bem piores, aliás.

Arranco o pen drive, mas Al continua os passinhos, até mesmo depois de a batida pulsante da canção cair no silêncio.

– Ah, fala sério, relaxe! Ponha a música de novo! Estou adorando!

Antes que eu possa recusar, surge uma nova trilha sonora: alarmes pulsantes e alertas estridentes.

– Tem um globo de luz aqui? Não posso ver, então não ligaria se você mentisse. Wade, diga que tem um globo de luz.

Olho ao redor. Os painéis de controle se acendem. Os aparelhos ganham vida. Um baque intenso sacode o laboratório. Seguro Al antes de ela cair.

– Wade, diga que tem um globo de luz caindo.

Olho para a tela.

– Aquele vídeo não era a única coisa no pen drive.

– Você não escaneou para ver se tinha vírus? Dá para ver o que essa coisa está fazendo?

– Não tem nenhuma opção aqui dizendo "Mostre o que o vírus está fazendo"! – Corro os olhos pela tela. – Não, espere, tem, sim. Puxa, esse sistema operacional é dos bons mesmo. – Clico no botão. – Está roteando toda a energia, tentando causar uma espécie de sobrecarga. Mas onde? – Acesso uma planta de distribuição de energia e suspiro aliviado. – Ufa. O canil está seguro.

Outro baque ruidoso joga Al no meu colo.

– Então o que está causando esta baderna toda?

– Não sei. As ondas estão seguindo para um ponto cego, como se houvesse algo escondido ou...

– Ou o quê?

– Alguma coisa que foi instalada muito recentemente, e o sistema não consegue reconhecer. – Fico em pé de um salto, deixando Al cair no chão. – Como aquele tanque de armazenamento!

Sim. Bem na minha frente, o engradado de três toneladas chacoalha feito um bebezão de metal tentando dar os primeiros passos. Os monitores de pressão já passaram do vermelho; mostram uma cor nova, que indica um nível de perigo iminente tão alto, que ainda nem foi nomeado.

– Eu *sabia* que aquela coisa era uma má ideia.

Isto aqui não é literatura antiga, então, nada de parafusos saltando nem junções se soltando, apenas uma sacudida, seguida de uma vibração, o que me indica que está prestes a explodir. Não que houvesse qualquer coisa que eu pudesse fazer, a não ser ficar olhando.

Um inchaço – tipo uma bolha –, de superfície brilhosa e escorregadia, ergue-se suavemente.

Olho para a tela, esperando que tenha um botão com a opção "Parar vírus".

Não tem.

– Al, temos que dar o fora!

Ela tenta se levantar, mas tem dificuldade, com todo o terremoto rolando. Um segundo antes de o tanque rachar, pulo sobre ela, projetando-a com meu corpo. Preparo-me para uma explosão imensa, um estouro daqueles, um *kabum* que acabe com a gente. Em vez disso, ouvimos um barulho mais similar ao Galactus, o Devorador de Mundos, tendo um acesso feio de diarreia explosiva.

A meleca rosa de cinco (cinco, não é?) monstros gigantes vaza num único fluxo, inundando o local como um cobertor espesso de meleca líquida, borbulhante e nojenta.

Lembra-se de quando eu disse, capítulos atrás, que não tinha matado nada, visto que toda essa nojeira continuava tecnicamente viva? Não sei como nem por que, nem o que poderia estar fazendo o barulho, mas uma voz incontestável emana da poça pegajosa. Soa concomitantemente zangada, dolorida e sombria, como se o simples fato de *existir* estivesse causando-lhe uma dor indescritível, e falar apenas piorasse isso. Ao mesmo tempo, ela não tem escolha – *tem* de existir, *tem* de se anunciar. E diz:

– Estamos... vivos...

25

SOMOS CERCADOS POR UMA ESSÊNCIA DESTILADA DE VIDA, que urra para um nada do qual é quase indistinguível. Existe quase sem existir. A amorfa, ilimitada e caótica bolha borbulhante banha os arredores como a maré do oceano, preenchendo espaços vazios e arremetendo-se contra paredes e portas. Al e eu já fomos encharcados pela substância, mas estamos numa boa, embora eu não me sinta nem um pouco confortável com a possibilidade de ficar submerso por essas ondas volumosas. Antes que a substância nos alcance, ergo Al para o que espero que seja uma mesa. Assim que me certifico de que não é outra plataforma de raio mortal, salto para o lado dela.

Num raro momento de vulnerabilidade, ela se agarra a mim.

– Wade, o que é isso?

Como prisioneiros que subitamente podem sair em condicional, as palavras me escapam.

– Hã... humm. Vejamos... Arrisco dizer que é um polvo do tamanho de Nova Jersey tentando juntar seus pedaços depois de ter sido liquidificado.

Foi uma boa tentativa. É rosa, tudo rosa, disso você já sabe. Mas não o tipo de rosa que você veria no lacinho do presente para uma garotinha de três anos. Está mais para o rosa que se vê nas partes mais claras de uma pilha de carne crua. Bolhas oleosas inflam e estouram, liberando mais da mesma substância, mas num tom de rosa um pouco mais escuro. As partes mais claras tentam formar silhuetas ao longo da superfície. Tentáculos polpudos modelam-se brevemente, apenas para desaparecer com um estalo hediondo. Alguns conseguem sustentar figuras complexas e distorcidas, como uma série de membranas tentando, sem sucesso, manter o formato. De algum modo, os silvos, borbulhas, grasnos, estalos e uivos se fundem em uma única voz:

– Pai... pai...

Al agarra o meu ombro.

– Acho que ele falou com você.

Sussurro de volta:

– Você não entendeu. Deve ter sido apenas uma metáfora, tipo, referindo-se ao criador, e não a um pai biológico, fisicamente presente. Ora, a gente nem sabe se a coisa pode nos ouvir.

– Pai... é você?

Meleca espertalhona.

Al me acotovela.

– Vamos lá. Fale com a coisa.

Faço que não.

– Sei lá. Acabei de ir a um encontro superesquisito, em que me expus e mostrei minha vulnerabilidade, e nada deu muito certo. Além disso, o que vou dizer para uma coisa maluca dessas?

– Está perguntando pra mim? – Ela bate com os nós dos dedos na minha testa como quem bate à porta. – É você que tem experiência nisso. Como é que você fala com todas as vozes que tem na cabeça?

É, Wade. Como você fala?

Conta pra gente! Por favor, Wade!

A centímetros da plataforma, a putrescência viscosa borbulha.

– Pai? Pai?

Que seja.

– Sim... hã... meu filho?

– Pai... por que... existimos?

Claro, vamos começar pelo mais fácil.

– Esqueci... de usar... proteção...

– Nosso... ser... tem... algum propósito?

– Co... mo... assim...?

Al me dá um tapa.

– Para de imitar! Se perceber que você está tirando sarro, pode resolver nos devorar.

Pigarreio.

– Bem, filho, você se refere aos seres em geral ou apenas a você?

– Tem... diferença?

– Hã, lógico. Você é um amontoado de meleca formado por monstros derretidos. Al é um ser humano típico, e eu... bem, se quiser essa resposta, vai ter que voltar ao começo e ler o livro.

– Por quê?

Crianças de certa idade adoram ficar fazendo perguntas. Por que o céu é azul? Por que isso? Por que aquilo? Por que a mamãe nos largou para fugir com aquele cara barbudo? É uma brincadeira. Não querem saber a resposta – só perceberam que, independentemente do que você diga, elas podem sempre perguntar “por quê?”.

Por sorte, tenho uma resposta padrão, que meu velho sempre empregava comigo.

– Porque sim.

– Por quê?

– Porque sim.

– Por quê?

– Porque... sim.

O líquido espirra na plataforma. A voz fala mais alto.

– Diga... outra... coisa!

É, essa resposta me deixava possesso também. Sei o que meu pai faria nesse caso, mas não dá para usar meu cinto contra uma geleia gosmenta gigante. Antes que eu possa formular uma explicação mais satisfatória para a natureza existencial do ser (tipo “por que *não*?”), a coisa berra em tom lamurioso:

– Aghh! Eu... vou... destruir... você!

Al aperta os dedos no meu ombro.

– Wade, o que a coisa tá fazendo?

– Nada de mais. Sério, Al, é um monte de gosma. Subiu um centímetro, talvez, depois desceu borbulhando. O que uma meleca poderia lhe fazer, além de a deixar melecada?

– Rarrr!

– Mas ele parece tão... magoado e irritado. O que ele fez agora?

– Rarrr!

– O mesmo, mas um pouco mais baixo. Está se afastando, basicamente.

Fico de joelhos e aproximo o rosto.

– Quem é o meu monte de gosma malvado, hein? Quem é esse monte de gosma malvado?

Al suspira.

– Wade, não provoque o monte de gosma malvado.

Eu recuo.

– Por que não?

– É muito cafona.

(Essa última foi para vocês, fãs do Joss Whedon – parafraseada, claro, mas de qual série, quem disse isso, em qual episódio? Podem me dizer?)*

Al e eu nos sentamos e aguardamos, de olho na coisa. A luz das lâmpadas do teto abobadado reflete por toda a gosma, formando estranhas linhas cruzadas na superfície ondulada que, de certa forma, me fazem lembrar um pôr do sol num lago. Vai baixando e baixando, até restar apenas uma série de poças.

– Hum. Sete faxineiras, sete esfregões, talvez meio ano.

Lewis Carroll?

Ele faz faxina?

Quase extinta, a coisa manda mais uma.

– Tenho que... machucar... você...

Tento não rir.

– Vai ficar bravinho até a última gota, hein? Tente encarar os fatos: o único jeito de você machucar alguém é se a vítima escorregar em você por acidente.

– Está... errado... pai...

Quero argumentar que isso é apenas um floreio dramático de uma forma de vida prestes a desaparecer, mas as luzes brilhantes que pulsam num dos consoles encharcados dificultam tudo. A tela está do outro lado da câmara, mas, mesmo daqui, vejo as barras aumentando no monitor.

– Você fez isso? – pergunto.

Sem resposta. A não ser que você considere como resposta o barulho de peido emitido por algumas bolhas remanescentes.

Salto para o piso. Enquanto vou pisando na meleca remanescente, indo na direção do terminal para observar mais de perto a indicação das barras, a coisa ainda sussurra:

– Ai... ai... ai...

---

* No original, Al diz "It's just tacky", uma fala do personagem Giles, do seriado *Buffy: A Caça-Vampiros*, de Joss Whedon. É um trocadilho, pois "tacky" pode significar tanto "cafona" como "viscoso", "grudento". (N.E.)

Conforme vou me aproximando do painel de controle, reparo melhor nas poças. Elas não estão dispostas aleatoriamente. Estão cobrindo os controles. A coisa se reagrupou de modo a pingar sobre as teclas certas e inserir alguns comandos.

– Que controle é esse, afinal? Maldição!

O que vejo na tela são imagens de casinhas de cachorro, trinta delas, todas ocupadas. A biometria dos animais é totalmente monitorada, e os sensores de metade deles estão com os índices disparados. Os símbolos caninos acima deles elevam-se assustadoramente.

– Não! Não, não, não! É o canil!

Pensei que estivesse lacrado. Pensei que os cãezinhos estivessem a salvo. Mas eu estava errado, terrivelmente errado. Ouço um estrondo horrendo por trás das portas do canil.

– Eu sou Xemnu!

– Eu sou Grogg!

– Eu sou Zzutak!

– Eu sou Titã!

– Eu sou Shzzzllzzzthzz!

– Eu sou Orrgo!

– Eu sou Rombo!

– Eu sou Fangu!

– Eu sou Droom!

– Eu sou Sserpo!

– Eu sou Monsteroso!

Deve ter mais uns quatro, mas acho que você já captou a situação.

26

O RETUMBAR PESADO DE CRIATURAS SOLTAS ecoa atrás das portas brancas duplas. O canil – lar seguro e confortável da alegria e da inocência – é agora a morada de monstros. Furioso, piso firme nas gotas remanescentes de gosma senciente. Chuto. Esmago. Aperto com raiva a sola dos sapatos.

– Maldito! Você tinha mesmo que fazer isso? Tinha?

– Ha... ha... ha...

O retumbar intensifica-se. As portas, com sessenta centímetros de espessura, cujo material eu suponho que tenha sido projetado para suportar uma pequena explosão nuclear, começam a curvar-se.

Corro até lá.

– Tenho que entrar ali!

Al grita lá do fundo.

– Você acabou de dizer que tem quinze monstros lá dentro!

– O que significa que tem catorze cãezinhos inocentes. Catorze, Al! E o Fungada está lá! Tenho que salvá-los.

– Salvá-los? E quanto a mim?

– Ah, é, você. Bom, pelo visto, aquela gosma fritou o único elevador que eu vi por aqui, e meu teleportador não pode levar você e os filhotes ao mesmo tempo. Veja se encontra outro jeito de sair. Uma saída de emergência, uma cápsula de fuga ou um túnel dos grandes.

Al grita algo sobre eu teleportá-la primeiro e depois voltar para salvar os filhotes, mas não consigo entender nada do que ela diz. Como já comentei, o Deadpool aqui jamais usaria o teleportador para arruinar uma ótima e tensa cena de ação. Então vou declarar o teleportador oficialmente estragado, criançada. A não ser que apareça outra opção, vamos passar um tempo por aqui.

Por quê? Porque sim.

Meto um soco no painel de acesso ao canil. As portas se abrem, fazendo um sonoro bipe, como sempre. Os motores gemem como numa cena de sexo de pornochanchada, mas as portas estão retorcidas demais para deslizar mais do que uns quinze centímetros.

Enquanto os gigantes lá de dentro continuam a se apresentar uns aos outros, dou de cara com uma imensa coisa alaranjada e peluda encostada na abertura das portas. É definitivamente alguma espécie de orifício gigante. Espero que seja a boca de um monstro, ou o nariz, ou o ouvido. Passando disso, as opções vão ficando cabeludas.

Seja lá o que for, fede pra cacete. Prendendo o ar, forço as portas, tentando abri-las a qualquer custo. Tenciono, resmungo, puxo. Quando tento segurar melhor, para ter mais apoio, acabo beliscando um pedacinho da membrana mucosa do monstro.

– Eu sou Rorrgg, Rei do... AAAI!

– Foi mal!

Tento de novo, sem sucesso. Mas com o meu esforço hercúleo e o martelar do outro lado, as portas vão se dobrando, até que caem para o lado de dentro do canil, com um estrondoso e dissuasivo CRUNCK.

O que vejo lá dentro? Imagine quinze monstros, cada um com mais ou menos sete ou oito metros de altura, amontoados no mesmo espaço, grandes demais para passar pelas portas. É tipo uma partida peluda, assustadora, exoesquelética, robótica, extraterrestre e funérea de Twister.

E nenhum dos participantes está usando meias.

Estão todos lá dentro, tentando se esticar. Socam e chutam, metem os dentes, mexem as mandíbulas e clicam as pinças. Enquanto isso, toda a base subterrânea tornou-se uma armadilha mortal, sacolejando como se estivesse prestes a desabar.

Mas, sobressaindo-se ao ruído de coisas daqui, dali e de todo lugar, um coro de latidos juvenis chega aos meus ouvidos.

– Os filhotinhos!

Ainda estão lá dentro, ainda estão vivos!

No instante em que Rorrgg retira seu sei lá o que do meu rosto, eu entro. Não posso usar o DDA. Não sei dizer o que posso transformar em gosma acidentalmente. Passo trepidando por Orrgo, o inimigo com dois erres. Chego bem perto de Shzzzllzzzthzz, a criatura de oito zês. Vejo muito mais do que precisaria de Xemnu, o Titã. Quase fico com a cabeça presa embaixo da axila mucosa de Chalo, a Besta do Pântano, passo raspando num espacinho entre os pés de Oog, o Terror Congelado, e quase não escapo da virilha em chamas de Dragoom, o Intruso Flamejante.

Vou agarrando os cãezinhos, depois de ter pegado o estimado Fungada (porque ele é especial!). Vou pescando pastores e beagles, rottweilers e poodles. Em pouco tempo, reparo que não consigo carregar mais do que três sem derrubar alguns, então espero abrir um espaço entre os membros colossais e lanço os cãezinhos pelo espaço onde estava anteriormente a porta. Acerto em três das quatro vezes. Quando erro, bem, tenho que tentar de novo.

E o cheiro? Ah, o cheiro! O cheiro, o cheiro, o cheiro, o cheiro!

Achava que sei lá qual parte do Rorrgg cheirava mal. Mas essas coisas do espaço, de dentro da Terra, de outras dimensões – todas estão suando pra caramba nesse lugar apertado, cada uma de um modo bioquímico específico. O Zoológico do Bronx num dia úmido, uma fábrica de fertilizantes, uma fábrica de embutidos, o cesto de roupa suja do maior serviço de fraldas do mundo... Tudo isso, em comparação, é perfume importado.

Não vou aguentar por muito tempo. Fico zonzo, quase desmaio. Há um montão de cachorros para eu encontrar antes de apagar, mas o mundo não se importa. Ele gira ao meu redor, e desde o começo já não estava nada fácil me orientar nessa bagunça. Estou prestes a executar um misto de vômito com desmaio quando, do nada, sinto algo invadindo as minhas narinas.

Tem um cheiro muito doce de morango.

Sophie pergunta:

– Gostou?

Faz uma manhã fresca fora da escola. Estamos na companhia de todos os outros alunos, esperando que o sinal anuncie o início de nossas aulas na classe sem classe. Estou segurando os livros dela; ela está com o punho sob o meu nariz. O aroma lembra tanto o cheiro de bala, que dá vontade de morder.

– Aham – digo. – Gostei, sim.

– Tentei ligar pra você umas 7h30, mas a mensagem dizia que a linha estava fora de serviço.

Embora desesperado para dizer-lhe uma coisa, apenas dou de ombros.

– Ah, tudo bem.

– Como está o seu cãozinho, Wade?

– Meu...?

Então me lembro.

Tão próxima quanto meus sentidos podem captar, a vida se desenrola no tempo, um evento após o outro. Essa lembrança súbita me entrega tudo subitamente, e meu cérebro demora um pouco para organizar todas as imagens em sequência. Quando consigo, é algo mais ou menos assim.

A cachorra. Minha cachorra. Raça mestiça. Coloco-a no piso da varanda, segurando-a pela coleira, e enquanto ela se agita e se contorce, eu tento colocar a guia. Depois solto-a por meio segundo e fico observando o borrão branco e marrom disparar contente pela calçada, com as cores tão similares às do cimento, que ela fica quase invisível. Mas quando o borrão chega ao asfalto preto, eu a vejo, oh, tão claramente. Escuto os freios guinchando e vejo o para-choque prateado parando, mas não o suficiente para não acertar a cachorra.

Então ela vira um borrão de novo, sendo projetada para o lado, inaudivelmente.

Queria ter contado isso para Sophie na noite anterior, mas agora não quero chorar na frente dela, então olho para os pés.

– Ela... ela...

Minha cachorra. Minha.

O sinal da escola toca. Olho para a frente. Sophie se foi. Subitamente, já nem tenho mais certeza de que ela esteve ali. Pensando bem, agora, não me lembro direito de ter visto qualquer pessoa conversando com Sophie.

A multidão de alunos quer correr para dentro, e eu estou bem no caminho. Eles me empurram, puxam, afastam e sufocam. Furioso, empurro-os de volta.

Mas eu não sinto o contato de roupas ou do corpo de alunos. Sinto pele alienígena e escamas e pelos alaranjados.

Uau! Alucinações como essa realmente fazem uma pessoa ficar se perguntando o que é e o que não é real – principalmente quando retorno para um canil subterrâneo apinhado de criaturas monstruosas. Ainda sofrendo com o cheiro repugnante, volto a pegar os filhotinhos. Estou mais determinado do que nunca, como se juntasse um buquê peludo numa plantação de cãezinhos. Jogo-os latindo e resmungando por entre o caos de monstros, esperando conseguir pôr todos para fora antes que tudo ao redor desabe.

Minha última contagem indica treze. Não sou muito bom de Matemática, mas tenho quase certeza de que isso significa que falta um. Salvei o Fungada primeiro, mas acabei deixando outro especial por último – um pointer muito brincalhão. Essa raça é de caça: naturalmente corajosa, carregada de estamina, criada para o esporte, sempre ávida para correr. Esse é o problema. Ele não fica quieto. Avisto-o com facilidade, mas o complicado é agarrar o bichinho. Ele passa correndo pelas costas de Fangu, que mais parecem uma lâmpada de lava, perseguindo um dos tentáculos que Monsteroso balança, latindo a plenos pulmões, como se soubesse o que faria caso conseguisse pegá-lo.

Sempre que me vê chegando, apesar dos destroços de metal e poeira de rocha que despencam das rachaduras cada vez maiores no teto, ele acha que quero brincar. Toda vez que chego perto, ele se enfia em alguma reentrância formada por escombros, pequena demais para eu conseguir alcançá-lo. O bom disso é que, como ele quer brincar, sempre que o perco de vista ele late para que eu possa encontrá-lo. Se fico para trás, ele espera que eu o alcance. Seria divertido pra caramba se ele não estivesse prestes a ser esmagado.

Salto para cima da cabeça de Grottu, Rei dos Insetos, imaginando que sempre penso melhor em cima de uma formiga gigante. Mas Grottu não acha nada divertido.

– Eu sou Grottu!

Ele me cutuca com a antena, balbuciando algo sobre dominar a raça humana. Entretanto, isso me dá uma ideia. Se você tem nojo de entranhas de insetos, acho melhor pular esta parte.

Com toda essa agitação, é difícil brandir uma espada, mas consigo cortar um bom pedaço da grande antena de formiga, e Grottu solta um guincho de inseto. A antena vai se regenerar num segundo, mas pelo menos isso vai fazê-lo se calar por um instante.

O pointer se senta na barriga rochosa de Sserpo, a Criatura que Esmagou a Terra, abanando a cauda. Agito o pedaço de antena para ele.

– Aqui, garoto! Aqui! Olha o que eu tenho pra você!

Ele se sacode todo, muito empolgado, abana o rabo mais rápido e faz pose, baixando a cabeça e elevando o quadril, pronto para o ataque.

– Pega!

Jogo a antena porta afora.

O bom cãozinho mergulha para fora atrás do graveto improvisado. Bem a tempo, também. Eu mal colocara o pé para fora quando o teto do canil desaba. Isso não deixa os monstros nem um pouco felizes. Deixa-os mais irritados do que machucados, e eles já não eram do tipo pacífico. A entrada é pequena demais para eles, mas a parede ao redor está rachando, e parece prestes a ceder. Assim que tiverem acesso ao laboratório, haverá espaço suficiente para pelo menos um deles tentar nos devorar.

Pego meus sacos e começo a pôr os cãezinhos lá dentro. Agora há somente quinze filhotes, então caberão todos em dois sacos. Reparo, entretanto, que falta alguém.

– Al! Al! Onde você está?

Num momento único e totalmente inesperado, toda a angústia e agonia, a morte sem sentido, as lembranças rompidas e o remorso enterrado parecem valer a pena. A Cega Al aparece na minha frente, com a antena de formiga gosmenta grudada na cabeça.

– Wade! Alguma coisa me acertou! Estou sangrando?

Não consigo conter o riso. Sacudido pelas gargalhadas, estava a ponto de me mijar todo.

– Não! Você está ótima. – Ela tenta alcançar a antena. – Mas, independentemente de qualquer coisa, não toque nisso. Achou uma saída para a gente?

– Achei! Surpresa! Esse sistema operacional é acessível demais. Bastaram dois comandos de voz, e aquela saída lá atrás se abriu!

Ela aponta para uma parede. Alguns metros adiante, vejo um comprido corredor cinza, com uma ampla rampa conduzindo para baixo. Cara, que incrível esse sistema operacional!

– Sabe onde a rampa vai dar?

O piso estremece. Fissuras se abrem nas paredes de ambos os lados da entrada do canil.

– Quer ficar aqui fazendo perguntas ou prefere fugir?

– Fugir, eu acho.

Entrego a Al um dos sacos com cãezinhos e levo o outro, e começamos a correr. Quando a parede desaba atrás de nós, viro para trás e vejo Grogg, do Foço Negro, e Zzutak, a Coisa que Não Deveria Existir, presos na passagem, brigando feito Abbott e Costello para ver quem sai primeiro. A pressão dos outros treze monstros aumenta demais, e todos acabam projetados para dentro do laboratório.

Outro comando de voz sela a saída atrás de nós, e vamos nos precipitando rampa abaixo, correndo, correndo. A rampa faz uma curva, como uma escadaria de prédio, mas tem altura e largura suficientes para permitir o transporte de todo tipo de equipamento, e talvez até a passagem de um ou dois monstros.

Ainda não nos livramos do perigo. Baques e batidas continuam ressoando ao alto, mas, quanto mais descemos, mais quieto fica. Em pouco tempo, o zumbido do maquinário lá em cima abafa a algazarra caótica dos monstros, comparável ao ruído estridente e irritante das caixas de som do babaca que para o carro ao seu lado no semáforo, imbecil demais para entender que nem todo mundo compartilha do péssimo gosto musical dele.

Chegamos a um espaço aberto que lembra muito o que acabamos de deixar para trás, mas sem monstros nem estragos. Baixo o saco, para deixar os cãezinhos respirarem.

– Um laboratório secreto sob outro laboratório secreto? Como é que a S.H.I.E.L.D. não viu isso?

Al leva um dedo aos lábios.

– Wade, shhhh!

– Não. Não vem com "shhhh"! Sei que não é muito "político" criticar os empregadores, mas, fala sério! Eles são a empresa mais esperta e mais bem financiada da face da Terra e nem repararam que há um segundo laboratório aqui embaixo? Preston deveria ser...

Al ergue a mão e se agacha, tentando escutar algo.

– Shhh! Seu idiota! Não estamos sozinhos!

– Oh.

Assim que fico quieto, consigo escutar o respirar pesado. Parece que alguém andou brigando. Al, que é muito melhor do que eu nessa parada de localização de áudio, aponta para o que parece ser uma mesa de exames, mas que pode muito bem ser uma caríssima cadeira de leitura. Uma poça de líquido vermelho está vazando no chão, vindo do espaço atrás da cadeira.

Com armas em punho, vou me aproximando de fininho. Lentamente, os pés e as pernas torneadas de um corpo imóvel vão aparecendo.

Oh, não.

Eu reconheceria essas pernas em qualquer lugar. É a Jane. Está ferida. Aproximo-me um pouco mais e vejo que o fluido vermelho está vertendo de algum ponto no alto do corpo dela. O pescoço. Por quê? Porque a cabeça dela não está mais no lugar.

E ali, agachado sobre o corpo sem vida de Jane, está a fonte de todo o pesado e exausto respirar.

Dick.

Está com a cara de um garoto que foi pego tentando esconder a mão serrada de sua vítima num pote de biscoitos.

– Não é o que parece!

– Que ótimo, porque parece que você está inclinado sobre o corpo decapitado de Jane.

– Bom, sim, mas...

Emocionalmente falando, estou tendo um dia difícil. Em momentos como este – sentindo-me em carne viva depois de ter acabado de me lembrar de como minha cachorra morreu, e furioso por ver o amor da minha vida decapitado –, quando salto no ar brandindo duas katanas, tudo o que consigo dizer é:

– IAARGH!

27

AS KATANAS ATINGEM DICK NOS BRAÇOS. Mas, em vez de fincar nos músculos, as pontas rígidas são desviadas. Ele deve estar usando algum tipo de armadura justa e flexível por baixo do terno. *No problemo*. A cabeça é vulnerável – lembro-me de tê-la visto sangrando lá no beco.

– Deixe-me explicar!

Meto uma porrada naquele rosto mascarado e convencido – uma *porrada*, repito! A sensação de sentir carne e osso é muito mais gratificante.

De mãos para o alto, ele recua, mas continuo avançando.

– Você não está entendendo!

Após levar o oitavo soco, ele finalmente entende que não vou dar ouvidos às suas bobagens.

– Que seja!

Mas quando ele resolve reagir, já está prensado na parede. Vai ser preciso um passe estilo Ave Maria para ele se libertar. Ele tenta. Cerra os punhos, ergue os braços e tenta meter os cotovelos pontudos no meu peito. Ah! Eu percebo tal intenção muito antes. Já estou curvado, direcionando os punhos no abdômen dele. Cotovelos atingem meus ombros.

Hum. Esses cotovelos não são apenas pontudos, são duros feito metal moldado – coisa de classe. Bela armadura. Talvez eu tente conseguir o nome do alfaiate antes de matá-lo.

Imbecil. O tempo que perdi nessas duas frases, admirando as roupas dele, dá-lhe uma chance de meter o joelho no meu queixo. O joelho de Dick é tão duro quanto os cotovelos, porém maior, e movido pela força mais intensa do músculo da perna.

Minha cabeça é lançada para trás, mas não fico muito incomodado. Se isso aqui não for terminar em uma matança completa, é melhor ele se libertar dessa prensa. Em seguida, ele tenta um drible, depois se joga para o lado. Lanço meu pé para fazê-lo tropeçar, mas ele se arremessa para o alto e pousa apoiado nas mãos, dá uma cambalhota e fica em pé, perto dos filhotes. Droga, ele escapou!

A estrela que ele deu no festival gastronômico não era a sua melhor performance, afinal. O pedaço de esterco, pelo visto, *queria* que eu o pegasse, para poder me passar aquele pen drive. Estava escondendo o jogo.

Os cãezinhos estão todos ao redor do cara, com Fungada liderando o grupo de jovens. Estão todos rosnando, como se lembrassem dele.

Dick espirra.

– Malditos vira-latas!

Ele olha para o pobrezinho do Fungada, prestes a chutá-lo. Isso estranhamente me lembra do meu pai. Péssimo gesto. Há somente três coisas com que me importei durante essa bagunça toda. Uma morreu por desventura, Dick matou a outra, e agora está ameaçando a terceira.

Pego o objeto pesado mais próximo: a mesa de exame. Claro que está parafusada no chão, mas estou tão possuído, que a arranco e a arremesso bem no meio das costas de Dick, com força suficiente para estilhaçar a espinha de um homem normal. A armadura o salva mais uma vez, mas o impacto o projeta para a frente. Seus braços e suas pernas se dobram, mas ele não tem nem a decência de tombar.

Quando a mesa cai, fazendo um estrondoso baque, os cãezinhos se espalham, retomando os latidos a uma distância segura. Grato pelo espaço extra, uso minhas armas para meter um pouco de bala e reprimi-lo – mirando o abdômen. Dick se contorce feito uma *stripper* conforme as balas o atingem, mas mesmo assim continua de pé.

Impressionante.

Ele foge, mas não estou a fim de mais uma perseguição. Além do mais, exceto pela escada que leva para a convenção dos monstros, não tem outra saída. Por falar nos monstros, parece que estão bastante bêbados lá em cima, detonando o local feito uma banda de rock presa num quarto chique de hotel.

Passo correndo pelo corpo de Jane para alcançar Dick, mas escorrego e deslizo quando piso numa poça. Que sangue *mais* oleoso. Nem começou a coagular ainda.

Sou adaptável pra caramba, então giro com o impulso e deslizo para cima de Dick. Antes que ele comece novamente a tentar se explicar, agarro-lhe a mão direita e a puxo para trás. Espero ouvir o osso se quebrando, mas nada.

Ele dá um giro completo de corpo para se libertar de mim, depois tenta atingir minhas pernas. Eu pulo e desço com tudo num dos tornozelos.

Há sete ossos do tarso no tornozelo humano – mas, novamente, nada se parte. As armas também não funcionaram, então as guardo no coldre e tento as katanas.

Giro para a cabeça dele, e ele bloqueia meu movimento... com o antebraço? Dá para ouvir o baque do metal até lá em Peoria.

Beleza, quer dizer então que o Dick tem mais a oferecer. E, de novo, nada de piadinhas de cunho sexual. Que diabos ele tem aí dentro? (Vide sentença anterior sobre esse tipo de piada.)

No meio segundo que levo pensando como é que o braço dele não foi seccionado, ele salta e chuta, subindo quase um metro no ar, de uma posição de descanso. Sem querer esperar para entender, desta vez agarro suas pernas. Segurando-as, arrasto-o pelo piso e o arremesso contra umas prateleiras embutidas. Essas costas vão ter de ceder em algum momento.

Conforme tombam os conteúdos das estantes, ele os agarra e os arremessa contra mim. Sou atingido por um tablet, algumas canetas e uma caneca de café – mas tudo bate e volta sem nem fazer cócegas. Só que então ele dá sorte e encontra uma serra cirúrgica. Quando vejo aquele troço voando na minha direção, presumo que é melhor me esquivar.

Boa decisão. A ferramenta mergulha pelo menos uns quinze centímetros na parede atrás de mim. Eu a arranco de lá e a arremesso de volta. Dessa vez não miro no corpo dele, já que isso não tem exatamente dado certo, mas nas roupas, torcendo para poder ver um pouco do que está rolando ali embaixo. A serra rasga um bom pedaço de tecido. Sim. Robótico.

A cabeça dele parece bastante real, no entanto. Quando me aproximo novamente, prendo o crânio do imbecil embaixo do braço e o arremesso contra a parede mais próxima, repetidas vezes. Pelo menos isso causa o efeito desejado. Melhor ainda, toda vez que bato a cabeça dele na parede, os braços robóticos agitam-se para os lados, como se eu estivesse puxando o fiozinho de um daqueles brinquedinhos que enfeitam berços de bebê.

A localização desse fiozinho sempre me deixou incomodado.

Dick se contorce furiosamente, e a cabeça parece estar ficando mais mole, então começo a achar que posso, de fato, nocautear o cara. Mas ele de repente readquire forças, como se alguém lhe tivesse dado baterias novas, e se liberta. Ficamos frente a frente, agarrados um ao outro pelos ombros e empurrando o queixo um do outro para trás, tentando ver quem consegue passar uma rasteira no outro primeiro. Ficamos assim por um tempo, até que, entediados, acabamos nos separando e recuando alguns passos.

Ele vem correndo na minha direção. Suponho que vou levar outro chute, mas, em vez disso, ele *sobe correndo pelo meu peito*, cruza as pernas em torno do meu pescoço, gira e me derruba. Belo golpe. Eu aplaudiria, se não estivesse doendo tanto. Antes que eu possa parabenizá-lo, ele me pega e me arremessa para todos os lados, batendo meu corpo várias vezes contra outra daquelas mesas de exame.

Ele me pegou. E me pegou feio. Continua batendo furiosamente, cada vez mais forte, até nós dois ouvirmos um estalo.

Não, não foi a minha espinha. Vou lhe dar uma dica: é algo que estou carregando. Não são as armas, pois deixei-as no chão. Não são as espadas, elas estão embainhadas, presas às minhas costas – e bater nas laterais do meu corpo não vai fazer nada com elas. Pense um pouquinho. O que mais estou portando? Não, não é o teleportador!

Isso mesmo. O DDA. O nanocatalisador mortal dentro de um receptáculo supostamente indestrutível. Mas já vimos um receptáculo da S.H.I.E.L.D. em ação – no caso, o tanque de gosma de monstro –, certo?

Em meio aos golpes, tento pedir um tempo.

– Calma! Espere um pouco!

Nada de acordo, Dick me joga no chão de novo. Desta vez, faço meu próprio Ave Maria: saco a katana e apoio o punho na mesa, angulando perfeitamente. Quando ele me joga para baixo, acaba batendo nela, prendendo a lâmina no ombro robótico.

Não entra muito fundo – menos de três centímetros –, mas é o bastante para ele recuar.

Não estou preocupado com ele, e sim em acabar virando uma poça de gosma rosa resmungona, então arranco o DDA do cinto. A luzinha pulsa freneticamente, verde-vermelho-vermelho-verde, mas não preciso de um livro de códigos para detectar o problema. Tem uma rachadura na lateral. Não está vazando – ainda não, pelo menos –, mas não pretendo ficar com essa porcaria por muito mais tempo, tampouco carregá-la junto do corpo numa luta mano a mano.

Coloco a arma na mesa e aponto para ela.

– Dick, a gente pode continuar metendo porrada um no outro em qualquer outro lugar, com qualquer outra coisa, mas não toque naquilo, entendeu? É tipo o *home base*. Vai ter que confiar em mim desta vez. Sacou?

Hum. Quem diria? Parece que não vai mais haver luta. Pode ser que eu já tenha vencido. A katana atingiu dispositivos eletrônicos fundamentais. O que teria sido um ferimento em carne viva para um corpo humano colocou Dick para sacudir feito uma máquina de dança. A cabeça dele chacoalha de um lado para o outro, como se fosse saltar para fora do tronco.

– Ah, deixa pra lá, então. Pronto pra jogar a toalha, Dick? Quero dizer, você quer jogar a toalha?

– Não, Deadpool. Ainda não.

Os mecanismos internos dele produzem um som metálico de algo em funcionamento; o metal clica e volta ao lugar.

– Dick, você por acaso está reunindo energia para um ataque final, do tipo tudo ou nada?

Com a cabeça pendente, ele tira a espada do ombro e a aponta para mim.

– Estou.

Eu aceito.

– Então venha para o papai.

Corremos na direção um do outro. Eu avaliei errado a velocidade dele anteriormente. Ele é mais rápido do que eu, pelo menos a pé. Mas metade da essência de várias artes marciais consiste em usar a força do oponente contra ele mesmo. Faço parecer que estou planejando meter a cabeça contra a dele, como se fôssemos uma dupla de malditos carneiros no cio, mas, no último segundo, eu me abaixo e o faço voar por cima de mim.

A ideia era eu me levantar de um pulo enquanto ele estivesse de costas, aproveitando para atingir seu ombro enfraquecido. Não me ocorreu quanto tempo ele levaria para parar. O fato é que ele nem para – não intencionalmente.

Ele voa direto para a base da mesa de exames sobre a qual eu deixei o DDA.

– Ei, velho! Eu disse pra ficar longe disso aí!

– Foi mal!

Dick tropeça, sem conseguir conter o braço direito, que se agita autonomamente, e o corpo, que recomeça a dançar – mas, por mais que se esforce na execução de movimentos atraentes, ele já não é a coisa mais interessante da sala. Perdeu posição para o DDA. A mesa inclina-se, por conta do impacto, e o cilindro cambaleia, rola e depois para, pouco antes de cair. Nem tenho tempo de soltar um suspiro exagerado de alívio, pois avisto um brilho crescente na rachadura. Um líquido claro flui dali, cobre a superfície da mesa e alcança a borda, formando uma única gota pendente.

E quem, é claro, está logo abaixo dessa única gota, abanando o rabinho?

– Fungada! Saia daí! Agora!

Talvez eu não tenha usado nenhuma daquelas 165 palavras que se supõe que um cachorro comum entenda, ou Fungada está abaixo da média, pois ele continua ali, girando a cabeça, curioso, à mercê da morte iminente, com os olhos escancarados, abanando o rabinho e com a língua de fora, como se dissesse:

– Nossa! Nossa! O que é isso? Mal posso esperar para saber!

Maldito cachorro burro! Mas mesmo assim eu ainda o amo.

Quando mergulho na direção dele, tudo fica em câmera lenta: eu me lançando para o Fungada, e a gota mortal pendendo de um fio comprido, descendo até ele feito uma aranha. Estou a três quartos de alcançá-lo quando o fio se rompe. O nanocatalisador cai; nada mais o separa do Fungada, a não ser o ar e a gravidade. Quero acelerar, mas, estando em pleno ar, não creio que seja tecnicamente possível. Eu tento, mesmo assim.

Quase lá... quase lá... Eu e a gota. A gota e eu. A gota e Fungada. Eu, a gota e Fungada.

É um jogo de centímetros, mas não vai acontecer. Não vou conseguir chegar a tempo de tirá-lo do caminho. Felizmente para o cão, sou bom em tomar decisões rápidas – bom mesmo. Infelizmente para mim, nem sempre são decisões *inteligentes*. Estico o braço e enfio a mão aberta entre a cabecinha peluda e o nanocatalisador...

... e consigo pegá-lo!

É, eu posso me regenerar, mas os monstros também podiam, e por causa do nanocatalisador eles derreteram até virar gosma em menos de um segundo. Então, vejam só, acabo de cometer suicídio para salvar um cachorro.

Fico parado, com cara de espanto, mal acreditando no que fiz.

Ainda estou nesse esquema de câmera lenta, então podemos colocar mais umas frases aqui. Com os neurônios disparando tudo em meu corpo, a palavra indizível sai, não apenas para cada um dos meus órgãos principais – internos ou não –, mas também para os carinhas, as células individuais que tornam tudo possível. A mensagem que corre à velocidade das reações bioelétricas? É isso aí, pessoal: o último suspiro do padrão molecular que compunha o corpo do Wade.

Até mesmo as células cancerígenas ficam chateadas – mas, sério, elas que vão para o inferno. As demais? Espero que todas estejam com o currículo atualizado.

E o que Wade Wilson ganha em seu último momento de altruísmo? O panorama de uma bela montanha? O campo? Um pornozinho?

Nada. Nem mesmo o Fungada está em meu campo de visão. Deve estar se lambendo por aí. Nada para ver aqui além da borda da mesa e a parede lá atrás. Nem mesmo uma corzinha – apenas a parede branca com borda prateada.

Queria poder vê-lo uma última vez. Queria poder lhe dizer: "Isso é pra você! Pra você, Fungada!", mas não dá tempo. Não dá tempo.

Caio no piso frio, sentindo uma dor aguda na mão, como se a palma estivesse sendo corroída por ácido. Começo a fechar os olhos, imaginando se serei capaz de conseguir fechá-los totalmente antes que tudo fique escuro. Eu os fecho. Consigo fechar os olhos. Depois conto lentamente até dez.

Ei, ainda estou aqui. Abro os olhos de novo para ver que *$%%# está acontecendo.

Não, não sou milagrosamente imune. Existe, de fato, um buraco na minha mão, exatamente onde o nanocatalisador a atingiu. É mais ou menos do tamanho de uma moeda, e está se espalhando ao redor e para baixo, mas... lentamente. Por ter sido apenas uma gota, será? Todos os monstros foram borrifados. Talvez seja uma questão de dosagem. Ou vai ver é tipo a questão do transportador, e o nanocatalisador está subitamente obedecendo a regras diferentes para criar uma tensão dramática. Não sei dizer. Tudo que sei é que ele está *mesmo* me liquefazendo. Talvez eu não desapareça em segundos, mas agora não é hora de começar a assistir a um episódio de *Assassinato por escrito*.

Além disso, Dick ainda está por aqui, e duvido que tenhamos o mesmo gosto para TV.

Levanto-me e aponto para ele a espada que ainda me resta. Com a cabeça torta, como se não fizesse mais parte do corpo, ele ainda tem a pachorra de apontar para o meu pulso pingando.

– Sua mão já era.

Eu me agacho, em posição ofensiva.

– Hum... será?

– Já era, sim. E agora o seu antebraço está pingando gosma também. Que nojo.

– Então, espertalhão, não tenho tempo para discutir sobre quem tem ou não certos membros. Finja que estou fazendo aquele lance do Keanu Reeves, chamando-o com os dedos para que venha me pegar, e vamos acabar logo com isso.

– Fechado.

Nos encaramos feito dois samurais mortalmente feridos, imóveis, encenando mentalmente todos os possíveis movimentos – os ataques, as defesas, os combos –, reavaliando-os, até a luta acabar, então só nos resta lutar.

É, parece que é isso, mas na verdade eu vou inventando durante o processo. Ele espera que eu o ataque de novo no ombro machucado, e espero o mesmo. Mas quando a briga começa e faço meus primeiros movimentos, mudo de ideia. Miro o pescoço dele – bem no ponto em que a cabeça frouxa se conecta ao corpo mecânico.

Vejo Dick. Vejo a cabeça de Dick caindo. Caia, cabeça, caia.

O corpo do ciborgue atinge o chão, pousando numa posição esquisita, de pernas cruzadas, fazendo-o parecer muito pensativo.

Com Jane vingada, e ninguém mais para tentar conquistar o mundo usando cachorros que viram monstros, é o fim. Bem, desconsiderando os monstros zanzando lá em cima, mas agora isso não é mais problema meu. Tudo o que me resta é derreter. O braço já se foi quase inteiro, e também boa parte do meu tórax – belos músculos, cicatrizes melequentas e tudo mais.

Zonzo, desabo no chão, ao lado da cabeça do Dick.

Al sai do esconderijo e vem ajoelhar-se ao meu lado. Olho para ela.

– Os cãezinhos estão... fora... de perigo?

Ela faz que sim.

– Quer um pouco de água, alguma coisa?

Voltei à vida tantas vezes, que é difícil de acreditar que minha morte é realmente iminente, mas a expressão no rosto de Al me preocupa.

– Não. Acho que vou ficar quietinho aqui, se estiver tudo bem pra você.

Conforme mais partes minhas derretem, chego ao ponto em que é mais fácil bater papo com os mortos. Então me afasto dela, voltando-me para a cabeça.

– Bela luta, Dick. A gente poderia *mesmo* ter sido amigos – eu comento, sem nenhuma expectativa de resposta.

– Eu queria que nosso relacionamento tivesse sido mais físico.

Eu *realmente* não esperava que a cabeça respondesse com a voz de Jane.

QUERIA PODER TER UM OU DOIS MINUTOS a mais para envolver meu cérebro para lá de assediado nesse admirável novo desdobramento, mas a liquefação já chegou à minha coxa. E não vai demorar muito para eu ser um mercenário desprovido de cavidade oral. Mas, com a garganta ainda intacta, e os olhos fixos na cabeça decepada falando com a voz de Jane, digo:

– Al?

Ela está ao meu lado, tão perto, que me assusto.

– Sim, Wade?

– Acho que agora vou aceitar a água.

– Claro.

Solenemente, Al me entrega o que provavelmente será meu último drinque. Queria que tivesse umas pedrinhas de gelo, mas não tem nem a merda de um canudo. Poxa, Al, todo condenado à pena de morte recebe coisa melhor. Você não poderia ter se esforçado um pouco mais?

Preparando-me psicologicamente, dirijo-me à cabeça caída.

– Jane... é você mesmo? Estou alucinando?

Os lábios atrás da máscara contraem-se num sorriso.

– Sou eu mesma, Wade, eu mesma.

Não tinha reparado em quão seca estava minha boca até tomar um gole de água. Em vez de engolir, ao ouvir a resposta, cuspo toda a água na cabeça. Ela se agita, tentando sacudir-se para se livrar do líquido. Mas, não sendo um cão, não sabe como fazer isso.

– Ei! Essa máscara não é à prova d'água! E não tenho como passar uma toalha no rosto!

– Perdoe-me pela expressão espontânea de surpresa! Jane, que diabos você está fazendo dentro da cabeça do Dick?

– A cabeça não é *dele*, é... *nossa*.

Jogo longe o copinho, que quica na testa de Jane.

– Ah, isso explica tudo.

– Oh, Wade! Eu queria ter lhe contado desde o começo... juro, mas não podia.

– Não podia? – Desvio o olhar. – Ou não queria?

Ela abre e fecha a boca para movimentar o queixo e assim poder se aproximar.

– Por favor, não faça isso. Tive receio de que, se você soubesse a verdade, iria me odiar. E eu não suportaria a ideia de você me odiar.

Não aguento e volto-me na direção dela. Não que eu queira, mas não consigo controlar muito bem o corpo, agora que estou derretendo. Em um movimento autômato, giro para o lado dela.

– Odiá-la? Gata, eu nem sei o que você é.

Al ajoelha-se entre nós.

– Vão para o quarto, vocês dois. Ou para um balde.

– Podemos ter um pouco de privacidade, por favor?

Al resmunga, mas nos deixa a sós. Com o quadril pingando, procuro os olhos suplicantes de Jane.

– Eu só quero a verdade. Por favor, me diga a verdade.

– Você ainda não descobriu? Nem você entende? – Conforme ela vai falando, a voz muda. Fica mais grave, perde o tom cadenciado do flerte. – Você sabe como é ter um distúrbio psicológico, não? – Reparo que estou, agora, falando com Dick. – Uma mente dividida que está sempre falando sozinha?

Sim! Sim! Sei como é!

Eles têm dupla personalidade!

Quietos, quietos! Deixem o leitor juntar as peças sozinho, falou?

Boa parte da minha bunda já se foi. Começo a riscar os itens da lista.

– Então... Dick é Jane? Jane é Dick? O Spot sabe? É *por isso* que ele foge?

Neste instante, é Dick quem fala.

– Você pode até dizer que temos mais sorte do que você. Pelo menos, temos dois corpos androides para refletir sobre nossas identidades de gênero diferentes.

No seguinte, é Jane.

– Ou... pode dizer que não temos tanta sorte assim, já que agora ficamos reduzidos a apenas uma cabeça.

Para não cair no chão, agarro-me à mesa com o braço que me resta.

– Podemos acelerar esse papo?

– Wade... acha que ainda pode me amar?

– Sinceramente, Jane, depende... depende de muita coisa. Como você ficou assim? O que isso tem a ver com os cachorros-monstros? E, o mais importante, o seu corpo robótico é anatomicamente feminino?

Outra voz, que não é a de Dick nem de Jane, intervém.

– *Eu* posso responder à primeira pergunta.

Eu mandei vocês ficarem quietos!

Não fomos nós.

É, fique no mundo real um pouquinho, pra variar.

– Hã... aqui, Wade.

Tento olhar para a pessoa recém-chegada, virando o que ainda resta de mim, e consigo enxergar metade de uma poça de mim mesmo e metade de um corredor novo que parece ter surgido do nada. Parada no corredor, com um grupo de sombrios agentes da S.H.I.E.L.D. em uniformes reluzentes e fazendo pose atrás dela, está o colírio para meus olhos doloridos e prestes a derreter.

– Preston! Você também trouxe uma saída!

Ela faz que sim.

– Quando instalei a interface, encontrei um túnel pelo qual podíamos entrar a um acre daqui, evitando os monstros lá em cima... tudo comandado diretamente pelo celular. O sistema operacional daqui é mais interessante do que o equipamento de genética. Você não me parece muito bem, Wade, como sempre. Nem sei por que eu ainda espero algo diferente.

– Se eu soubesse que você viria, tentaria ter ficado inteiro. Mas a que devo o prazer da sua visita?

A expressão dela se contorce.

– Sua briga com Dick em Nova York chamou atenção. A criminalística fez uma análise das amostras de sangue de Dick, coletadas no arame farpado do beco. Corri para cá assim que os resultados foram confirmados. Eu... queria lhe dizer pessoalmente.

– Conseguiu identificar os criminosos misteriosos? Sabe quem *é* Dick e Jane... hã... quem *são*?

Traços de confusão surgem em meio à hesitação no rosto da agente.

– Prefiro dizer que sei *mais ou menos*. Depois dos resultados preliminares, achei que as amostras poderiam estar contaminadas, então requisitei um diagnóstico mais completo. O pessoal do laboratório encontrou uns marcadores que diferenciam o genoma de...

O que sobrara do lado esquerdo do meu traseiro já tinha derretido, então tudo o que escuto é um blá-blá-blá.

– Em, só me resta meia bunda! Poderia fazer um resumo?

– Não tem como amenizar essa informação, mas... – Muito perspicaz, a agente finalmente repara na poça formada pelo que se esvaiu de mim. – Wade, você está derretendo? Estou tão acostumada a ver você aos pedaços, que... Você *está* derretendo! – Ela põe as mãos nos quadris. – Você quebrou o DDA, não foi? Quebrou a porra do DDA! Eu avisei, falei para ter cuidado, mas não...

– Em, as notícias...

Ela se recompõe.

– Claro. Dick, Jane... sei lá como isso se chama... é *você*. Idênticos geneticamente.

Uma dor sombria eleva-se das profundezas do meu ser. Pode ser resultado de todos os últimos choques emocionais, mas estar gradativamente virando gelatina provavelmente tem a ver com isso também.

– Nããããoo! Não acredito! Não posso acreditar! É como se Luke descobrisse que Leia é irmã dele, só que pior.

Jane murmura para mim.

– É mentira, Wade. Não acredite nela. Ela está com ciúmes. Todos têm ciúmes da gente. Olhe a vida medíocre deles, e depois olhe para nós... eu, uma cabeça, você derretendo. Não, espere. Péssimo exemplo. Ah, quem se importa? Que diferença faz o resto se a gente se ama?

Antes que essa voz insinuante me transporte para outra alucinação adolescente, a Cega Al me dá um tapa.

– Pelamor! Você não tem que acreditar em ninguém! Apenas arranque logo essa máscara dela, como eu lhe disse lá no começo!

O medo fica evidente na voz de Jane.

– Não, Wade.

Meu corpo treme. Ou *desfalece*, melhor dizendo.

– Por que, Jane? O que você tem a esconder?

– Não é isso... É que não tive tempo de arrumar o cabelo nem nada...

– Pare com essas falas estereotipadas de gênero e fique quietinha, querida.

Seguro a ponta da máscara. Quando tento puxá-la, a cabeça gira. Seguro-a com a perna que me resta, mas ela rola de lado.

– Al, pode segurar o toco do pescoço para mim por um segundo, por favor?

– *Você* segura o maldito pescoço. Eu puxo a máscara.

– Fechado.

Quando toco no pescoço, Jane dá uma risadinha.

– Uii! Que mão fria!

Eu tinha prometido a mim mesmo que, independentemente da aparência que ela tivesse, eu não ficaria desapontado. Mas quando Al tira a máscara, que sai fazendo um estalo úmido, é o fim de mais um sonho.

Jane tenta dar o seu melhor, oferecendo-me um amplo sorriso.

– Oi, olá!

Mas nós dois sabemos que já era – ou que, pelo menos, que não tem como ser o que era, seja lá o que fosse. Resumindo, se eu tivesse um pouco menos de corpo, seria como me ver no espelho. Mais precisamente, é como olhar para a minha própria cabeça.

– Ai, ai. Pelo menos as peças estão finalmente caindo em seus devidos lugares. – Olho para o alto, e fico com a cara coberta pelo reboco que despenca do teto. – Ou é o teto caindo por causa da algazarra dos monstros lá em cima?

A cega Al faz *tsc, tsc*.

– Ah, sim, são os monstros mesmo. Esta bagunça faz tanto sentido quanto ir comprar vitamina na boca de fumo.

– Shhhhh, Al. Eu estou morrendo aqui. Será que você *nunca* vai se esquecer disso? Eu não sabia que era uma boca quando a levei lá, falou? Mas, sim, você tem razão. Resta-nos ainda saber quem foi que conseguiu fazer uma reprodução genética da minha cabeça, além da capacidade dessa coisa de engolir em seco e falar sem ter pulmões. Jane, pode me dizer algo sobre tudo isso?

A voz fica ainda mais grave.

– Dick.

– Não quero falar com você. Ponha a Jane na linha.

– *Ela* não quer falar com *você*, está chateada demais. Mas posso lhe contar a história toda. Lembra-se do Bob, o agente da Hidra?

Os leitores mais atentos vão se lembrar de que mencionei Bob no Capítulo 3.

– Uau! Ele está metido nisso também? Meu, isso aqui está tipo fim de seriado, quando trazem de volta membros antigos do elenco que não se deram bem na carreira. – Dou batidinhas na cabeça. Toc, toc. – Alô, Bob? Saia daí, seu bosta, enquanto ainda posso lhe dar uma sova!

– Você não entendeu. Você é o nosso pai biológico... mas Bob foi, de certo modo, nosso criador.

– Tem certeza de que ele não está aí dentro? – Bato na cabeça mais uma vez. Toc, toc. – Ah, Bob!

A cabeça se agita.

– Ai. Pare com isso.

– Só se você perguntar: "Quem bate?". Vamos lá! Vou começar de novo.

Toc. Toc.

– Ai, ai. Quem...

– É o Deadpool.

Dick fica amuado. Não tem senso de humor.

– Quer ou não saber a história?

Faço que sim. Ele pigarreia – mais um gesto questionável para uma cabeça sem corpo – e começa uma história do mais admirável suspense. Uma jornada, se assim preferir, um mergulho no mistério...

> Em primeiro plano: UM VULTO, MÚSICA ONÍRICA surge ao fundo, aumentando o volume.
>
> PASSA PARA: INT. ARMA X LABORATÓRIO/DIA/PLANO DE ESTABELECIMENTO. A música diminui de intensidade conforme a imagem ganha foco; a melodia onírica é trocada pelos estalos e zumbidos secos de uma insidiosa maquinaria. Tipo Frankenstein, só que com toques digitais.

```
Cor supersaturada confere a tudo uma aura sutil
e fantasmagórica: as luzes do teto, o maquiná-
rio polido e, principalmente, a figura curva-
da sobre um Microscópio de Electrolografia de
Transmissão e Digitalização (METD).

Close na figura. É o bobo-BOB, usando um sujo
UNIFORME DA HIDRA, semicoberto por um jaleco de
laboratório um pouco mais limpo. Ele sorri para
o que está vendo.

                         BOB
      Que sistema operacional incrível! Vou ter
       um exército de monstros em pouco tempo!
                  (ergue a cabeça)
          Então eles vão me querer de volta!
```

Ei, um momento. Calma. Isso é um roteiro. E outra, o Bob não fala desse jeito. Desculpe. Vamos colocar tudo em diálogo agora. Novamente, Dick consegue pigarrear.

– Demitido da maléfica organização terrorista conhecida como Hidra, após anos de sofrimento, Bob, o homem que um dia foi seu maior fã, estava de repente em uma encruzilhada. Quem era ele, afinal? Quais eram seus propósitos? Havia algo a esperar da vida além de um desespero calado e poder fingir que era pirata de vez em quando? Como uma resposta para as dúvidas que atormentavam sua alma, certa noite, numa longa e solitária caminhada pela ponta norte de Long Island, ele encontrou este laboratório secreto. Finalmente, ele pensou, aqui estava um jeito de ficar na boa com a Hidra... Quem sabe até negociar aquele plano de assistência odontológica que a esposa dele, Allison, tanto queria! Subitamente, Bob, agente da Hidra, sentiu-se transformado, mais vivo do que na época em que a mídia achou que a letra H no uniforme dele se referisse a "herói". Mas apenas trazer a Hidra para cá não bastaria. Ele tinha de provar seu valor, deixar de ser visto como um mero lacaio... Tinha de provar, quem sabe, sua *agenticidade* enquanto agente. Auxiliado pelo elegantemente simples e incrivelmente intuitivo sistema operacional, ele foi capaz de raspar um pouco do seu DNA de uma das muitas coisas suas que ele conseguira coletar ao longo dos anos. Com isso, planejou criar um exército implacável de mercenários tagarelas, mas... – Dick faz uma pausa – ... tudo o que conseguiu foi fazer essa cabeça tosca.

Ele fica em silêncio, evidentemente envergonhado. Quando a cabeça torna a abrir a boca, a voz é suave e feminina.

– Não, Dick, nós *não* somos uma cabeça tosca! Somos uma cabeça boa, uma ótima cabeça! Lembre-se de que foi você quem sugeriu pegar o DNA de outras espécies para deixar os clones mais estáveis.

Dick funga.

– Bom... foi você que pensou nisso, na verdade...

Jane revira os olhos.

– Você está sendo modesto. Seja lá quem teve a ideia, foi *você* que disse ao Bob. Ele nunca teria dado ouvidos a uma mulher. Foi somente graças a você que ele começou a respeitar minhas ideias.

Dá para perceber a satisfação na voz de Dick.

– Pode ser, mas você tem suas artimanhas, mocinha. Continuando, o modelador virtual indicou que o DNA canino tornaria os clones mais viáveis, mas, ao mesmo tempo, domesticáveis demais. Foi apenas quando Jane encontrou os padrões mutagênicos roubados do Programa de Comandos da S.H.I.E.L.D., que o sonho de Bob foi realizado.

Jane faz um *tsc, tsc*.

– Quase realizado. Bem típico de um *homem*: criar uma forma de vida a partir do estágio larval de um cãozinho destinado a se transformar num monstro-soldado programado para obedecer a todas as vontades dele, mas chamar *outra pessoa* para tomar conta até que o bicho cresça...

Dick fecha a cara.

– Que coisa mais sexista. Eu jamais...

– Como assim? Você não fez apenas isso... fez pior! Acha que todo aquele papo-furado romântico me deixaria tão confusa a ponto de me esquecer do que aconteceu depois? Posso continuar? *Cof, cof.* Já que era do interesse de Bob nos dar braços e pernas para podermos supervisionar o canil, ele usou esse fantástico equipamento daqui para nos dar não apenas um, mas dois corpos protéticos... um para cada persona. Com base na amizade de vocês, Wade, ele achou que ficaríamos gratos.

Dick não segura uma gargalhada.

– É, mas os clones não têm a mesma história emocional que a matriz original. Assim que acrescentei secretamente aquele endereço de internet, Jane e eu criamos os cãezinhos. E depois matamos Bob.

– Vocês *mataram* o Bob? – Acabo cuspindo de novo, tamanho o susto, mas não estou com água na boca, então deve ser a minha garganta se decompondo. – Não que eu nunca tenha pensado em fazer isso, mas...

– Bem, há uma amostra do DNA de Bob nos bancos de dados aqui. Faça um clone dele, caso esteja aborrecido com isso, mas ele vai ser um chihuahua durante certo tempo. Continuando... Assim que conseguimos criar todos esses filhotinhos, descobri que sou alérgico. Ficava espirrando sem parar. Uma reação horrível, juro pra você. Eu queria sair fora, mas a Jane...

– Eu os adorava! Amava cada um deles!

– E um dia, enquanto Jane estava, sabe, fora... eu, hã... mandei todos para os pet shops. Acertei tudo pela internet. Foi fácil.

Jane escancara os olhos.

– Fiquei furiosa! Jurei vingança!

Dick dá uma gargalhada.

– Ficou mesmo! Naturalmente, eu não ia deixá-la levar vantagem, então jurei vingança também.

Ela suspira.

– Como você pode imaginar, eu não o deixaria vencer, então jurei vingança dupla contra Dick, ainda que estivesse de saco cheio de tanto jurar.

Se Dick tivesse ombros, daria de ombros.

– Pensando bem, admito que foi mesquinho o que fiz. Éramos apenas duas crianças confusas presas numa só cabeça. O que a gente sabia na época?

Dick – ou Jane, ou ambos – abre um sorriso inocente.

Quem diria! Tem monstros por aí com o meu DNA. Que família mais numerosa e maluca. Pelo menos, isso explica a atração que senti por Dick e Jane. Talvez até explique por que fiquei tão afeiçoado pelos cãezinhos, tão hesitante em matar os monstros.

Isso não é muito do meu feitio.

Pela primeira vez, o Mercenário Tagarela fica sem fala. Emily também fica. Até mesmo os agentes atrás dela esboçam as mais diversas reações, entre aturdidos e boquiabertos. Apenas Al parece levar tudo numa boa. Dou uma cutucada nela com o cotoco do braço.

– Humm? O que foi que eu perdi? Peguei no sono de novo?

Então era eu o tempo todo. Deadpool fluindo de Deadpool para dentro de Deadpool, fazendo Deadpool de Deadpool em prol de Deadpool – de modo que, do início ao fim, tudo que sempre existiu e sempre existirá será Deadpool.

E por todo o tempo o rebuliço dos meus meios-filhos rebeldes lá em cima vai ficando mais e mais intenso. Mas as crianças são sempre uma dor de cabeça, não é verdade?

29

ALGUMA COISA PESADA CEDE, fazendo o barulho que faria a marreta de um gigante mítico esmagando nosso mundo mortal. O eco torna impossível aos ouvidos identificar a localização, e os detritos que se precipitam sobre tudo escondem a fonte. Toda aquela porcaria caindo em nós não é concreto nem gesso. Material antigo de construção desaba em fragmentos rochosos e poeira. Essa coisa tem umas pontas afiadas, como plástico estilhaçado. Até mesmo os pedaços menores, ainda não pequenos o suficiente para serem considerados poeira, fincam na pele. Dói muito.

Ninguém tem dificuldade alguma de perceber de onde vem o próximo baque, que emite uma onda de concussão que explode a partir da rampa que Al e eu pegamos para chegar até aqui embaixo. A força forma ondas na poça gelatinosa que estou me tornando. Ao mesmo tempo, as apresentações guturais do bando de monstros já não soam mais tão abafadas. Os nomes de cada um – tipo Droom, Grogg, Monsteroso e por aí vai – são pronunciados ao mesmo tempo e com tanto ímpeto que se anulam entre si, restando apenas um coro de palavras reconhecíveis:

– Eu sou...! Eu sou...! Eu sou...!

Eu sou Isso Daquilo, a Coisa de Qualquer Lugar Que Não Aqui.

O processo de dissolução deve estar me amansando. Alguns minutos atrás, eu acharia que ficar repetindo sem parar o próprio nome era totalmente tosco. Tipo, quem se importa? Agora, estou achando triste. Eles nem estão repetindo os próprios nomes. São clones, cujos cérebros são constituídos por um monte de terminações nervosas desenvolvidas de algum modo. Mas, para eles, esses nomes são sua única lembrança, a única coisa que dá forma à sua raiva insana, selvagem, gritante e devoradora de carne.

Eu sou, eu sou, eu sou.

Eles anunciam a própria existência apenas para provar a si mesmos que existem.

Com isso, consigo simpatizar. Tirando Orrgo, o Inconquistável. Ele é tosco, e ponto. Nenhuma angústia existencial pode salvar o orgulho desse babaca. É ou não é?

Isso me faz pensar, contudo, em quais serão minhas últimas palavras. Adoraria que fosse algo bem funéreo. Imaginem, eu olhando para o nada, com o olhar perdido, como fazem os gatos, vendo algo invisível que os fiéis supõem ser uma entidade do Grande Desconhecido, um guia espiritual que veio me buscar, para me levar àquele país ainda não descoberto. Antes de dar meu último suspiro, aponto para ele e sussurro:

– Você vai vestido assim?

Pensando bem, eu falo demais, e provavelmente já disse tudo. Apenas pegue todas as minhas citações, reúna tudo em uma pasta e sacuda-a como se fosse uma bola mágica, então você terá de tudo um pouco, desde o sentido da vida até como trocar o compartimento de sabão de uma máquina de lavar louça.

Ah, mas a minha grande boca tagarela é apenas metade do esquema. Não posso me olvidar do mercenário, o corpo musculoso que se move pelo espaço – punhos que socam, pés que chutam, armas que atiram, lâminas que brandem, partindo corações e mentes, deixando pelo caminho os corpos das mais raras criaturas. Ainda que eu decida qual será a última coisa que quero dizer, qual será a última coisa que quero *fazer*? Bem, essa é fácil. Saca só...

Matar alguma coisa. Não qualquer coisa. Alguma coisa que mereça a morte – alguma coisa tão insidiosa, tão além da redenção, que seria melhor que estivesse morta.

Mas onde poderia encontrar algo assim neste momento?

Os filhotinhos se amontoam num canto. Os agentes procuram abrigo, apontando inutilmente suas armas inúteis para a rampa. Em grita o óbvio:

– Eles estão conseguindo passar!

Há apenas uma arma que não é inútil: o DDA. Mas está vazando, o que significa sentença de morte para qualquer um que o toque.

A Cega Al me surpreende. Com o rosto rígido por uma sombria determinação, ela vai até a arma, e eu sei o que deve estar pensando: *Seus covardes, todos vocês! Todos nós vamos morrer mesmo, mas eu sou a única disposta a fazer o que tem de ser feito!*

Eu grito para ela:

– Não! Al, minha querida amiga. Deixe que eu faço isso. *Eu* pego o DDA.

– DDA? Credo! Pensei que fosse uma garrafinha de água! – Ela sai correndo, aos gritos. – Santo Deus, por que ninguém me *disse* nada? Qual é o problema com vocês, pessoal?

Não é muito fácil zanzar por aí com apenas um braço e uma perna, mas continuam sendo músculos. Pego impulso, me segurando na borda da mesa, e me levanto. Salto na direção da arma. Vendo o meu estado, os agentes e filhotes ficam em silêncio. Preston fala comigo, incapaz de esconder a emoção na voz.

– Deadpool... não.

– Jura? Não vai ser nada fácil. Alguns dos meus órgãos internos estão quase caindo no chão. Mas, por que não?

Ela engole em seco.

– Tem razão...

Envolvo a requintada arma spray entre os dedos. A rachadura não está vazando no momento, mas isso vai mudar assim que eu começar a borrifar os monstrinhos.

– Tire todo mundo daqui, e deixe as crianças comigo. Tchau, Em.

Ela diz algo, mas o laboratório começa a estremecer de novo. As luzes da rampa são bloqueadas por sombras imensas e contorcidas. Os monstros anunciam sua chegada:

– Eu sou...! Eu sou...! Eu sou...!

Até porque eles não conseguiriam entrar discretamente.

A última coisa que ouço da agente Emily Preston são os comandos que passa aos agentes:

– Peguem esses cãezinhos e recuem!

Conforme eles vão obedecendo, ela repete o comando, para apressá-los:

– Recuem! Recuem!

Sobrou pra mim – o querido, o único, o cara cujo nome está no título. Salto para o meu destino. Caminho para a conclusão. Encaro a fatalidade. Entre os detritos que caem e meus sentidos se esvaindo, não vejo mais o que se passa atrás de mim. Tenho que confiar que estão todos saindo.

Contudo, vejo muito bem o que vem pela frente – imagem de página dupla, pelo menos. Velho, eu estouraria o orçamento de impressão e colocaria algo maior, para causar impacto, tipo aquelas páginas quádruplas da *Playboy*. Deparo-me com uma gigantesca e enlouquecida massa de vida, fervilhante e retorcida. Conforme ela explode para cima de mim, não há como saber onde termina Fangu e começa Sserpo, se aquela é a garra do Droom ou o pé do Orrgo. Mas é assim que vai ser.

Antes que a perda de mais músculos torne impossível minha locomoção, antes que meu coração derreta, eu me abaixo para pegar impulso e então salto, flutuando pelo ar uma última vez, abraçando o maior ensopado de monstro do mundo, enquanto disparo o nanocatalisador. Queria dizer que alcanço o satori, aquele estado especial de graça e iluminação. Que este – meu último movimento de artes marciais – é uma mistura sublime de disciplina, vontade e forma. Que, basicamente, em meu momento derradeiro eu alcanço a perfeição.

Mas no meio do voo começo a peidar feito louco. Estou falando de uma flatulência homérica, com um cheiro capaz de nocautear um urubu de cima do caminhão de lixo. Pelo menos, acho que são gases. Vai ver são meus intestinos se decompondo.

Não importa. A gravidade já foi vencida. Enquanto voo para diversos orifícios cujas natureza e identidade me confundem, é tudo impulso. Não tenho que pensar, nem querer, nem almejar. A dor fica no canto dela, provavelmente por causa da parada da liquefação. Mas somos bons e velhos amigos, a dor e eu – e ela sempre consegue me surpreender.

Vou borrifando alucinadamente. Conforme os monstros derretem, seus gritos finais ecoam em minha mente:

– Eu sou...! Eu sou...! Eu sou...!

Olho para o DDA. Uma gota reluzente na rachadura parece piscar pra mim, convocando-me para o vazio. Sabe, em retrospecto, eu poderia simplesmente ter cortado fora o meu braço antes que o nanocatalisador se espalhasse, mas não dá para pensar em tudo quando se está derretendo. Agora, parte de mim quer que eu me esforce ao máximo em meu último momento, que me revolte contra a extinção da luz. Mas então a realidade, ou seja lá que nome você prefere dar a isso, resolve se apagar.

As alucinações retornam para um desfile de grandes sucessos, mas processam ao contrário. Primeiro estou com Sophie McPherson em frente ao colégio. Depois vejo a minha cachorra escapar da guia. Depois estou em casa, esperando o telefone tocar.

E, finalmente, estou na quadra de esportes do colégio, saltando para a cesta.

Sophie está assistindo, gritando o meu nome sem parar na sua encantadora vozinha feminina:

– Wade! Wade!

Como da outra vez – a multidão, as luzes, os gritos. Só que diferente.

Para começar, e isso é estranho, a voz de Sophie se transforma em um latido.

– Au! Au!

Ela não é mais a única garota que eu vou amar na vida. O nome dela nem é Sophie McPherson. É Betty Farfield, uma garota da aula de espanhol que eu obriguei a cuidar da minha cachorra durante o jogo, porque meu pai tinha dito que, se algum dia eu deixasse a cachorra sozinha, ele a mataria.

Minha cachorrinha está no colo de Betty, latindo como se chamasse o meu nome.

É para a cachorrinha que eu olho enquanto faço o arremesso.

Assim que me lembro de tê-la batizado de Sophie, a bola entra na cesta.

Nem chego a tocar o piso emborrachado da quadra. As luzes do teto se agitam e desaparecem. Os aplausos e os gritos viram um zumbido. O suor salgado na minha pele parece mais um ácido.

Estou deitado, acho. Vejo uma imagem borrada de Preston segurando a injeção mais comprida do mundo. Enquanto ela tagarela alguma ladainha de teor tecnológico para explicar por que eu ainda não morri, a agulha entra no meu pescoço. A voz dela é como um mosquito zumbindo – um mosquito bem versado em Química, mas ainda um mosquito.

– Usei um equipamento do laboratório para produzir um soro que vai neutralizar a ação do nanocatalisador, permitindo que você se regenere. Ou vai transformá-lo num lêmure.

Olho para baixo, tentando ver o que pode ter restado de mim que ainda dói, mas não consigo ver nada. Cadê o resto do meu corpo?

Al levanta-se, fazendo *tsc, tsc*.

– Você deveria ter desistido quando ele era apenas uma cabeça.

Volto para a terra da fantasia.

Estou no quintal de casa, parado na frente do túmulo de Sophie, aborrecido porque a cruz que fiz ficou malfeita. Eu mesmo cavei o buraco enquanto meu pai estava no boliche.

Sophie, a versão humana, está ao meu lado, com cheirinho de morango, o braço magrinho em torno dos meus ombros.

Olho para ela.

– Nem sei por que vou perguntar isso, mas você nunca foi real, não é?

Ela ri.

– Talvez fosse melhor você perguntar se algum dia eu vivi.

– Está bem. Algum dia você viveu?

– Não.

Faço um movimento com a cabeça na direção do pequeno túmulo.

– E quanto a ela? E quanto a Sophie?

– Bom, Wade, essa é a questão sobre estar realmente vivo... para muitos de nós, significa que a gente pode morrer de verdade.

30

NO FIM, COMO VOU SABER SE TUDO NÃO PASSOU DE UM SONHO? Alguma porcaria filosófica, tipo *penso, logo existo*? Nunca coloque Descartes na frente dos bois? No fim das contas, se até um imbecil como o Bob pode criar um novo Deadpool, que diabos *eu* significo?

Resumindo, que &*$$# é a realidade?

Vou lhe dizer, filho, ou filha – ou sei lá que versão de mim você é –, tomei uma decisão com relação a isso. Resolvi que essa história de e-se-*tudo*-na-vida-é-apenas-uma-ilusão é uma grande bobagem. As palavras só têm sentido dentro de um contexto, e o contexto é apenas o resultado das comparações, então *tudo* não pode ter contexto. Dizer que *tudo* é sonho faz o *sonho* perder todo o sentido.

É tão bobo quanto dizer que tudo é real.

Ou seja, daqui em diante, vou ficar com qualquer coisa que me aparecer na frente, e ao longo do caminho eu vejo o que dá. Monstrão? Se eu esticar o braço e ver que minha mão o atravessa, é claro que pode ser um sonho ou um maldito fantasma. Que seja. Como diria o GPS: "recalculando... recalculando...".

Olhe por esse lado, e a manobra *deus-ex-machina* de Preston deu certo – e me salvou. Olhe por outro, e perceba que morrer nem é tudo o que se imagina. Viver com certeza não é. Levei uma semana para me regenerar completamente – uma semana muito longa. Toda vez que uma terminação nervosa se regenera, faz questão de me informar.

Não é de estranhar que eu seja maluco.

Revisando, a garota chamada Sophie nunca existiu. A cachorra chamada Sophie, sim. Pelo menos é nessa história que estou me apoiando hoje, com céus azuis, nuvens de algodão e o verdejante Central Park preenchendo os meus olhos, um vento morno assoviando ao passar pelas minhas cicatrizes.

Amanhã, quem sabe?

Olhando pelo lado positivo, estou de volta a uma linda e sadia paz, e o plano covarde do agente Bob para dominar o mundo foi frustrado. É difícil de acreditar, mas aqui estou eu, Deadpool, perfeitamente contente, talvez pela primeira vez na vida, na companhia do Fungada, brincando de arremesso com uma cabeça sem corpo. Preston estava tão ocupada com a limpeza, que me deixou ficar com ambos.

Está bem... Posso tê-los teleportado para fora, e ela vai ficar nos procurando feito louca, mas é quase a mesma coisa. Além disso, de quem é aquela cabeça, afinal? Do Dick? Da Jane? Que diferença faz o nome?

Quanto ao Fungada, bem, digamos apenas que ele gosta de mim e eu gosto dele também.

Claro, as pessoas mantêm distância, e as sirenes serão acionadas cedo ou tarde, mas agora está tudo perfeito. E, como acabei de dizer, o agora é tudo o que a gente tem na vida.

A cabeça grita quando a arremesso.

– Nãããão! De novo, não!

Fungada e eu movemos nossas cabeças ao mesmo tempo, acompanhando o arco que a cabeça faz no ar. Ávido, ele fica tenso, abanando o rabinho cada vez mais rápido, até chegar a fazer vento. Mas permanece ali. Fungada sabe o que boa parte da humanidade ainda tem que aprender – que metade da diversão está na espera.

A cabeça chega ao ápice e começa a cair.

Bato nas coxas.

– Vá, rapaz! Vá pegar!

Zoom! Lá vai ele, perninhas se movendo tão furiosamente, que parecem nem tocar o chão. Ele atinge a cabeça tão rápido, que sai rolando por cima dela pela grama, de focinho. Rápido feito um raio, ele se recupera e late para ela, como se a cabeça o tivesse atingido com muita força, e não o contrário. Ele a agarra pela pálpebra e bochecha, e depois vem trotando de volta para mim.

O tempo todo, a cabeça grita.

– Não! Não! Santo Deus, não!

Heh.

Eu a pego e afago as costas do Fungada.

– Bom menino! Bom menino! De novo? De novo?

Sei o que ele está pensando, nem precisa fazer que sim, mas ele faz. Jogo de novo, com força, para ir bem longe.

– Por favor! Paaaaaareeeee!

Esperamos, e lá vai o cão de novo, um raio de pelugem feliz contra esse mundo malvado. Tentei lutar, tentei manter distância, manter meu coração fechado – mas, no fim, se um cachorro não for o seu melhor amigo, quem será? Posso ter sido cruel com Bob e com Cega Al, e a Preston tem família para cuidar, mas e o Fungada? Com ele vai ser diferente. Vou estar sempre presente, ficar com ele, dar comida, levar para passear, dar vacinas, e...

Maldição.

Arremessei muito forte desta vez. Caiu no meio da Park Avenue. Droga.

– Espere! Volte aqui, Fungada! Volte aqui!

Ele continua correndo. Não me escuta. Nunca vou me perdoar se acontecer alguma coisa com ele. Descansado e inteiro, disparo atrás do cão. A cabeça quica no topo de um ônibus assim que Fungada alcança a primeira faixa. O teto do ônibus é alto demais para ele alcançar, então ele para, espera pacientemente e acompanha a cabeça rolando para a faixa do meio. Vendo sua chance, Fungada põe-se em ação e corre por baixo do ônibus.

Dando tudo de mim, alcanço a calçada, a tempo de vê-lo pipocar do outro lado.

A cabeça, ao cair, atinge o para-brisa de um Beemer. O motorista, falando ao celular, afunda o pé no freio. O sedan de luxo vira de lado e vai derrapando na direção do cachorro. Por um segundo, meu coração vem parar na garganta, horrorizado com o perigo. Quero agarrá-lo e protegê-lo com meu corpo, mas há um ônibus imenso entre nós.

Felizmente, uma das janelas está aberta. Voo por ela, jogo meu cartão de metrô para o motorista, aceno para os passageiros confusos e depois saio estourando pelo outro lado. Quando caio no asfalto, pesco um contente Fungada numa das mãos e uso a outra para meter uma katana na porta do passageiro do Beemer, que se aproxima. Num movimento muito elegante, se me permite dizer, uso o punho da espada para nos impelir para o alto e voar por cima do carro.

Pousamos a salvo na calçada no mesmo instante em que o sinal dos pedestres fica verde.

Aperto Fungada contra o rosto.

– Nunca mais me assuste desse jeito! Nunca mais!

Escuto as freadas e os baques de sempre. Alguns carros colidiram. Uns seis, talvez. Mas quem se importa? Todos têm airbag e seguro. Se estivessem obedecendo ao limite de velocidade, nenhum estaria acima de cinquenta por hora. E todo mundo obedece ao limite de velocidade, certo?

Mas, de qualquer maneira, é melhor dar o fora daqui. Estou meio que na surdina, tentando pegar mais leve.

Tarde demais. Quando me abaixo para pegar a cabeça, um *hoverflier* da S.H.I.E.L.D. pousa alguns metros à minha frente. Preston surge lá de dentro, a cara de bibliotecária brava já a postos.

– Wade, que diabos você está fazendo?

Chuto a cabeça para baixo de um carrinho de cachorro-quente e escondo o Fungada atrás das costas.

– Emily! O que você está fazendo aqui? Pensei que o trabalho tivesse acabado...

– Acabou. Só falta uma coisinha pra resolver.

– Você já me pagou. O que mais?

– Assim que terminamos de pesquisar as bases de dados do laboratório, conseguimos rastrear os filhotes-monstros restantes. Achei também que fosse querer saber: a collie retornou ao hospital e todos os cachorros de verdade que você resgatou do Withers estão sendo levados para um abrigo, para adoção. Só tem um filhote que falta voltar para o dono. Um labrador.

– *Outro* cãozinho? Não. Acho que não. Acho que já foram todos.

Tento enfiar o Fungada dentro da blusa, mas ele resmunga e mete as unhas nos meus braços.

Preciso mesmo pôr este traje para lavar.

E então uma garotinha aparece de trás da Preston.

– Papai Noel! A moça elfo disse que o Fungada foi consertado. Ela até me deu carona no trenó.

A garota se curva para a frente e sussurra:

– É segredo, mas as renas são invisíveis!

Olho feio para Preston.

– Estraga-prazeres! Aposto que até contou ao Hulk que ele não matou cachorro algum!

– O quê? Do que você está falando?

– Deixa pra lá. Com certeza ele já superou isso.

– Posso pegar meu cachorrinho de volta agora, Papai Noel?

– *Seu...*

Olho para o Fungada. Olho para a garotinha. Ela estende as mãozinhas.

Preston olha para mim.

– Wade?

– Olha, eu vou devolver, tá bem? Mas a decisão vai ter que ser *dele*. E não dela, nem minha... dele. Vou colocá-lo no chão, entre nós dois, à mesma distância. Nós dois vamos chamá-lo, e para quem...

O sacaninha salta dos meus braços e dá um baita pulo até os dela.

– Fungada! – exclama a garotinha.

– Fungada! Volte já aqui... Ah! Você tem que lamber o rosto dela desse jeito bem na minha frente?

A menina ri de satisfação.

– *Muito* obrigada, Papai Noel!

Então os dois desaparecem dentro do *hoverflier*.

Preston bloqueia a entrada. Eu poderia derrubá-la facilmente, tirar a menina de lá, sair voando e ir morar numa ilha por dez ou quinze anos. Quanto tempo vivem os labradores, afinal? A menina já estaria na faculdade a essa altura...

Mas, não. Em vez disso, pego a cabeça que estava debaixo do carrinho e entrego-a a Preston.

– Deveria dar isto aqui para a menina também. É... o brinquedo favorito dele.

– Me mate! Eu imploro! Me mate!

Segurando a cabeça como se fosse uma imensa bola de ranho, Preston a coloca cautelosamente numa caixa de contenção de risco biológico.

– Não vou fazer isso... Vou levá-la de volta ao laboratório.

Suspiro.

– Sabe, Em. Eu estava meio que torcendo por um final feliz.

– Mas este é um final feliz. Você fez um bom trabalho desta vez, Deadpool.

A cabeça responde:

– Obrigado.

– Não você, ele.

– Ele quem?

– O verdadeiro... Ah, esqueça.

Antes que eles entrem num esquete do Señor Wences, o ventríloquo, a porta tem aquele surto de emitir um bipe sonoríssimo, selando-os dentro da aeronave. O sei-lá-o-quê responsável por fazer os *hoverfliers* voarem começa a zunir. A máquina sobe e sai voando.

Fico observando o *hoverflier*, do mesmo jeito que fiz minutos atrás, quando estava com Fungada no colo: arqueando a cabeça enquanto a nave sobrevoa a linha fumacenta de carros batidos.

Só que ele não chega ao ápice e começa a descer, para eu poder correr atrás. Continua indo embora.

– Adeus, Fungada. Adeus.

E então, por um longo instante, até a cidade fica quieta.

Estou sozinho. Ou quase.

Quem é o meu meninão?

É você, Wade! É VOCÊ!

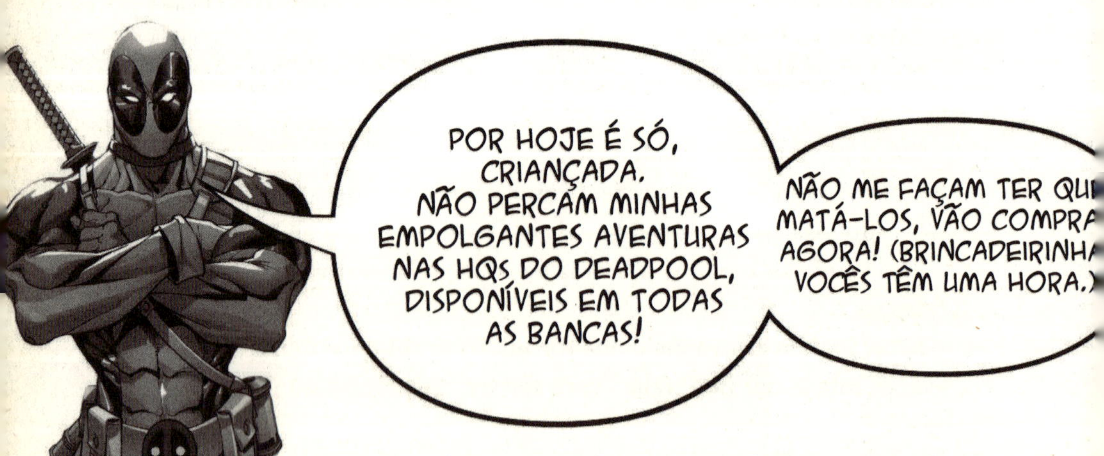

FONTE: Chaparral Pro
IMPRESSÃO: Arvato